ANDALUCÍA NEGRA

CUSTODIO
ANDALUCÍA NEGRA

Granada oscura
El mar de los olivos
El triángulo del sur

 temas de hoy

Primera edición: noviembre de 2025
ISBN: 979-13-87869-52-6
Depósito legal: B. 20.773-2025
Composición: Realización Planeta
Impresión y encuadernación: Rotoprint
Printed in Spain - Impreso en España

A mi familia, que me ha apoyado en todo momento desde que empecé a escribir, y en especial a mi mujer, que además es mi musa. Ella es mi punto de apoyo y la mitad que me complementa. Sin ella, no habría sido posible.

ÍNDICE

PRÓLOGO

Lectores,

Quiero daros las gracias por vuestro cariño, pues no esperaba tanta repercusión y ahora mismo estoy abrumado. Intentaré con estas palabras definir cómo me siento.

Todo empezó después de un evento en Jaén. Al día siguiente de acabar el mismo, tenía una invitación para *La Revuelta*. Después de cuatro horas y media de autobús, y muchos nervios, en el *preshow* dirigido por Sergio Bezos logré ganarme el cariño del público y acabar en la bañera del programa.

Tenía claro que era una oportunidad única que tenía que aprovechar, porque llevaba tiempo pensando en regalarle mis novelas a David Broncano, soñando que me entrevistara. Ese día salió todo a pedir de boca y conseguí la promesa de David: si algún día les fallaba el invitado, me llamaría.

Unas semanas después —mientras hacía los famosos muslos en la *air fryer*, estaba con los quehaceres de la casa y creía que todo había quedado en una anécdota—, recibí una noticia inesperada. Llamé a mi mujer, mi punto de apoyo, y le dije: nos vamos a *La Revuelta*.

No nos lo pensamos, ya que era una oportunidad única poder salir en televisión. Cuando llegué al teatro Príncipe Gran Vía después de otras cuatro horas largas, esta vez en coche, el *show* ya había comenzado.

Sin apenas tiempo de nada, me llevaron al camerino, donde me prepararon para salir. Y una vez llegó el momento de entrar al escenario, rompí a llorar dada mi naturaleza sensible. Después de tranquilizarme un poco, hice la entrevista con David de tú a tú, sin terminar de creerme el momento que estaba viviendo, en el que le abrí mi corazón y mi alma.

Cuando salí de allí, no podía terminar de asimilarlo todo y mi móvil empezó a sonar como si fuera una alarma durante toda la noche.

Los siguientes días siguieron llegando más muestras de cariño y mensajes de todas las partes del mundo, mientras yo intentaba gestionar lo que estaba viviendo.

Toda esta situación en la que me encontraba —yo, que empecé a escribir mi primer libro con la única pretensión de que me leyeran— había alcanzado una dimensión enorme.

Recuerdo con cariño cómo, después de publicar por primera vez, me formé —y, hasta hoy, no he dejado de hacerlo— en este mundo para intentar superarme con cada título, aprendiendo de mis errores.

Andalucía negra significa mucho para mí, ya que no solo me siento identificado con cada uno de los personajes, sino que en ella también recorro mi tierra, un paisaje lleno de encanto y de magia.

Con esta trilogía fui formando un vínculo con escritores y lectores, que es lo más bonito que me llevo de la experiencia de escribir, compartiendo eventos, risas y buenos momentos.

Podéis imaginaros la dimensión de las cosas después de mi paso por *La Revuelta*: aunque lo he intentado, me es imposible gestionarla solo, incluso con el apoyo de mi mujer y de mi familia, así que antes de que se me fuera de las manos me propuse coger el toro por los cuernos.

Ahora quiero hablaros de mi decisión y del inicio de esta nueva etapa y oportunidad que se abre ante mí con la posibilidad de publicar con una editorial como Temas de Hoy. De esta manera, podré ver mi sueño cumplido y responder a las peticiones de los lectores que me demostraron su cariño. Con ello espero llegar más y mejor a todos vosotros y, como ya he dicho varias veces, poder así interactuar con los lectores, ya sea en firmas, ferias del libro u otros eventos.

Esta es mi forma de agradeceros el cariño y la acogida que me habéis brindado. Así que os invito a que me acompañéis también en esta nueva etapa que se me abre en la vida y que estéis en cada aventura y en cada viaje con mis personajes, que no dejan de ser *alter egos* míos.

No he cambiado ni un ápice, sigo luchando por mis sueños con la humildad que me caracteriza y con la que espero haberme ganado vuestros corazones.

Termino estás palabras con una frase de Jimmy Hendrix que llevo por bandera: «Cuando el poder del amor supere el amor al poder, el mundo conocerá la paz».

CUSTODIO

GRANADA OSCURA

JUAN

Uf, qué calor hace en Granada en verano, menos mal que por la noche refresca algo, bueno, una cerveza, con una buena tapa ayuda mucho a sobrellevarlo. La verdad es que, desde que me destinaron aquí, está la cosa muy calmada, acostumbrado al meneo de casos y asesinatos que tenía en Galicia, aquí se vive lo típico de cualquier sitio tranquilo, algún ajuste de cuentas entre clanes y poco más, algo que para un inspector de homicidios experimentado como yo (diez años llevo en el cuerpo desde que me gradué) es pan comido. Me estaba acostumbrando a esta tranquilidad, aunque necesitaba algo más. Y aquella noche, mientras me tomaba una cerveza en una terraza, sonó mi móvil. Era Javi: «A estas horas, qué raro...», pensé.

—Juan, tienes que venir ahora mismo al arco Elvira.

—¿Y eso?

—Tú ven rápido, esto es brutal.

El subinspector Javi Gómez era mi compañero desde que me vine de Galicia, un tío alto y delgado, con el pelo largo, algún piercing que otro y en cuyo coche la música siempre sonaba a toda hostia. No me lo pensé un segundo, entré a pagar. Entonces alguien llamó mi atención dentro del bar. Era una morena de pelo liso sentada sola en una mesa. Tenía un algo en la mirada que me dejó eclipsado, pero tenía que salir volando. Granada no era tan grande, la volvería a ver seguro.

Menos mal que mi destino no estaba muy lejos, con las tres cervezas que llevaba encima, no quería coger el coche, no fuera a liarla.

—¡La hostia, Javi! ¿Esto es real? —dije al llegar hasta el arco Elvira minutos después.

—Mucho, me he quedado blanco cuando me han llamado. Yo creía que era alguien que estaba pasado de vuelta, que se estaba quedando conmigo. Parecía la portada de un disco de Iron Maiden.

Delante de mí tenía un cuadro dantesco. Me encontraba ante la majestuosidad del arco Elvira y de él colgaba un cadáver vestido solo con un taparrabos y con las costillas abiertas a modo de águila. Joder, eso solo lo había visto en la serie *Vikingos*. La escena era salvaje y no podía dejar de pensar en la que se nos venía encima. Eso solo lo podía haber hecho alguien muy perturbado.

—Por ahora, no hemos encontrado nada más que el cadáver del arzobispo —dijo Javi.

—Esto pinta mal, pronto tendremos encima a la curia. Vamos a tener mucha presión para resolver el caso rápido. Por la crueldad de la escena y la preparación de todo, me da a mí que no va a ser tan fácil.

—Por lo menos te tenemos aquí a ti, que estás más experimentado en este tipo de casos.

—Asesinatos sí he llevado unos pocos, pero en esto no tengo experiencia.

—Todo es empezar, Juan, cuando lleguemos a comisaría estudiaremos al arzobispo, a ver qué sacamos de su pasado.

—A ver si cuando terminemos de cotejar la escena del crimen tenemos alguna pista. Mira ahí, parece que te están buscando.

Entre todo el barullo de gente, se estaba abriendo paso un hombre alto, bien peinado, delgado, trajeado y con un maletín. Tenía toda la pinta de venir a por mí.

—¿Inspector Juan Gutiérrez?

—El mismo, para servirle —respondí, alejándome de mi compañero.

—Soy José García, hijo de José Manuel García, abogado del obispado de Granada. No sé por dónde empezar, he venido lo más rápido que he podido, nos hemos enterado de la tragedia.

—Sí. Le acompaño en el sentimiento.

—Gracias, le iba a pedir que este tema se llevara con la máxima discreción, ni que decir tiene que deben coger a este malnacido lo antes posible. Le dejo mi tarjeta por si necesita cualquier cosa.

Menudo capullo estaba hecho el tío, ya no solo las prisas, parecía que ni le había afectado el asesinato, solo le preocupaba la imagen que estaba dando la Iglesia. Decidí seguir centrado en la escena del crimen.

—¿Javi, habéis encontrado alguna información relevante?

—De momento nada. Siguen los de la científica trabajando. Pero lo más sorprendente es que nadie haya visto nada.

—Con el cuadro que hay aquí montado es muy poco probable. Tal vez demos con algún testigo en las próximas horas.

—Bueno, lo más normal es que estén asustados con el tema, tampoco es que el arzobispo fuera muy querido por la zona, menos después de que saltara el caso de los bebés robados. Y a todo esto, ¿quién era el que te estaba buscando?

—¿Qué crees?

—Seguramente, el abogado del obispado.

—Exacto, ya sabes, lo de siempre: máxima discreción, que nos demos prisa para pillarlo... ¡Ah! Y me dio su tarjeta.

—Pues verás qué gracia le va a hacer cuando lo llamemos para preguntarle por lo de los bebés robados —dijo Javi.

—Me lo puedo imaginar.

—Ni mucho menos, no sabes la que liaron para darle carpetazo al tema. Por lo escuchado en comisaría, llamó el presidente del Gobierno al comisario Pedro Fernández para que zanjase el caso, se pegó más de un mes renegando, nadie se podía acercar a él. Con la mala hostia que gasta, imagínate.

—Veremos qué nos encontramos cuando lleguemos a comisaría y empecemos a estudiar el expediente. Esto va a traer mucha cola.

Cuando por fin llegaron los forenses y los bomberos para bajar el cuerpo, se respiraba la expectación en el ambiente, no era para menos. En Granada no están acostumbrados a estas cosas. Los compañeros estaban sobrepasados totalmente, no paraban de llegar curiosos, además de la prensa, que ya llevaba allí desde que había llegado revoloteando a ver si podían colarse; era casi imposible cerrar un espacio tan grande en tan poco tiempo, aunque por lo menos estaban manteniendo la calma entre la gente. Al ver a los bomberos abrirse paso entre el barullo y extender la escalera para bajar el cuerpo, tuve claro que, aunque haya sido un asesino y utilizase una grúa para colgar el cuerpo, tuvo que necesitar ayuda de alguien más.

Los bomberos empezaron a descolgar el cadáver. Era todavía más espeluznante de cerca, le habían rajado la espalda entera y le habían sacado los pulmones. Ni los peores asesinatos que vi en Galicia de sicarios colombianos superan tanta crueldad, y eso contando que todo esto se lo hayan hecho después de muerto. Según los ritos vikingos, a quien condenaban a esta muerte se le extraían los órganos en vida, no quiero ni imaginar lo que pasaría el pobre hombre.

Me acerqué al cadáver para inspeccionar. Se me revolvió el estómago, no me pasaba desde mis principios. Empecé a examinarlo un poco por encima cuando, de repente, vi que parecía que tenía algo en la boca.

—Javi, porfa, dame unas pinzas y una bolsa de pruebas.

—¿Qué has visto, Juan?

—Ahora te lo confirmo.

Con cuidado, introduje las pinzas en la boca y saqué con ellas una moneda antigua de plata con dos caras. Acto seguido, le miré las manos para ver si había signos de lucha, pero no tenía rasguños y las uñas estaban limpias. El asesino parecía haber sido muy cuidadoso, aunque habría que esperar al informe forense.

—Ya os lo podéis llevar, chicos, en el laboratorio dirán a ver. Javi, vamos a dispersar un poco a la gente para que salgan los forenses y ya miramos por aquí si vemos alguna cámara de vigilancia. Interrogaremos a los vecinos y propietarios de los bares a ver si habían visto algo, aunque el único bar que hay por la zona está cerrado, mira que es raro.

—¿Raro? ¡Qué va! Seguramente cuando empezó a venir tanta gente cerraría, pero, bueno, lo conozco y sé dónde vive, en cuanto acabemos de aquí vamos a su casa.

Tardamos alrededor de dos horas en despejar toda la plaza y quitarnos de encima a los medios de comunicación. Cuando por fin pudimos revisar la zona con tranquilidad, vimos que no había ninguna cámara de vigilancia. Ya estaba amaneciendo cuando fuimos en busca del dueño del bar, puesto que la única pista que teníamos para empezar era una moneda de dos caras. ¿Qué mensaje habría querido dejar el asesino dejándola en la boca del arzobispo?

—Vamos andando, Juan, está aquí cerca. Cuando lleguemos, déjame preguntarle a mí.

—Perfecto.

Efectivamente, estaba muy cerca del lugar. Cuando llegamos a su puerta, Javi tocó el timbre varias veces. Por las horas que eran, estarían durmiendo seguro, si es que habían podido pegar ojo con la que se había liado.

—¿Diga?

—Manolo, soy Javi, el inspector de policía.

—Entra, pero vigila que no te vea nadie, estoy muerto de miedo.

Entramos, echando antes un vistazo a nuestro alrededor. Justo en ese momento, vi pasar a lo lejos a la morena de esa noche. Tenía un cuerpo perfecto, como a mí me gustan, que no estén muy delgadas, que tengan dónde agarrar. Iba con prisa, adentrándose en la calle Elvira. No esperaba verla de nuevo tan pronto, me había embrujado totalmente con su mirada.

—Vamos, Juan, no es momento para quedarse embelesado.

—Perdona.

Entré rápido cerrando la puerta, era un bloque sin ascensor, como tantos en la zona.

—¿Qué piso es, Javi?

—Primero A.

—Menos mal, porque, después de la nochecita que llevamos, tengo pocas ganas de escaleras.

La puerta estaba entreabierta. Dejé actuar a Javi:

—¿Se puede?

—Entrad rápido y cerrad, por favor.

Pasamos al salón, se respiraba un olor a marihuana que tumbaba, y ahí estaba Manolo, un hombre menudo, calvo, blanco como la pared. ¿Qué habría visto?

—Sentaos. ¿Queréis algo?

—Bueno, si tienes café hecho, nos vendría bien.

—Anda que yo... Ha sido horrible.

Tardó nada en volver con dos vasos de café y un poco de leche, a esas horas me daba la vida.

—Supongo que venís por si he visto algo esta noche.

—Supones bien —dijo mi compañero, expectante.

—Pues te cuento, estoy fatal después de lo que pasó.

No tenía que jurarlo entre el bofetón a marihuana que me dio al entrar, el cenicero repleto de colillas, el color que tenía y los temblores.

—Estábamos, pues, como cualquier lunes de verano, tranquila la cosa, ya sabes que aquí, en Granada, la gente en verano se baja a la costa. De repente en el bar entró un tío armado con una pistola, nos dijo que cerráramos echando hostias o se liaba a tiros. Tardé nada en cerrar y venirme para casa.

—¿Y no se te ocurrió llamarnos? —dijo Javi.

—Estaba cagado... pero sí me atrevía a algo. Desde la ventana, disimuladamente, vi cómo tres personas se montaban en la grúa de ahí atrás con un bulto. Lo habían preparado bien, porque el que había llegado al bar se había encargado de echar a todo el mundo a la calle y estaba vigilando mientras los otros tres colgaban el cuerpo en el arco.

—¿Y cómo eran? ¿Podrías describirlos?

—No pude reconocer a nadie, todos llevaban la cara tapada, lo que sí te puedo decir es que, por el acento, el que entró en el bar tenía pinta de ser de Europa del este, y poco más te puedo contar.

—Está bien, Manolo, ya nos vemos. Si cuando estés más tranquilo recuerdas algo más, llámanos. Aunque es posible que volvamos a vernos.

—Perfecto, Javi.

Salimos a la calle, dejando el dueño del bar todavía en estado de *shock*. Fuimos en busca del coche de Javi para ir a comisaría. Me senté y caí rendido, hasta que Javi arrancó el coche y sonó *The number of the beast* de Iron Maiden, a toda hostia, eso es lo que tenía, le gustaba dar la nota conduciendo.

—Bueno, pues vamos a comisaría, a ver si sacamos algo en claro del pasado del arzobispo.

ALBA

Sabía que algo me escondía. Desde muy pequeña tenía esa intuición con mi madre.

—¿Qué te pasa, mamá?

—Nada, hija.

Pero en ese momento no tenía tiempo de entretenerme, ya se lo sacaría más adelante, siempre lo conseguía, sin embargo, ahora tenía prisa por coger mi coche para ir a Granada. Había recibido un extraño mensaje: «Si quieres saber sobre tu pasado, ven la próxima semana a Granada, al hostal El Cascabel». Tenía que ir, desde pequeña siempre me había preguntado quiénes eran mis padres biológicos, la verdad es que aquí, en Sevilla, nunca me había faltado de nada, me habían dado una buena educación, pero no podía seguir con esa espina por dentro, así que, en cuanto recibí el mensaje, fui a casa de mis padres a contárselo y decirles que me iba. Mi padre no dijo nada, pero a mi madre le cambió la cara cuando le hablé del tema. Sabía que siempre había deseado descubrir mi verdadero origen.

—Ten mucho cuidado, hija, nosotros siempre te vamos a querer.

—Ya lo sé, mamá, serán solo unos días, no creo que tarde mucho en volver, pero tengo que averiguarlo. Antes de marcharme, ¿no me vas a contar qué te pasa?

—No me pasa nada, hija.

—Bueno, pues entonces sí que me voy, que quiero estar pronto en Granada y todavía tengo unas horas de camino, os quiero un montón a los dos.

Les di un beso a mis padres y cogí la maleta. No era la primera vez que salía de Sevilla, pero esta vez no sabía por cuánto tiempo y, por ese motivo, presentía que tenía que despedirme de mis padres. Aunque por mi trabajo de comercial siempre había estado viajando, esta vez el viaje iba a ser muy diferente. Después de recibir ese mensaje y haber estado tantos años buscando, era el momento de decidirme. Mis padres rara vez me habían guardado secretos, pero del tema de mi adopción habíamos hablado más bien poco. Ya en el coche, me tomé un paracetamol. Llevaba desde que me desperté con migraña. Es algo que sufro desde pequeña, las migrañas y las lagunas mentales, aunque estas últimas son menos frecuentes. Había ido a médicos de pago, pero no me habían encontrado nada. Ya saliendo del parking de casa de mis padres, me invadió esa sensación de que iba a tardar en volver. No le conté nada a mi madre para no preocuparla más, bastante se agobió cuando le dije lo del mensaje.

Después de un par de horas largas de camino, ya se veía la circunvalación de Granada. No era la primera vez que visitaba esa ciudad, aunque siempre había sido por temas de trabajo, era una buena hora, porque no había mucho tráfico, eso sí, el dolor de cabeza no paraba, no dejaba de dar por saco. Cuando llegué a la zona, empezaba lo realmente complicado: aparcar. Al final, tuve suerte y no aparqué muy lejos. Empecé a caminar dirección a la calle Elvira, ensimismada en mis pensamientos, cuando delante de mí lo vi tan imponente: el arco Elvira. La verdad es que nunca había estado por esa zona de Granada, siempre me había hospedado en hoteles de 3 estrellas o más y había tenido poco tiempo para hacer turismo. Cuando crucé el arco, me envolvió un olor, no sabía cómo explicarlo, se trataba de una mezcla de incienso, tés, especias y marihuana que me encantaba. El paisaje me sedujo con sus calles empedradas, sus edificios, que a saber cuántos años tendrían, las tiendas que parecían bazares de otra época, las teterías... Parecía que había viajado en el tiempo a la Granada nazarí y, de tan embelesada que recorría sus calles, me pasé el hostal. A pesar de los nervios, presentí que iba a disfrutar mucho esos días, no sabía cuántos iban a ser, pero no tenía prisa, acababa de coger vacaciones, solo me faltaba conocer a algún chico que me entrara por el ojo, algo para mí complicado, ya que soy muy exigente. Al llegar al hostal, parecía que seguía viajando al pasado, me encantaba. Me atendió una anciana en la recepción.

—Buenas. ¿En qué puedo ayudarle?

—Tenía una reserva. Mi nombre es Alba González.

—A ver, sí, aquí está.

No tardó mucho en encontrarla, no creo que hubiera mucha gente hospedada, se ve que en agosto la gente huía de Granada. La anciana me dio una llave con un llavero enorme, y me extrañó, pues yo estaba acostumbrada a los hoteles con tarjetas, pero, la verdad, el hostal me daba muy buena impresión y parecía que iba a estar cómoda. Subí las escaleras hasta la primera planta, no había muchos peldaños. Entré en la habitación y me quedé anonadada: la decoración era muy hippy, chulísima, estaban ardiendo unas varillas de incienso sobre una cómoda de cajones. Encima de la mesa había una tetera y un vaso que echaban un olor tremendo. «Oh, Dios mío, muero», qué pinta tenían los dulces árabes que había al lado, iban a ser unos días inolvidables, no tenía nada que envidiarle a cualquier hotel en los que había estado. Me senté tranquila a tomarme el té con los dulces, no había comido nada desde que salí de Sevilla y ya eran casi las doce. De repente, me vino a la cabeza: ¿por qué me habían citado aquí? La verdad, el sitio estaba muy bien, bueno, «acompañada estaría mejor, pero qué se le iba a hacer». De repente, alguien deslizó un sobre debajo de la puerta. Abrí y no había nadie, así que me volví a sentar y miré el interior del sobre. Había una partida de bautismo con mi nombre y un borrón al lado. Así que Alba era el nombre que me pusieron mis padres biológicos, el tachón supongo que sería el apellido. Seguí leyendo y observé que al lado del mío había otro nombre, párroco Felipe Peláez Delgado. Probablemente sería el cura que me bautizó. Ya sabía por dónde empezar, creo que la archidiócesis de Granada estaba cerca, no perdía nada por ir a preguntar.

Seguro que allí me lo sabrían decir. Busqué la información por internet.

Salí de la habitación, bajé las escaleras y ahí seguía la anciana.

—Muchas gracias por el té y por la bienvenida, está todo perfecto.

—Me alegro un montón, guapa.

Salí al exterior, y la calle Elvira volvió a embrujarme. Cruce un callejón hacia la Gran Vía. No tardé mucho en llegar a la entrada. Había un cura joven en la recepción, así que me dirigí a él.

—Te quería preguntar si conoces al párroco Felipe Peláez Delgado.

—Al párroco no lo conozco, pero el señor arzobispo tiene el mismo nombre y apellidos.

—¿Está él por aquí?

—Sí, pero normalmente hay que solicitar una cita previa para poder verlo en persona.

—Imagino, solo que vengo de Sevilla, expresamente, y no le robaría demasiado tiempo. Si fuera tan amable...

—Iré a preguntar.

A los diez minutos, el cura volvió a recepción indicándome el camino.

—Muchas gracias.

Entré al edificio y me quedé impresionada, parecía que seguía en la misma época, tenía toda la pinta de ser un edificio árabe, con una gran plaza central, rodeado de un pasillo con columnas, y las escaleras, uf, cómo me estaba gustando esa parte de Granada. Subí las escaleras y me encontré de frente con el despacho. Efectivamente, en la puerta estaba el nombre: Arzobispo Felipe Peláez Delgado. Di unos toques en la puerta.

—Adelante.

Me recibió un hombre bastante mayor, con poco pelo, por decir algo, le faltaría poco para jubilarse e iba vestido de calle. El despacho era de todo menos austero, entre reliquias y cuadros, a saber cuánto dinero había invertido allí.

—Buenos días, señor arzobispo.

—Buenos días, chica, siéntate. ¿En qué te puedo servir?

—Verá, señor arzobispo...

—Llámame Felipe, por favor.

—Pues verá, Felipe, soy Alba González, de Sevilla, pero mis padres biológicos son de aquí, de Granada. Hoy he recibido esta partida de nacimiento y, precisamente, el párroco que me bautizó se llama igual que usted.

Al arzobispo le cambió la cara cuando vio el documento. Algo dentro de mí me decía que era él quien me había bautizado, pero me parecía que iba a ser complicado sacarle la verdad.

—Lo siento, chica, pero no te puedo ayudar, tenemos pocos documentos de esa época y, sí, es casualidad que el párroco se llame igual que yo, pero yo no soy, en esa época aún no estaba. Y mi tocayo no me suena de nada.

—Muchas gracias, Felipe.

—De nada. Por cierto, gasta mucho cuidado por Granada.

—Gracias.

Dejé la oficina, sé que escondía algo, era casi seguro que él me bautizó, y su última frase me había sonado un poco rara. Bueno, no importaba, solo quería llegar al hostal y descansar un poco, las migrañas me estaban matando, la verdad, no recordaba que me hubieran dado tan fuertes nunca. Ya en mi habitación, me senté en la cama, me sentía mareada, ¿qué me estaba pasando? Era la primera vez que tenía esa sensación. De repente, todo se puso rojo, la habitación del hostal había desaparecido y desperté en mitad de la calle Elvira. Estaba segura de que era yo porque me veía en los reflejos de los cristales, pero no podía controlar mis actos. Me acompañaban tres hombres desconocidos, todos bastantes grandes, armarios empotrados, más bien. Entonces, me vi cogiendo una furgoneta y conduciendo por las calles, estaba eufórica, no sabía qué me pasaba, qué sensación más extraña. Paré en un callejón, esperé un rato con los tres hombres, todos iban con las caras tapadas con máscaras de hockey, yo me puse la mía que, sorprendentemente, la llevaba en la mano. Debían de ser sobre las tres de la tarde, porque hacía un sol de justicia y no se veía a nadie pasar por la calle. A lo lejos, se empezó a distinguir la figura de una persona mayor que me resultaba familiar, la rabia me subía por el cuerpo, pero no sabía por qué.

Justo cuando la silueta estaba pasando a nuestro lado, los tres la agarraron y la llevaron al callejón tapándole la boca. Cuando estuvo a mi lado, saqué una jeringuilla que tenía preparada y se la clavé en el cuello. Rápidamente, entre los cuatro, lo subimos a la furgoneta. Mientras yo conducía, los hombres que me acompañaban, y que me habían proporcionado la jeringa, le iban tapando la cabeza y maniatando en la parte de atrás del coche. Llegamos a un extraño almacén, allí los tres individuos lo sacaron de la furgoneta y lo colgaron en unas cadenas que salían del techo.

—Ya me podéis dejar sola, a las diez nos vemos por aquí, según lo planeado —dije muy convencida.

Se fueron sin más. ¿Qué estaba haciendo? No podía creer que fuera yo la que estaba haciendo todo eso. Me quité la máscara, y, efectivamente, era yo, pero no me podía controlar, sentía la adrenalina correr por mi cuerpo. Al lado del anciano había una mesa con un montón de instrumentos afilados, sierras, punzones y un montón de jeringuillas. Cogí una y se la clavé en el cuello. El anciano se despertó de repente.

—¿Dónde estoy? ¿Qué hago aquí? —dijo aturdido.

—Ya se despertó, señor arzobispo. ¿Qué hace aquí, dice? Pues va a expiar sus pecados de la juventud.

—Espera, ya sé quién eres.

En ese momento, le tapé la boca, lo desnudé entero y le puse un taparrabos. ¿Qué estaba haciendo? Por dentro me sentía asqueada, podía ver el terror en sus ojos, pero no podía evitar seguir adelante.

—Ha llegado su hora, señor arzobispo, puede ir rezando lo que sepa.

Cogí una sierra de la mesa, empecé a hacer un corte limpio por la espalda, con cuidado, para que, además de sentir un dolor descomunal, no muriera, pero sufriera lo máximo posible, no sé dónde había aprendido a hacer una cosa tan deplorable y sangrienta, pero lo estaba realizando milimétricamente. Pero, después del corte, su consciencia no resistió. Dejó de quejarse. Le abrí el esternón, le saqué los pulmones y lo abrí a modo águila, lo até a las cadenas que ya tenía preparadas, lo dejé desangrarse mientras lo miraba a los ojos y notaba cómo, poco a poco, se le iba la vida. Dios mío, ¿qué estaba haciendo? Me sentía pletórica, ahí estuve varias horas disfrutando del cuadro, hasta que volvieron los hombres, esta vez solo venían dos, me puse la máscara y empecé a dar órdenes.

—¿Va todo según lo previsto?

—Sí, mi hermano ya está despejando el camino.

—Pues muy bien, vamos a cargarlo en la furgoneta y a esperar la señal, con mucho cuidado, no quiero que se estropee mi obra maestra.

Ya en la furgoneta de nuevo, cuando me di cuenta, estábamos en la calle Elvira, pero era muy extraño: todo estaba cerrado, no había nadie en la calle. Paramos la furgoneta al lado de una grúa que estaba en el arco Elvira y apareció el otro individuo. Entre todos subimos el cadáver con cuidado a la grúa. Una vez colocado, uno de los individuos nos subió a la altura del arco Elvira, otro se quitó una mochila que llevaba, sacó de ella unos ganchos y unas cuerdas, los ataron alrededor del arco, comprobaron que estuvieran firmes y entre todos atamos el cadáver. Antes de irme, le abrí la boca y le metí una moneda de dos caras. Luego bajamos lo más rápido que pudimos y nos fuimos.

Al rato, desperté de nuevo en la cama del hostal. ¿Qué me había pasado? Tenía el cuerpo totalmente revuelto. Después de vomitar lo poco que había comido en todo el día, salí a la calle para tomar el aire, no podía creer que aquella fuera yo. Me fui por los callejones evitando pasar por el arco, no sé si había sido un sueño, pero parecía muy real. Después de andar un buen rato, entré en un bar y me pedí una tila para intentar tranquilizarme. Allí sentada empecé a darle vueltas a todo lo que había vivido. De repente, alguien me clavó la mirada. Era un chico muy guapo, con poco pelo, un poco más alto que yo. Me gustó, pero no estaba para pensar en eso.

Después de pasarme la noche deambulando por Granada, cuando estaba amaneciendo, decidí volver al hostal y poner mis ideas en orden. Había conocido al arzobispo, que me había parecido que ocultaba algo, y, luego, soñé que había acabado con él, arrancándole la vida. ¿Qué me estaba pasando? La cabeza me iba a explotar. Estaba inmersa en mis pensamientos, cuando, de repente, me vi pasando por el arco Elvira. Todo había sido real: allí estaba todavía la Policía limpiando la sangre de aquel cura.

JUAN

Estaba rendido, no sé las horas que llevaba sin dormir. No habíamos avanzado mucho en comisaría, el arzobispo supuestamente estaba limpio y lo que Javi me había contado de los bebés robados no apuntaba hacia él, por lo que no tenía mucho para empezar. No sabía si llamar al abogado, aunque era consciente de que, al final, tendría que hacerlo. Tampoco creía que me fuera a decir mucho, lo que sí podía era ir al arzobispado a ver qué se cocía por allí. Lo mismo me podrían dar alguna pista o, por lo menos, algún sospechoso.

—Javi, ¿vamos ya al arzobispado?

—Vale, pero tenemos que dormir un poco, Juan, estoy hecho polvo.

—No te preocupes, ya de allí nos vamos a la cama.

—Pero cada uno a la suya, ¿eh?

—Qué cabrón estás hecho.

—Vamos, pues.

Qué gusto daba conducir por Granada en agosto, había la mitad de los coches y, encima, con suerte, hasta podías encontrar aparcamiento. Yo, por lo menos, no llevaba la música como Javi, a toda hostia, sino que soy más de clásicos de los ochenta o los noventa. Deleité a Javi con el tremendo solo de guitarra de *Sultans of swing*, y aunque decía que prefería algo más fuerte, yo sabía que en el fondo le gustaba.

—¿Esperas encontrar algo en el arzobispado?

—La verdad, no sé, Javi, pero hay que empezar por algún sitio. Creo que allí podremos sacar algo más que con el abogado, por muchas ganas que tenga de que pillemos al asesino, no creo que me cuente nada que pueda embarrar la reputación del arzobispo.

—Pues sí, tienes razón, allí lo mismo nos pueden decir si alguien lo visitó, si le seguían o cualquier cosa así.

Aparcamos cerca y fuimos andando por la Gran Vía hacia la sede de la archidiócesis de Granada. Inconscientemente, no hacía otra cosa que mirar a ver si veía a la morena, que me tenía hechizado.

—Pues ya estamos aquí, Juan. ¿Hablas tú?

—Claro.

Entramos al edificio y en la entrada vimos a un cura que hacía las veces de portero.

—Buenos días, ¿en qué puedo ayudarles?

—Buenos días, somos de la Policía Nacional. Estamos investigando la muerte del arzobispo.

—La verdad, es una pena la muerte de monseñor Felipe. Ustedes dirán en qué les puedo servir.

—¿Sabe si tenía algún enemigo? ¿Si le seguía alguien o había recibido alguna visita sospechosa?

—Enemigos no, que yo sepa, ni tampoco que nadie le siguiera. No sé cómo fueron capaces de ensañarse con él de esa manera. Era una gran persona que ayudaba a los pobres y tenía un gran corazón y visitas no solía recibir muchas. Espere, ahora que lo pienso, el mismo día que murió vino una chica.

—La verdad es que sí que es raro. ¿Recuerda algo de la chica?

—No mucho. Sé que era morena y poco más. Soy muy malo para describir a la gente, perdón.

—No pasa nada.

Ya nos íbamos cuando llegó el abogado. Qué pocas ganas tenía de encontrarme con ese tío.

—Hombre, el señor inspector, le iba a llamar. Pasen a mi oficina y hablamos.

Entramos. Quedé impresionado por la arquitectura del arzobispado, una preciosa plazoleta rodeada de columnas.

—Es bonita, ¿verdad? Es de la época nazarí de Granada.

—Sí, lo es mucho.

Subimos las escaleras. Entró en la segunda puerta al subir.

—Pasen.

Ya dentro de su despacho, me quedé flipando con la cantidad de reliquias que tenía en su oficina entre cuadros y estatuas. Era de todo menos austero.

—Pues cuénteme, Juan, ¿cómo va la investigación?

—Estamos en ello. Todavía pendientes de analizar los informes y recabar más información. Todo parecía en orden en la vida del arzobispo. ¿No es así?

—Era una bella persona, sin nada que esconder.

—Sin embargo, algo tuvo que hacer para que se ensañasen con él de esa manera. Mucho odio le debían tener. ¿No cree?

—Pues, la verdad, no lo sé, llevaba muchos años a su lado y era una persona impecable.

—Y del caso de los bebés robados, ¿qué nos puede contar?

Le cambió el semblante al escuchar la pregunta. Se puso rojo de ira.

—¡Eso solo fueron injurias! ¡No pudieron probar nada! ¡Es más, les diré que no sigan por ese camino de verter mentiras contra miembros de la congregación! Si no tienen más preguntas, no me puedo entretener más, tengo mucho trabajo.

Prácticamente nos echó del despacho, la última le dolió, pero, como dice el refrán, «cuando el río suena...». Como dice Javi, si este tema llegó al presidente del Gobierno, tendremos que ir con pies de plomo.

—Si quieres, mañana, Juan, podemos consultar el expediente del caso de los bebés, eso sí, lo tendremos que mirar extraoficialmente. Como se enteren se puede liar mucho y ahora mismo es el único hilo que tenemos para tirar, mientras esperamos los informes de la policía científica y el análisis forense.

—La verdad es que sí, Javi, ahora mismo lo que tenemos que hacer es descansar, que nos hace buena falta. Cuando estemos frescos, la cosa fluirá mejor.

Así que, después de dejar a Javi en su casa, me fui a descansar. Falta me hacía después de la noche y el día que llevaba.

Me desperté sobre las ocho de la tarde y ya estaba más fresco después de descansar algo. En ese momento, solo tenía una cosa en mente: irme a dar una vuelta por la calle Elvira a tomar algo. Lo mismo me encontraba a la morena, no podía pensar en otra cosa que no fuera ella, me había dado muy fuerte, uf. Cuando me di cuenta, estaba ya entrando en la calle Elvira. De nuevo ese aroma embriagador, mezcla de incienso, especias y tés que te transportaba a otra época; los bazares, las calles empedradas... De repente, saliendo de un hostal, ahí estaba aquella chica. Era mi oportunidad, no podía dejarlo pasar.

—Hola, ¿perdona?

—¿Sí? ¿Nos conocemos?

Cuando se dio la vuelta, vi esa mirada tan penetrante que tenía, ese pelo azabache, liso, y ese cuerpo que me volvía majara.

—No, bueno, el otro día te vi en un bar y, desde entonces, no he podido dejar de pensar en ti.

—Gracias, me siento halagada.

Se puso roja como un tomate.

—¿Eres de aquí?

—No, soy de Sevilla.

—Ok, ¿qué te parece si te invito a tomar algo y nos conocemos un poco?

—No sé, así, de repente, me parece un poco precipitado.

—Solo van a ser unas cervezas y un rato de charla, me encantaría conocerte.

—Venga, vale. Por cierto, no sé cómo te llamas, yo soy Alba.

—Yo Juan, encantado.

GRANADA OSCURA

—Igualmente.

Cuando nos quisimos dar cuenta, estábamos paseando, riendo, hablando, habíamos conectado muy bien, parecíamos dos adolescentes, aunque los dos habíamos pasado ya la treintena.

—Bueno, paramos aquí mismo a tomar algo.

—Vale, tiene buena pinta.

Entramos en el bar, que era muy pequeño, aunque acogedor. Dentro solo tenía la barra con unos pocos taburetes y un par de mesas altas, no había mucho ambiente. Nos sentamos en una de las mesas.

—¿Cerveza?

—Sí.

—Dos, entonces. Voy a pedir.

Mientras estaba en la barra pidiendo, noté la mirada de Alba clavada en mi espalda, creo que yo a ella también le gustaba, así que esto podía acabar bien. Ya con la cerveza bien fresquita y las tapas, me fui para la mesa.

—Bueno, Alba, cuéntame cosas de ti.

—Pues a ver qué te cuento, como te dije antes, soy sevillana, trabajo de comercial, estoy siempre de un sitio para otro. Me encuentro en Granada pasando las vacaciones, a ver si resuelvo unos temas familiares, ya te contaré más adelante. ¿Y tú? Cuéntame.

Ese «más adelante» me gustó, la cosa iba bien.

—A ver, yo soy de un poquito más lejos, gallego, llevo ya unos meses en Granada, soy inspector de homicidios y, bueno, hasta ayer estaba la cosa muy tranquila. No sé si te has enterado.

En ese momento, noté que se ponía más nerviosa, pero, bueno, a mí me gusta ser directo y no andarme con rodeos.

—Algo he oído de lo que pasó. ¿Cómo lleváis la investigación?

—No te puedo contar mucho, no encontramos gran cosa en la escena del crimen y el cura tampoco es que tuviera pocos enemigos, pero, bueno, poco a poco. Roma no se hizo en un día.

Después, siguió un rato lleno de risas y buen rollo, no recordaba la última vez que me sentí así. Salimos del bar, seguimos paseando otro rato en dirección al hostal. Cuando llegamos a la puerta, los dos sentimos que no teníamos ganas de que acabara ese momento.

—Bueno, Juan, me ha encantado un montón conocerte, me gustaría quedar otra vez contigo si quieres.

—Por mí perfecto, he pasado una noche mágica, estoy deseando repetir.

En ese momento, nos quedamos los dos mirándonos. Nuestras miradas se cruzaron y nos dimos un pico inocente. La verdad es que no estaba mal el final para una primera cita inesperada.

—Buenas noches, Juan.

—Buenas noches, Alba, te llamo.

—Claro que sí.

Me quedé allí pasmado como un adolescente, la verdad, había ido muy bien la cita, se notaba que a Alba también le había gustado, pero me daba a mí que ella era de ir poco a poco, pero daba igual, no tenía prisa.

Ya camino de casa, iba flotando, había sido una noche perfecta, la verdad, no tenía mucho sueño, me había pegado la tarde durmiendo después de la nochecita del día anterior. Podría aprovechar cuando llegara a casa e investigar un poco sobre lo de los bebés robados, tal y como hablé con Javi, eso lo teníamos que hacer con mucha cautela. Empecé a mirar por internet, tampoco es que hubiera mucha información. De repente, sonó el timbre. ¿Quién sería a esas horas? Cuando abrí, ahí estaba Alba, me quedé…

—Hola, Juan, estaba muy sola en el hostal y pensé que podía pasar la noche contigo.

—Claro, entra.

Eso sí que no me lo esperaba, después de habernos despedido en la puerta del hostal, pero ahí estaba, había que aprovechar el momento.

—¿Quieres tomar algo, Alba?

—Sí, a ti.

No me esperaba esa respuesta. De repente, se me abalanzó y me tiró al sofá, se sentó encima de mí, yo ya podía sentir cómo me hervía la sangre. Acto seguido, su boca buscó la mía, nos fundimos en un beso eterno, sus manos empezaron a moverse, me quitó la camiseta. Yo, siguiendo mis instintos, hice lo mismo. Tenía un sujetador de encaje, ya me estaba poniendo a tono. Se lo desabroché, tenía unas tetas perfectas, firmes, me estaba volviendo loco. ¿Quién me lo iba a decir a mí esa mañana? En un movimiento rápido, se levantó, yo la seguí a mi habitación, allí los dos terminamos de desnudarnos el uno al otro, ella se agachó, cogió mi polla, se la metió en la boca. Qué sensación, era increíble, uf.

Cuando paró, la cogí, la tumbé en la cama, empecé a comerle la boca, poco a poco fui bajando, lamiendo todo su cuerpo, hasta llegar a su clítoris para centrarme en él, se notaba que le estaba gustando por cómo se movía. Después de correrse me cogió, me tumbó en la cama y se sentó a horcajadas sobre mí. Empezó a moverse encima de mí, sus movimientos cada vez eran más rápidos. La visión de sus tetas arriba y abajo, balanceándose, era una locura hasta que, al final, nos corrimos los dos.

Había sido brutal, no me esperaba eso de Alba. Cuando la conocí tenía pinta de querer ir poco a poco, por mí encantado, ella me gustaba muchísimo y después del polvo que habíamos echado, más todavía, qué locura de noche. Bueno, ahora sí iba a intentar dormir un poco, que al día siguiente teníamos mucho trabajo. Me abracé a ella y le di un beso de buenas noches.

Cuando desperté por la mañana, no estaba en la cama. Me levanté y miré por el piso, nada, bueno, se habría ido al hostal otra vez, ya la llamaría luego para quedar, así que tomé un café con una tostada y llamé a Javi.

—Eh, ¿cómo vas? ¿Has descansado?

—Como un niño chico, je, je. ¿Y tú?

—Bueno, más o menos.

—Ya te has liado, tienes que rendir, tío, que con el marrón que tenemos encima...

—Que sí, hombre, te recojo en cinco minutos.

—Perfecto.

Salí para la casa de Javi e ir a la comisaría. Iba con aires renovados y un ánimo tremendo. Conducía el coche cantando *Under pressure* de Queen y Bowie. Cuando llegué a casa de Javi, me estaba esperando en la calle y se montó en el coche.

—¿Qué pasa, Juan?, ¿estás listo? A ver si pillamos a esos cabrones.

—Ya sabes que sí, Javi.

—Vamos, pues.

ALBA

Desperté en la cama del hostal. Me sentía muy rara, estaba desnuda, tenía toda la ropa tirada por la habitación, yo solía dormir con pijama. Encima, el sueño tan extraño que había tenido con Juan... No solía tener sueños tan húmedos y parecía todo tan real, que me había encantado. Juan era muy guapo, con poco pelo, como me gustaban a mí los hombres, de complexión fuerte y un poco más alto que yo, aunque yo no lo era. Un momento. En el suelo de la habitación estaba el mismo sujetador que aparecía en el sueño, la cosa es que yo no me lo había comprado, aunque con mis lagunas mentales, uf, quién sabía, por Dios, qué pensaría Juan de mí. ¿Lo habría asustado? Ya no sabía distinguir entre lo que era sueño y lo que era realidad, estaba empezando a volverme loca, tenía que despejarme un poco, luego ya intentaría hablar con Juan, qué vergüenza. ¿Y si solo fue un sueño y me iba a tomar por loca?

Recogí la ropa de la habitación y me di una ducha para despejarme un poco, necesitaba pensar en otra cosa. Ahora que el arzobispo había muerto, era el único que me podía dar alguna respuesta de mi pasado. Miré otra vez la partida de nacimiento, ahí estaba, antes lo había pasado por alto, fui a por el párroco al ver su nombre, pero no me di cuenta de que también estaba el nombre de un médico que, lo mismo, sabía algo, no perdía nada por intentarlo, quizá ahí estuviera la clave de mi pasado. También tenía otro problema, no sabía dónde vivía, eso ya era más complicado, tampoco le podía decir a Juan que me ayudase... «¡Pues claro! ¡San Google! Podía meter su nombre, si seguía en activo seguro que encontraría algo. A por ello.»

«Fernando Martín García»: no había mucho. Lo mencionaban nada más... Pero entonces encontré un dato... Un hijo, Fernando Martín Pérez, dueño de una consulta privada de ginecología. Pues parecía que me tendría que ir al ginecólogo, lo mismo le podría sacar algo sobre su padre. Terminé de arreglarme y salí a la calle. La clínica estaba en Camino de Ronda. Hacía buen día y, como me apetecía dar un paseo para despejarme, empecé a bajar por la Gran Vía, inmersa en mis pensamientos. «¿Sabría algo de mi pasado? Y lo peor de todo, ¿lo estaría poniendo en el punto de mira del asesino al intentar encontrarlo? Eso contando con que no fuera yo la asesina, de esta acababa en un psiquiátrico.» Empecé a bajar por Recogidas, por lo menos, aquí me distraía con los escaparates de las tiendas, sobre todo con los zapatos, que son mi debilidad, no sé cuántos pares tendré, uf. Por fin llegué a la dirección. Era un bloque de pisos. Toqué el timbre, abrieron de inmediato, entré en el bloque, que tenía ya sus años, algunos más que yo, seguro. Por lo menos había ascensor, era un cuarto y tenía pocas ganas de subir escaleras. Cuando entré, lo primero que noté fue el aroma del ambientador y el aire acondicionado, qué fresquito. Al entrar, había un pequeño mostrador y una chica sentada detrás de una mampara.

—Buenos días. ¿Tiene cita?

—Buenos días, no, venía a hablar con el doctor Fernando para preguntarle unas cosillas.

—Espere un momento y se lo comento, está con una paciente, siéntese en la sala de espera.

Tampoco tuve que esperar mucho, ya que a los diez minutos salió una chica de la habitación y detrás el doctor, que era un chico delgado, no muy alto y con una mata espesa de pelo.

—Buenas, ¿qué desea?

—Buenas, quería preguntarle sobre su padre.

—Pase.

—Gracias.

—Siéntate, por favor.

Él se sentó en su silla frente a mí.

—Pues dime, a ver.

—Te comento, no sé si será mucha molestia, vine hace unos días de Sevilla, soy adoptada y quería averiguar algo de mi pasado. La cosa es que tengo una partida de nacimiento con el nombre de tu padre, pero no sé cómo localizarlo.

—Creo que te podré ayudar, pero no sé si te servirá de mucho, ya que mi padre lleva tiempo con principio de alzhéimer. Está en la residencia la Bola de oro, allí lo puedes visitar. La verdad, tiene algunos días más lúcidos que otros, todavía no está muy avanzado, lo que sí te pido, por favor, es que no lo alteres mucho y, sobre todo, que no le hables del arzobispo. Yo sé que ahora mismo no se habla de otra cosa en Granada, pero ellos dos eran amigos, y no sé cómo le puede afectar ese tema.

—Así lo haré.

Salí de allí con algo más de esperanza, había encontrado al doctor, ahora la pregunta era: ¿se acordaría de su pasado? Por lo que decía su hijo del alzhéimer, lo mismo no recordaba mucho, pero habría que probar. Salí a la calle, ahora sí tendría que coger el urbano para ir a la residencia, tardaría menos que en ir a por el coche, así que me fui a la parada. El bus no tardó mucho en llegar y por esas fechas estaba prácticamente vacío. Llegué a la residencia. Era un gran edificio, se veía bien cuidado, por la zona en la que se encontraba se notaba que había costado una pasta. Cuando entré comprobé que por dentro también era enorme. El interior te recibía con un gran salón en la entrada que tenía un mostrador de gran tamaño. Había allí una celadora, me dirigí a ella, pero no sabía si me dejarían hablar con él, pero por probar no perdía nada.

—Venía a ver si podía hablar con el señor Fernando Martín García, me ha dicho su hijo que está aquí.

—Va a tener suerte, en este momento está dentro del horario de visitas. Hoy parece que está algo más lúcido. Gire a la derecha. Al final del pasillo verá a mi compañera, ella le llevará con él.

—Muchas gracias.

Empecé a avanzar por el pasillo que me había indicado. Habría cientos de abuelos, pero por lo menos tenían pinta de estar bien. Al final del corredor, se veía una puerta de doble hoja abierta con un cartel que ponía «Salón de juegos». Había una chica parada en el marco de la puerta.

—Buenas, ¿qué desea?

—Venía a ver al señor Fernando Martín García.

—De acuerdo, sígame.

Había un montón de ancianos, todos muy distraídos, unos jugando al parchís, otros al dominó, a las cartas o leyendo. La celadora se paró al lado de uno de ellos, que estaba en un sillón mirando por la ventana, y le dijo:

—Fernando, tienes visita.

—Ah, ¿sí? Hoy no esperaba a nadie.

Al pobre se le notó en la cara la alegría de que alguien fuera a verlo, supongo que su hijo, con la consulta, no tendría mucho tiempo libre, y no sabía si tendría más hijos.

—Siéntate, chica.

—Muchas gracias.

—Cuéntame, ¿qué trae a una moza tan joven y guapa como tú a ver a un anciano como yo?

—Pues verá, estaba buscándole porque quiero saber de mi pasado. Soy adoptada y no sabía si usted me podría ayudar, ya que su nombre está en mi partida de nacimiento.

—Bueno, en la época entre el 1972 y 2006, fueron muchos los niños que ayudé a traer al mundo, mi memoria ya no es lo que era.

—Si le puede ayudar en algo, fue en 1981 y me bautizó el párroco Felipe Peláez Delgado.

—Claro que me suena, mi amigo el arzobispo. ¿Cómo estará? Llevo ya sin verlo un montón de tiempo. Lo que te puedo decir de aquella época es que fue muy oscura, no me siento muy orgulloso de lo que pasó, mi amigo Felipe el párroco y yo solo cumplíamos órdenes.

—Perdone, Fernando. No sé a qué se refiere...

Me miró avergonzado y siguió:

—Cuando alguna chica pobre o con pocos recursos daba a luz, se le quitaba el bebé y se vendía a alguna familia adinerada que pudiera pagar por él. Si te digo la verdad, no recuerdo quién daba las órdenes, tengo como un agujero en mi memoria en esa parte, pero hace ya tiempo que le quería contar esto a alguien; eran otros tiempos. Por lo visto, era una práctica que ya llevaba tiempo llevándose a cabo y, si queríamos trabajar, no nos quedaba otra. Ya sé que podría denunciarlo a la Policía, pero, además de que tardarían poco en taparlo, mi testimonio no valdría, con mi enfermedad lo desestimarían. Llevo muchos años con esta espina clavada, sin poder contarle a alguien lo que pasó. También recuerdo que había un centro de adopción que se encargaba de todo, pero no te sabría decir el nombre.

—Muchas gracias por todo, Fernando —dije, tratando de contener la emoción por lo que me había revelado aquel hombre.

—Gasta mucho cuidado, chica, hay gente muy poderosa que no quiere que esto se sepa, no dudarán en quitar de en medio a cualquier persona que les estorbe.

Me despedí de él con dos besos, le dije que volvería a visitarlo y salí de la habitación. No me podía creer lo que me había contado. ¿Yo un bebé robado? ¿Tendría esto algo que ver con lo que me estaba pasando? Al llegar al hostal, llamaría a mi madre y le preguntaría. Cuando salí del pasillo al gran salón, vi a un hombre trajeado con un maletín, no sabía de qué me sonaba. Salí a la calle y esperé al urbano para volver al hostal. Cuando llegué, decidí llamar a casa de mis padres, ya era hora de que me contaran todo lo que sabía de mi pasado.

—Mamá.

—¿Cómo estás, hija?

—Bueno, no voy mal, te llamo porque he descubierto algunas cosas de mi pasado, pero quiero que tú lo aclares todo, sé que, cuando me fui, me escondías algo.

—Hija, sabes que te quiero un montón, no te lo conté porque te quería proteger, pero ya va siendo hora de que te lo cuente, eso sí, júrame que te volverás a Sevilla lo antes posible, estoy muy asustada desde el asesinato del arzobispo.

—Volveré en cuanto pueda. ¿Entonces era el arzobispo quien me bautizó y me entregó a vosotros?

—Sí —confesó con un hilo de voz.

—El muy cabrón me dijo que él no era.

—Te contaré todo lo que sé. Tu padre y yo éramos muy felices, pero, como ya sabes, yo no podía tener hijos, así que buscamos por centros de adopción hasta que nos hablaron de un orfanato en Granada. Virgen de la Caridad, así se llamaba. Allí nos recibió el párroco Felipe. También había una monja, pero no recuerdo cómo se llamaba. Ellos nos dijeron que todo era legal, que tu madre te había dejado en el orfanato, que después de pagar una buena suma de dinero, te entregaron a nosotros. Hace unos años, cuando saltó en Granada el caso de los bebés robados y el nombre del cura, me asusté, lo entendimos todo y decidimos no contarte nada por tu bien, pero tienes todo el derecho del mundo a buscar a tu familia biológica. Lo que sí te pido es que vigiles, hija mía, y que vuelvas lo antes posible.

—Vale, mamá, así lo haré. Un beso muy grande para los dos, mamá, os quiero un montón.

—Nosotros también te queremos muchísimo, hija mía.

Después de la llamada, me quedé pensando. Así que era verdad que yo misma era un bebé robado. Pensé que debería quedar con Juan para contarle todo lo que sabía, quizá le ayudaría en la investigación y también él podría ayudarme a ver qué me pasaba, eso sí, no le iba a contar nada de mis migrañas ni de mis sueños sangrientos.

Me podía tomar por loca o, incluso, detenerme como sospechosa. Tampoco estaba bien que no se lo contara si, al final, resultaba que era la asesina. A él lo podrían acusar de cómplice, qué lío, no sabía qué hacer, me estaba enamorando de Juan, pero no quería perjudicarlo. Bueno, lo mejor era descansar un rato, a ver si me aclaraba un poco. Supe que terminaría llamándole y quedando con él. Me gustaba demasiado.

JUAN

Estaba siendo un día tremendamente largo en comisaría, no teníamos ni una pista para seguir con el caso y, encima, el comisario Fernández nos había mandado llamar a su despacho. ¿Qué podíamos hacer? ¿Contarle las sospechas que teníamos?

—Le podemos contar al comisario lo que tenemos, pero ahora mismo solo son conjeturas. Necesitamos más tiempo —dije.

—Ese es el tema y viendo cómo se cerró el caso la otra vez, lo que sí te digo es que él estaba muy implicado en el caso. Después de la llamada se le notó que estaba muy jodido, porque le habían obligado a darle carpetazo.

—Bueno, lo mismo nos podemos aprovechar de eso, a lo mejor nos deja investigar un poco el tema, aunque sea extraoficialmente.

—Sería jugársela, pero no nos queda otra.

Así que algo más decididos fuimos al despacho del comisario, directos al matadero. Dimos unos golpes en la puerta.

—Adelante.

—Buenas, comisario.

—Siéntense.

—Usted dirá, comisario.

—Déjense de gilipolleces y cuéntenme qué tienen del arzobispo.

El comisario no destacaba precisamente por su simpatía. No era mal tío, pero tenía una mala leche tremenda.

—Pues, aparte de la moneda, no hay más pistas. Los forenses no han encontrado nada en el cadáver y el historial del arzobispo está demasiado limpio, extrañamente —dijo Juan.

—Contadme algo que no sepa, todo esto lo tenía yo más que sabido.

—Ya, bueno, el único hilo del que podemos tirar ahora mismo son conjeturas, pero ya nos avisó el abogado del arzobispado de que no fuéramos por ese camino.

—¿Qué me vais a contar que no sepa yo de ese maldito abogado? No me extrañaría que estuviera metido en el ajo.

—No le comprendo, comisario.

—Pues lo que estoy diciendo, ese cabrón hace unos años fue el encargado de parar la investigación de los bebés robados, no me extrañaría que se esté intentando quitar del medio a los implicados por órdenes de alguien de más arriba.

—No está mal pensado, comisario, ya que lo primero que me dijo fue que no insistiera por el camino de los bebés robados, que, si no le hacía caso, podría haber consecuencias —añadió Juan.

—Qué me va a contar a mí de consecuencias, esto que os voy a decir es extraoficial, debéis gastar sumo cuidado, pero

deberíais investigar al abogado y también el tema de los bebés robados. Aquí están los informes que yo redacté cuando
tuve que dejar el caso, ni que decir tiene que nada de esto se
puede saber en comisaría, discreción total. Si tenéis que interrogar a alguien, nada de placas, ¿entendido?

—Entendido, comisario —dije.

Salimos de aquel despacho con algo más de luz.

—Bueno, Javi, por lo menos no ha ido mal la charla con
el jefe.

—La verdad es que no, a pesar de su mala hostia, tiene
buen fondo. Bueno, vamos a mirar los informes, a ver qué
vemos.

La verdad es que no había mucho en los informes, un
par de nombres, el del abogado, cómo no, y otro de un médico que debía de estar jubilado: un tal Fernando. Podríamos empezar por él, pero sin mirar en la base de datos de
la Policía para buscar la dirección, ya que podría saltar la
alarma, debíamos hacerlo como todo el mundo.

—¿Qué hacemos, Juan? ¿Cómo buscamos la dirección
del susodicho?

—Solo nos queda una: Google.

También podíamos investigar algo más sobre el abogado, pero fuimos primero a por el médico. Algo me decía
que podía ser la siguiente víctima. Después de buscar un
buen rato en Google, solo dimos con alguien que parecía
ser su hijo. Tenía una consulta privada de ginecología.

Nos montamos en el coche. Conducía Javi, ya sabía lo
que tocaba. Ese día deleitó mis oídos con Hora Zulú a toda
hostia con su *Andaluz de nacimiento*. La verdad es que esa

gente sonaba muy bien, rap metal con tintes de flamenco y acento granadino, pero demasiado alto para mi salud auditiva. Llegamos a Camino de Ronda escuchando *Como agua de mayo* de Hora Zulú también, menos mal que nosotros no llevábamos uniforme al ser inspectores, porque cualquiera que viera a dos policías ir en un coche con metal a toda leche daría mucho que hablar en Granada.

—A ver si tiene ganas de hablar. Al no poder mostrar la placa y decir que somos policías, se resistirán o no querrán hablar —dije.

—Es a lo que nos arriesgamos, pero no nos queda otra.

Llegamos al edificio y tocamos el timbre. Al entrar era como tantos otros edificios de Granada de los setenta o los ochenta, pero por lo menos tenía ascensor. Llegamos arriba y entramos, dentro había un mostrador y una chica tras él.

—Buenos días, ¿qué desean?

—Buenos días, veníamos a hablar con el doctor Fernando.

—Siéntense un momento en la sala de espera, enseguida saldrá.

Ni cinco minutos pasaron cuando salió el médico, un chico más o menos joven.

—¿Qué desean?

—Verá, es que veníamos para saber algo de su padre.

—Pasen.

Ya dentro del despacho del médico, nos sentamos delante del escritorio.

—Bueno, no son los primeros que vienen hoy para saber de mi padre, me estoy preocupando. ¿Pasa algo con él?

—No, es solo que queríamos hacerle unas preguntas.

—Bueno, les diré lo mismo que le dije a la chica. Mi padre tiene principio de alzhéimer, con unos días más lúcidos que otros, lo que sí les agradecería es que no le hablen sobre el asesinato del arzobispo, ni lo alteren mucho, está en la residencia la Bola de oro, pero no sé si podrán visitarlo, ya que desconozco el horario de visita.

—Por probar que no quede, muchas gracias por todo.

—No, para nada, lo que no es normal es que venga tanta gente preguntando por mi padre, y más después de lo del arzobispo.

—¿Es que tenía su padre alguna relación con él?

—Eran buenos amigos, por eso les he pedido que no le dijeran nada.

—Muchas gracias por todo.

Salimos de la consulta pensando que, por lo menos, habíamos sacado algo en claro. Se conocían y eso quería decir que podría estar en peligro. Teníamos que ir a la residencia, así que cogimos el coche y, esta vez, me deleitó con algo más clásico. *TNT*, de AC/DC. Esa sí era de las mías, parecíamos algo cantando en el coche a plena voz. Llegamos a la residencia escuchando *Thunderstruck*, si nos hubiera visto el comisario...

—¿Qué opinas, Javi?

—Pues lo mismo que tú, seguro, que puede que el médico esté en peligro. Por lo que nos dijo su hijo, eran buenos amigos y, ya que su nombre estaba escrito en los papeles del comisario, es fácil que estuviera metido en el caso de los bebés robados. Por lo tanto, una posible víctima.

—No lo podrías haber dicho mejor que yo. Aunque me ha llamado la atención que alguien más se haya interesado por el anciano. No creo en las casualidades. Parecía una residencia de mucho lujo, le costaría una pasta al mes.

—Espera, Javi, mira el coche del abogado. Vamos a escondernos, que no quiero líos.

Nos metimos detrás de unos arbustos y, cuando miramos arriba, vimos al abogado hablando con un anciano por una ventana. Más bien parecía que le estaba amenazando o diciendo algo que no le gustaba, porque el anciano tenía la cara colorada de rabia y se le estaban saltando las lágrimas. De repente, llegaron los de seguridad y se llevaron al abogado. Nos agachamos para que no nos viera al salir y, después de echarlo a patadas prácticamente, se paró al lado de un coche y sacó el teléfono.

Se montó en el coche y se fue. Me quedé mirando a Javi.

—Creo que el comisario tenía razón con el cabrón este, lo podemos añadir a la lista de sospechosos.

—Pues sí, ahora cuando lleguemos a comisaría lo podemos investigar. ¿Vamos a ver si nos dejan entrar?

—Lo dudo mucho después de lo del abogado, pero por probar que no quede.

Ahora ya sí, entramos y nos paramos en la recepción.

—Buenas, ¿qué desean?

—Buenas, veníamos a hablar con Fernando...

—Va a ser imposible, además de que son los terceros que vienen a visitarlo hoy, la última visita lo ha dejado muy alterado, ahora mismo está en observación. Está bastante mal de lo suyo, lo están viendo los médicos de la residencia.

Salimos de allí. Suponíamos lo que le había dicho el cabrón ese, teníamos que investigarlo. Por lo menos el médico parecía que en la residencia estaría seguro, ahí no le podrían hacer nada.

Ya en comisaría, pusimos al tanto al comisario y empezamos a buscar información sobre el abogado a ver qué encontrábamos. Por lo visto, era un abogado caro para gente muy influyente, solía coger todos los casos, incluso los más difíciles, y eso solo podía significar dos cosas: o era muy bueno en su trabajo o tenía buenos contactos para pedir favores. Yo me inclinaba más por esto último, ahí estaba el precedente del caso de los bebés robados, o sea, que no se dedicaba solo al arzobispado, aunque eso ya lo había intuido. Además de las amenazas al médico, nos decía que había algo más que no nos iba a contar, era un hueso duro de roer, por lo menos habíamos avanzado un poco y ya teníamos un sospechoso, aunque estaba también lo que nos dijo el hijo del médico, una chica que también fue a ver al arzobispo.

—Hola, ¿qué pasa, guapa?

—Hola, Juan. Te llamaba por si querías tomar algo esta noche y ya hablamos un rato.

—Pues claro que sí, cómo le voy a decir que no a una chica tan guapa como tú. Luego me paso por el hostal, sobre las nueve.

—Perfecto, un beso, hasta luego.

—Hasta luego, guapa.

Javi acababa de llegar a mi mesa y me estaba mirando con cara de morirse de risa.

—¿Cómo vas, guapo? ¿Has descubierto algo?

—A ti sí que te voy yo a descubrir, pero la cara.

—Era broma, tío, me alegro un montón por ti, desde que viniste de Galicia no te había visto así, ni tampoco con nadie.

—Ya, bueno, la cosa va poco a poco, pero bien.

—¿Algún día me contarás qué te pasó en Galicia?

—Algún día, pero ahora mismo estamos en lo que estamos y, por lo visto, el abogado no es trigo limpio. Además de ser letrado de gente con pasta, creo que tiene buenos contactos. Podríamos empezar con él como primer sospechoso.

—La verdad es que sí, fue de los primeros en llegar a la escena del crimen y sé que algo esconde, pero, bueno, eso ya queda para mañana, que Romeo tiene una cita.

—Estás gracioso, eh.

—Qué va, sabes que me alegro un montón por ti.

—Bueno, pues lo dicho, me voy. Mañana nos vemos.

—Venga, suerte, y, ya sabes, toma precauciones por si acaso.

Ahora tendría cachondeo con Javi para unos pocos días, pero por lo menos sabía que me lo decía de buen rollo. Era mi mejor amigo en la comisaría y también fuera de ella. Las cosas allí nunca fueron fáciles para mí. De camino a casa para arreglarme un poco comencé a pensar. En principio no le comentaría nada de lo que pasó en mi piso, me daba un poco de apuro, además, con lo recatada que es en público, se moriría de vergüenza.

Llegué a casa y fui directo al armario. ¿Qué me iba a poner? Pantalón corto y un polo mismo. Me duché y me vestí, iba bien de tiempo y tenía un montón de ganas de volver a verla. Salí camino del hostal, me encantaba pasear por las calles de Granada, tenía un no sé qué que no se puede explicar, pero que te atrapaba, y ya si era por sitios como el Sacromonte, la acera del Darro, la calle Elvira, o la Alhambra... Granada tiene rincones mágicos. Abstraído en mis pensamientos, llegué a la puerta del hostal. Preferí esperar allí. A la abuela de recepción le pasaba como a todas las de pueblo, que tienen que enterarse de todo, como decía mi padre, son servicio de vigilancia veinticuatro horas. A los cinco minutos, bajó Alba tan radiante como el primer día que la vi. Me tenía loco.

—Hola, guapo, ¿llevas mucho esperando?

—Qué va, llegué hace nada. Estás preciosa.

—Tú también, Juan.

Me dio un beso inocente en los labios. No parecía la misma que cuando vino a mi piso. ¿Sería un poco bipolar? «Bueno, si era eso tampoco pasaba nada, lo podría soportar con lo que me gustaba.» Estuvimos dando un paseo. Cuando me quise dar cuenta, me había cogido la mano, qué cuadro, parecíamos dos críos. Estuvimos hablando de cosas sin importancia hasta que nos plantamos en el mismo bar de la otra vez. Ya se sabe, el hombre es animal de costumbres, si algo va bien, por qué cambiarlo.

Ya en el bar, nos pedimos un par de cervezas y nos sentamos en la misma mesa de la otra vez.

—Bueno, Juan, te iba a contar algo. No sé por dónde empezar, en estos últimos días he descubierto algunas cosas de mi pasado que creo que te pueden ayudar en tu caso. Es algo un poco fuerte para mí.

—No te preocupes, estoy acostumbrado a cosas impactantes —le dije, cogiéndole la mano.

Me miró, clavándome esa hermosa mirada, y confesó:

—Parece increíble. El arzobispo asesinado es el mismo de mi partida bautismal y me ha dicho mi madre que lo más seguro es que yo sea uno de los bebés robados del famoso caso de hace unos años. Además, hay un médico de la época que se llama Fernando, que era amigo del arzobispo. También estaba metido en el tema, pero, por lo que me ha dicho, los dos lo hacían obligados por alguien de arriba.

—Entonces, ¿tú has sido la que ha visitado al arzobispo, al hijo del médico y al médico en la residencia?

—Mismamente. ¿Cómo lo sabes?

—Porque en los tres sitios nos han hablado de la visita de una mujer morena, pero, tranquila, ahora mismo hay un sospechoso. Es un abogado.

—¿Trajeado, con maletín de piel marrón?

—El mismo.

—Ya decía yo. Me lo encontré en la residencia al salir de hablar con Fernando y me sonaba de algo. Cuando fui a ver al arzobispo, salía de su oficina.

—No te acerques a él, porque es un pájaro de cuidado.

—También averigüé el centro donde me adoptaron: Virgen de la Caridad.

—Esto sí que nos va a venir bien, ya tenemos para investigar. Muchas gracias, pero gasta mucho cuidado, Alba, hay gente muy peligrosa en todo este tema y no quisiera que te pasara nada. Cualquier cosa rara me llamas, ¿vale?

—Vale, Juan, yo también te diré lo mismo, ahora que por fin he encontrado un hombre en condiciones y que me gusta.

Después de decir esto, se puso colorada.

—Tú también me gustas un montón, Alba.

—Ya, pero me da cosa, en su momento lo pasé mal con las relaciones y quiero ir poco a poco.

—No te preocupes, que a mí me ocurre igual.

—Juan, te iba a preguntar algo más, pero me da mucha vergüenza. La otra noche, cuando quedamos, después de irme al hostal, tuve un sueño muy húmedo contigo. No sabía cómo contártelo, parecía muy real.

—Fue real.

Ahora sí que se puso colorada, no sabía dónde se iba a meter.

—No puedo creerlo... Perdona si fui muy brusca, Juan, pero es que esto no se lo había contado a nadie. A veces me dan migrañas, cuando se vuelven muy fuertes suelo soñar cosas, pero son sueños tan auténticos que no sé si son verdad o no y, en ocasiones, tengo algunas lagunas mentales.

—No te preocupes, Alba, nadie es perfecto. Tú me gustas mucho tal y como eres, no hay nada que perdonar.

Pasamos una noche perfecta. La acompañé al hostal y, allí, en la puerta, ya sí nos dimos un buen morreo de buenas noches. Después de despedirnos, me fui a mi piso con una sonrisa de oreja a oreja. Después de lo que habíamos hablado, mis sentimientos hacía ella crecieron. Ya estaba enamorado hasta las trancas. A lo mejor era algo bipolar, pero no me importaba. Me gustaba muchísimo. Y encima lo que me explicó nos podía ayudar en la investigación. Al día siguiente le contaría todo a Javi.

ALBA

Después de despedirme de Juan, subí a mi habitación. Había sido una cita increíble, había hablado con él, se lo había contado casi todo, pero aún me quedaba otra incógnita. «Si lo de su casa pasó de verdad, ¿era una asesina y no me podía controlar? Quizás debería ver a un psicólogo. ¿Me seguiría queriendo Juan si entrara en un psiquiátrico?» Y no solo eso, acabaría con su carrera. Necesitaba dormir, así que tomé un té para relajarme y poder descansar.

Al cabo de un rato o de unas horas, me desperté con migraña. ¡Otra vez no! Estaba harta, desde que estaba en Granada eran más fuertes. También en Sevilla me daban, pero no soñaba con asesinatos, ni tampoco tenía sueños eróticos. Decidí salir a la calle a ver si tomando un poco el aire se me quitaban. Me tomé un paracetamol y salí al exterior. ¿Debería contárselo todo a Juan? Ese pensamiento me torturaba. Me podría tomar por loca o, incluso, detenerme si es que, como él decía, el abogado era sospechoso, a lo mejor era él y lo mío solo eran sueños, pero parecían tan reales y explícitos... Me estaba volviendo loca, Dios mío. De repente, empecé a sentirme peor, el dolor era cada vez más fuerte, así que me volví al hostal y me tumbé en la cama. Todo se volvió rojo, de nuevo perdí la noción del tiempo y el espacio. Cuando abrí los ojos, me encontraba en el almacén de la otra vez, grande y oscuro. Estaba casi todo vacío a excepción de la furgoneta, las cadenas del techo y algo que había tapado en el centro del almacén. No alcanzaba a ver lo que era, qué poco me gustaba, eso significaba que alguien iba a morir seguro. Cogí la máscara de *hockey* y me la puse. Al momento, llegaron los tres individuos de la otra vez.

—¿Estáis preparados, chicos? —Sentí que tomaba las riendas de un plan macabro.

—¡Claro que sí! —Y se rieron todos a la vez.

Miré dentro de un armario. Había dos trajes de médico de urgencias y dos batas de médico. Yo me puse uno de los trajes de urgencias, otro de los individuos también y los otros dos las batas. Empezamos a andar por el almacén, salimos a la calle y había una ambulancia aparcada. ¿De dónde la habían sacado? ¿Qué íbamos a hacer con ella? Me monté delante, empecé a conducir la ambulancia a todo lo que daba por la circunvalación. No parecía la misma, era como si otra persona me dominase. Me sentía eufórica, la adrenalina recorría mi cuerpo, me iba a dar algo adelantando coches por la derecha en plan loco, todos gritaban excitados en la ambulancia. ¿Dónde coño iba? Llegando a la salida de La Zubia, puse el intermitente y empecé a frenar, pero una parte de mí me decía que él no, que el pobre no se merecía lo que le iba a hacer. Llegué a la puerta de la residencia, nos bajamos de la ambulancia y entramos de noche.

—Buenas, ¿en qué puedo ayudarles?

—Buenas, venimos del hospital a recoger... A ver, déjame un momento. —Hice el paripé mirando unos folios en blanco—: Al señor Fernando García para hacerle un chequeo.

—No me consta nada de eso. Pero ¿por qué llevan esas máscaras? —dijo extrañada.

—Son órdenes, no nos podemos ir sin él, la habitación está preparada.

—Ya, pero él descansa tranquilo en su habitación. Hagan el favor de marcharse o llamaremos a seguridad.

Uno de los tíos sacó una pistola con silenciador y le pegó un tiro en la cabeza. Yo aproveché para mirar el ordenador y ver su cuarto, que no estaba muy lejos. Anduvimos por el pasillo hasta que encontramos la habitación. Toqué a la puerta.

—¿Se puede?

—Sí, adelante. —El hombre estaba sentado en una butaca—. ¿Quiénes son ustedes?

—Venimos a hacerle una inspección por lo que le pasó ayer.

—Ya me encuentro bien.

—Ya, pero son órdenes.

—Pues adelante.

Saqué una jeringuilla del bolsillo y se la clavé en el cuello.

—Rápido, traed la camilla.

Tardaron nada en aparecer con la camilla. Lo tumbamos en ella y lo atamos bien.

—Vámonos.

Lo montamos en la ambulancia y salimos pitando.

—¿Os habéis ocupado de las cámaras?

—Sí, están todas desconectadas.

—Perfecto.

Volvimos por la circunvalación a toda hostia y, cuando llegamos al almacén, paré al lado del bulto que había en el centro.

—Ayudadme a tumbarlo aquí, chicos. —Lo destapé. Era un potro de tortura y todos empezaron a reírse. Lo dejamos bien atado—. Muy bien, esta noche nos vemos por aquí, ya sabéis, ¿de acuerdo?

Le puse otra inyección en el cuello y, de repente, abrió los ojos.

—¿Dónde estoy? —Me quité la máscara—. Tú eres la chica que vino a verme a la residencia.

—Calla, cabrón, vas a sufrir mucho por todos los niños que robaste.

—¡Me obligaron!

—Ya, seguro, igual que al arzobispo.

Le tapé la boca, me puse al lado de la palanca del potro y la accioné. Poco a poco veía cómo sus extremidades se iban estirando cada vez más, y, cuanto más terror veía en sus ojos, más tiraba. Cómo me gustaba ver sufrir a ese cabrón por todo lo que había hecho, cada vez se le iban desencajando más los brazos y las piernas, se le desmembraban los tendones y los músculos, notaba por dentro una sensación de gozo. En cambio, esa no podía ser yo, me daba asco solo de pensarlo. Así seguí torturando al médico durante horas hasta que noté que se le apagaba la vida. Al rato, llegaron dos de los individuos. Uno, como la otra vez, se ocupaba de que hubiera vía libre. Esta vez íbamos a dejarlo en la acera del Darro, justo en el puente de piedra que cruza el río, así que entre los tres cargamos el potro de tortura con el cadáver en la furgoneta. Condujimos por la circunvalación con mucho cuidado, hasta llegar a la salida de Armilla. Allí nos salimos y entramos en Granada. No quería llamar la atención, solo hacía falta que nos parara la Policía. Seguía con la adrenalina a tope, el corazón se me iba a salir, cuando recibí la llamada.

—Vía libre.

Era la señal para actuar. Seguimos la calle hasta llegar justo al lado del puente de piedra. Paré la furgoneta y allí nos esperaba el otro hombre. Bajamos el potro entre los cuatro, preparé con cuidado la escena, pero sin entretenerme. Después de asaltar la residencia, la Policía nos estaría buscando; el tiempo era primordial.

Nuevamente, le puse una moneda de plata de dos caras en la boca, nos montamos en la furgoneta y nos fuimos. Todavía había mucho que hacer, nos teníamos que quitar del medio a muchos más cabrones. Ellos no se lo pensaron dos veces antes de destrozar tantas vidas. Esa era nuestra venganza, no iba a quedar impune ninguno de ellos.

Desperté en mi habitación al rato. Estaba envuelta en sudor, ya no sabía distinguir entre lo que era sueño y lo que era realidad. ¿Había matado al pobre médico? Fui corriendo al baño a vomitar de solo pensar en lo que había hecho. Tenía que relajarme un poco, así que bajé a la calle y salí a dar un paseo. Era de madrugada, todo estaba muy tranquilo, no había ningún bar abierto, pero ahora necesitaba sosegarme. ¿Qué hacía, se lo contaba a Juan? Me tomaría por loca. Si por lo menos supiera dónde estaba la nave, se lo podría decir aunque fuera con un número privado o cualquier cosa, pero no podía reconocer el lugar. Cuando quise darme cuenta, me encontraba en el mirador de San Nicolás, me senté en el único banco que hay y contemplé la Alhambra. ¡Cuánta belleza! La calma invadía todo mi cuerpo, ahora sí podía pensar con claridad. Si seguía investigando sobre mi pasado, seguiría matando gente. También me podía volver a Sevilla y olvidarme, pero no era lo que quería de verdad, tenía que acabar con eso y averiguar todo sobre mi pasado, además, también me preocupaba Juan, y ya me estaba imaginando un futuro con él. Al pensar en él supe lo que iba a hacer. Si me volvía a pasar lo de los sueños, se lo contaría, ahora mismo, por lo pronto me iría a descansar al hostal, al día siguiente seguiría con mis investigaciones, tenía el nombre del orfanato.

Me levanté con la cabeza más despejada, tenía que averiguar dónde estaba el orfanato. Estuve un rato buscando en Google, hasta que encontré la dirección, ahora era un convento, por lo visto, y cuando saltó el caso de los bebés robados lo cerraron, lo más seguro es que alguna de las monjas me pudiera ayudar. El convento estaba en el barrio del Sacromonte, no muy lejos, así que fui andando. La verdad es que tenía su encanto, el barrio es uno de los más antiguos de Granada, a mi paso veía muchas cuevas reconvertidas en locales, donde por las noches hacían espectáculos de flamenco, había estado en alguno, pero hacía ya tiempo, podría venir con Juan en nuestra siguiente cita, había unas vistas espectaculares de Granada; qué bonita era. Acostumbrada al bullicio que siempre había en Sevilla, la paz de aquel barrio me encantó, ya me veía viviendo allí con Juan en una casita. ¿Qué estaba pensando? ¿Un inspector de homicidios y una asesina? Menuda pareja íbamos a hacer. Cuando me percaté, estaba ya en el convento. Toqué el interfono que había.

—Buenos días, ¿qué desea?

—Buenos días, venía a ver si podía hablar con la madre superiora. Es un asunto personal.

—Pase.

Cuando entré, tuve una sensación extraña, ya sé que no se tienen recuerdos de cuando eres recién nacido, pero ese lugar me recordaba a algo.

Ante mí había una monja más bien baja, de unos cincuenta años y bastante delgada.

—Buenos días, ¿la madre superiora?

—Siga por este pasillo adelante, la puerta del final.

—Gracias.

La verdad es que el convento estaba muy bien conservado, tenía un patio muy grande, que en otros tiempos habría sido el sitio de juegos de muchos niños. A la derecha el pasillo, lleno de columnas, «qué pena que un sitio tan bonito albergue un pasado tan oscuro». Llegué al final del pasillo, ahí estaba la puerta. Di unos toques en ella.

—Pase —me dijo una voz al otro lado.

Se le notaba bastante la edad, pero, teniendo en cuenta que habían pasado treinta y dos años desde mi adopción, era normal. El despacho no tenía nada que ver con el del arzobispo, todo lo contrario, era muy sencillo, solo con unas estanterías llenas de libros. Había mucha más riqueza en ellas que en cualquier reliquia de las del despacho del arzobispo. Me senté en la silla que había frente aquella mujer.

—Usted dirá.

—No querría importunarla mucho, vine a Granada porque estoy intentando averiguar mi pasado, mi madre dice que me adoptaron aquí de recién nacida.

—Bueno. —Le cambió la cara, se le notaba la pesadumbre—. Aquella fue una época oscura, yo acababa de entrar de novicia en el orfanato, me encantaba cuidar de los niños, así que, bueno, al principio estábamos muy bien; pero con el paso del tiempo las cosas cambiaron, el orfanato empezó a necesitar reformas, y no teníamos mucho dinero.

—¿Y qué pasó entonces? —le pregunté a aquella monja. Necesitaba saber.

—Un día se presentó el párroco Felipe, el que era el arzobispo, que en paz descanse. Venía con un abogado y un médico, creo que se llamaba Julián.

—¿No sería Fernando, el médico?

—No, era Julián. Fernando trabajaba con él, lo sé porque vino más adelante. La cosa es que el médico y el abogado hablaron con la madre superiora y le ofrecieron arreglar el orfanato a cambio de vender algunos niños recién nacidos. Ambos le dijeron que los niños eran abandonados por sus madres al nacer por no tener medios. La madre aceptó por el bien del orfanato para seguir manteniendo a los niños. Ella dijo que miraba por el bien de ellos, y a mí, al ser una de las más jóvenes, me cogieron de enlace con las familias para entregar a los bebés. Cuando hace unos años saltó la noticia de los bebés robados y nos enteramos de todo, decidimos no recoger más niños. Fue terrible. —La monja parecía sincera—. Nos quedamos con los que ya teníamos, les dimos una educación y un futuro. Con el tiempo, pasamos a ser un convento. Tras el escándalo, nos visitó el hijo del que por aquel entonces era el abogado del arzobispado. Se llevó todos los documentos que conservábamos de aquella época. Él también ejerce como lo hizo su padre. Lo que sí guardé son fotos de los dos médicos, el párroco y el abogado. Voy a buscarlas.

Eso sí que se lo tenía que contar a Juan. Al rato llegó con un montón de fotos, ahí estaban. ¿Y si él fuera el asesino y lo mío solo sueños? Podría ser.

—¿Me puedo llevar algunas de estas fotos? Tengo a un amigo policía que está investigando el asesinato del arzobispo...

—Y el del médico, supongo, que apareció en un potro de tortura en el puente de piedra que hay por la acera del Darro, lo estaban diciendo esta mañana en las noticias.

«¿De verdad? ¡Lo había matado de verdad! No era un sueño.»

—Sí, toma, en estas dos fotos están todos. Les podría ayudar en la investigación, tengo mucho miedo de que el asesino venga a por mí buscando venganza, más por mis hermanas que por mí, sería la mejor forma de expiar mis pecados. Aunque no lo supiera, era cómplice. Eso sí, chica, cuidado con quién te relacionas, hay gente muy peligrosa que no quiere que esto se sepa y el abogado es uno de ellos.

—Muchas gracias por todo, madre.

—De nada, ve con Dios.

Salí del convento con una extraña sensación. Por una parte, estaba contenta, le contaría todo a Juan y le daría las fotos. Por otra, estaba hecha polvo por lo que había hecho con el pobre médico. Empecé a caminar de vuelta al hostal, ensimismada mirando Granada, qué bonita era y cuántos misterios escondía, tantos como sus calles y monumentos. Ver la ciudad me daba la paz que tanto necesitaba. Cuando llegué al hostal, llamé a Juan.

—Hola, guapa. No es buen momento. Luego te llamo, tenemos un jaleo tremendo. Pero me alegra hablar por fin contigo.

—Qué ha pasado, ¿estás bien?

—Sí, pero hay una nueva víctima: Fernando Martín, el médico de la residencia.

—Lo sé. Dios, pobre hombre...

—Sí, está siendo terrible.

—Juan, si quieres, luego me recoges en el hostal. Quiero contarte algunas cosas que he averiguado. He estado en el convento y he conseguido algunas fotos que te gustará ver.

—Qué bien nos vas a venir para avanzar en el caso y pillar al asesino. Te has adelantado a nosotros —dijo Juan, animándome.

—Por favor, ten cuidado con el abogado del arzobispo.

—Ya, ya sé que el tal José García no es trigo limpio.

—No es solo por eso, estoy convencida de que es muy peligroso.

—Gracias por avisarme, Alba. Pero recuerda que soy policía.

—Lo sé... te quiero un montón —dije, sin poder evitarlo.

—Y yo a ti, Alba. No sabes las ganas que tengo de que esto acabe para poder disfrutar de unos días tranquilos contigo.

—Ojalá...

—Un beso, guapa.

—Otro para ti, guapetón.

Sí, me iba a ir a tomar unas vacaciones, a la sombra, en Albolote.

JUAN
(Un día antes)

Llevaba todo el día sin saber de Alba. La llamé por teléfono, pero no me lo cogía, supongo que estaría peor de las migrañas. Había sido un día largo en comisaría, habíamos estado investigando el orfanato Virgen de la Caridad que me dijo Alba la noche anterior y, efectivamente, había sido el centro de toda la trama de niños robados. Seguía sin fiarme del abogado del arzobispo. No había rastro de aquellos tipos que pudieron ayudar a colgar el cadáver de la víctima, y los informes, tanto de los forenses como de la científica, no arrojaron más luz. Además, el análisis de la moneda no nos aportó ninguna pista nueva. No había huellas, ni ADN de otras personas en la víctima. Al día siguiente me acercaría al convento a ver si averiguaba algo, e iría a ver cómo estaba Alba, no quería molestarla.

—Bueno, qué, Juan, ¿nos vamos? ¿Quieres tomar una cerveza o has quedado con tu chica?

—Venga, vamos a tomar algo.

Salimos de comisaría, por lo menos ese día habíamos avanzado en la investigación y teníamos al maldito abogado en el punto de mira. Me tocaba a mí el coche, mis oídos podían descansar. Fuimos dirección a la Chana, para tomar algo y tapear, lo mejor de Granada. Ya en el bar, nos pedimos un par de cañas.

—Anda, Juan, cuéntame cosas de tu chica.

—Bueno, no sé si puedo llamarla mi chica, solo hemos salido un par de veces, pero vamos muy en serio, eso sí, poco a poco, no tenemos prisa. ¿Qué más te cuento? Está aquí, en Granada, por temas familiares.

—Que, supongo, tienen que ver con los bebés robados, por eso te ha dado tan buena información.

—Eso está intentando averiguar.

—Bueno, ¿y cómo está de buena?

—Qué cabrón qué estás hecho, para mi gusto un once sobre diez: morena, con el pelo liso, figura perfecta, como me gustan a mí, que tenga dónde agarrar.

—Ya, bueno, me alegro de que te vaya bien, la verdad es que es la primera vez que te veo tan animado desde que te viniste de Galicia. Ya sabes que cuando estés preparado para contarme lo que te pasó allí...

—Tranquilo, Javi, cuando esté preparado, te lo contaré.

—Vale, sabes que aquí me tienes para lo que haga falta.

Ya después de unas cervezas y de hablar un buen rato, y estando ya cenados con las tapas, nos fuimos a dormir. Todavía nos quedaban días por delante, a ver si cogíamos al cabrón ese antes de que la liara más. Pero aquella noche no íbamos a descansar.

Era de madrugada cuando me despertó el móvil. Era el comisario. Me puse en lo peor.

—Juan, ven echando hostias a la acera del Darro.

—¿Y eso?

—Otro cadáver.

—¡Joder! Voy para allá.

Me vestí en un momento y llamé a Javi mientras salía de casa.

—Javi, ¿te ha llamado el comisario?

—Sí, hace un momento, voy para allá.

—Ok, a ver qué nos encontramos esta vez.

Salí para la acera del Darro y, cuando llegué, ya había un montón de curiosos: la prensa, los compañeros intentando controlar a la gente... La escena volvía a ser brutal: había un potro de tortura en mitad del puente de piedra de la acera del Darro. En él estaba el cadáver del médico, con los brazos y las piernas totalmente desencajados. La cara era un poema, parecía que había sufrido mucho antes de morir. Estaba prácticamente desnudo, salvo por un taparrabos, «joder, qué sádico era el asesino, cuánto odio acumulado». Eso sí, habría necesitado ayuda, como en la otra escena del crimen. Me acerqué al forense.

—¿Habéis encontrado algo?

—La misma moneda que la otra vez. —Ya por detrás llegó Javi.

—Hostia, la que ha liado.

—Javi, ¿piensas lo mismo que yo? Tendremos que hablar con cierto abogado.

—Pues sí, puede que fuese el último en hablar con él.

—No creo que se atreva a venir por aquí, pronto sospechará que vamos a por él.

Llegó el comisario con su humor de siempre.

—Me cago en la puta hostia, tenemos que detener a este tío ya.

—Son varios, comisario —dije yo.

—Pues a todos, ¿hay algún sospechoso?

—Le va a gustar el sospechoso, capitán, su amigo el abogado.

—Con las ganas que le tengo a ese cabrón... ¿Hay algo firme contra él?

—Creemos que fue el último en ver a la víctima, por lo visto, lo alteró de tal manera que necesitó asistencia médica, además, Javi y yo escuchamos una conversación sospechosa que tuvo con alguien.

—No es suficiente, necesitamos algo más tangible, con eso se nos escapará, mañana pegaos a él como una lapa.

—Entendido, capitán.

Después de pasar la noche allí buscando alguna pista, ya estaba bien entrado el día cuando me volvió a sonar el teléfono. Era Alba. Con el lío que había allí no quería que el capitán me pillara hablando, así que me retiré un poco de la escena para hablar con ella. Qué ganas tenía de cazar al asesino. Cuando acabara todo eso, me cogería unos días para disfrutar con Alba. Llevaba ya mucho tiempo sin sentirme así, pero no quería recordar el pasado en ese momento. Me acerqué a Javi después de la conversación.

—Puede ser que tengamos más pistas y algunas fotos.

—¿Alba?

—Sí, ha estado en el convento.

—Como se entere el comisario, nos echa y la contrata a ella —bromeó mi compañero.

—Ya ves y, además de verdad, luego la veré y ya te cuento, también mencionó al abogado, ha insistido en que es peligroso.

Era ya mediodía cuando terminamos de limpiar la escena del crimen. Fuimos a comisaría para poner las ideas en orden. Después de semejante suceso estaba un poco estresado. En ese momento el único sospechoso era el abogado, que, por cierto, no había aparecido por allí, mejor, no quería que se asustara y se perdiera en la ciudad, había que ir con mucha cautela hasta tener algo contra él. Estuvimos mirando el expediente del abogado. Salvo lo que ya sabíamos, que era abogado de gente importante, a la vez que del arzobispado, no encontramos mucho, esa gente sabía cubrir bien sus espaldas. Llamé a Alba desde comisaria para quedar esa noche, no solo tenía muchas ganas de verla, sino también de que me explicase qué había descubierto.

—Ayer tuve una migraña tremenda, pero hoy me encuentro mejor.

—Lo supuse, nosotros hoy hemos tenido un día de locos, pero, bueno, por lo menos, ya tenemos un sospechoso. Luego te cuento y ya me dices.

—Ok, ¿me recoges a las diez?

—Perfecto.

—Podemos ir al Sacromonte, que es muy bonito y hay unos espectáculos de flamenco muy chulos —le propuse.

—Vale, a las diez te recojo.

—Hasta luego, guapo, te quiero mucho.

—Y yo también, un montón, guapísima.

Me puse colorado, después de tanto tiempo soltero, me encantaba estar así de enamorado, creo que con Alba todo iba a ir perfecto.

—¿Qué pasa, Juan? Te has puesto como un tomate —me soltó Javi, encantado de chincharme.

—Venga, anda, vámonos, que ya es hora, déjate de tonterías.

—Mañana me cuentas todo, ¿vale? —siguió con la broma—. Bueno, lo que hagáis en la cama ya me lo cuentas en el desayuno.

—Anda y te vas a la...

Salimos de la comisaría. Ese día conducía Javi y me deleitó con unas bonita balada de Pantera, a toda hostia, como siempre, los cristales de su coche debían tener refuerzo o algo, con la paliza que les daba, cómo sonaba el *Cemetery gates*, la verdad, es un temazo, pero a un volumen más normal. Para el poco tiempo que llevaba en Granada, un año apenas desde que me vine de Galicia, Javi había sido el compañero con el que más había conectado. Sabía que daría su vida por mí, igual que yo, siempre estaba ahí para levantarme el ánimo. De primeras, fue mi pilar, sin él me hubiera hundido después de lo que me pasó allí. Antes o después se lo contaría, pero todavía no era el momento. Me dejó en la puerta de mi piso.

Subí y fui directo al armario y a la ducha, tenía un montón de ganas de ver a Alba, me tenía loco con esa mirada, ese cuerpo, esos labios. Ya listo, salí a la calle a buscarla, después del día que llevaba necesitaba despejarme un poco y ella era la mejor manera para olvidarme de todo.

Ya estaba en la puerta del hostal, enseguida salió y me dio un beso tremendo.

—¿Cómo está el poli más guapo de Granada?

—Ahora mismo, en el cielo.

Le respondí con un caliente beso con lengua, qué locura de mujer, cómo me ponía solo con su presencia. Nos abrazamos y empezamos a caminar cogidos de la mano. Nuestra relación iba en serio. Entre eso y que el ambiente de las callejuelas camino al Sacromonte era mágico, no había un sitio mejor para estar. Paramos en el mirador de San Nicolás, donde nos sentamos en el banco y estuvimos un rato disfrutando de la tranquilidad.

—Te quería contar, Juan, lo que averigüé en el convento.

—Dime.

—Pues que, por lo visto, el arzobispo y Fernando solo eran unos mandados, los obligaban a hacer a todo lo que hicieron. Mandaba el padre de José García, hijo de José Manuel García, el abogado.

—De tal palo, tal astilla, el hijo tenía de quién aprender.

—Y un médico llamado Julián, de este no sé nada. Toma estas fotos, me las dio la madre superiora, en ella están todos juntitos.

—Hostia, qué bien nos va a venir esto, le vamos a buscar las cosquillas a este tío, por lo visto no va solo. Según un testigo del primer asesinato, colaboran con él tres tíos grandes.

—¿Ah, sí? —dijo Alba, e instantes después le noté un brillo extraño en la mirada.

—¿Estás bien?

—Sí, solo algo cansada.

—Venga, vamos a tomar algo y a ver el espectáculo. Nos vendrá bien distraernos un rato.

Cogidos del brazo, empezamos a caminar por el barrio, que desprendía magia por todos sitios. Cuando llegamos al local, entramos y me quedé flipado. Era una cueva restaurada a modo tablao flamenco, estaba decorado con un montón de cuadros de cantantes y bailadores famosos. La tenue luz que había era perfecta para ver el espectáculo. Nos sentamos en unos taburetes y pedimos unas cervezas.

Al fondo estaba el tablao flamenco. Salió un hombre de unos cincuenta años, se sentó en una silla que estaba colocada en un lado del escenario y empezó a tocar la guitarra. Se me puso la piel de gallina. Al rato, salió otro de la misma edad más o menos y se sentó en el centro del tablao. Cuando empezó a cantar casi me da algo, qué voz tenía, era un espectáculo digno de ver. En la siguiente canción salieron dos chicas con trajes de flamenca, Dios mío, cómo bailaban, Alba tenía razón, era un espectáculo único. A ella le estaba pasando igual que a mí, se le notaba en la cara. Después de la actuación y unas cuantas cervezas, salimos a la calle y nos sentamos en un banco. Pero la tranquilidad duraría poco. Estábamos disfrutando de unas vistas preciosas de Granada cuando, de repente, empecé a notar un olor a quemado y me puse alerta.

—Pasa algo, Alba, alguna cosa está ardiendo cerca.

—Sí, yo también lo noto. —Después de mirar un rato, vimos que salía una columna de humo del convento—. Ahí va, Juan, es el convento de las monjas donde estuve esta mañana.

—Vamos, rápido, ven detrás de mí por si acaso, esta vez los vamos a pillar.

Empecé a correr hacia el convento mientras llamaba al comisario.

—Ahora mismo, Juan, no actúes hasta que lleguemos.

—Comisario, si veo a los sospechosos, iré a por ellos.

—Cago en todo, Juan, no hagas tonterías.

—No tarden.

Minutos después estábamos al lado del edificio.

—Alba, espérate aquí escondida, voy a inspeccionar.

—No, Juan, quiero ir contigo.

—Nada de eso, espera aquí, por favor.

—Vale.

El portón estaba abierto, olía a barbacoa y, cuando me asomé un poco, vi una lumbre en el centro del patio. Una mujer mayor ardía, sus alaridos eran ensordecedores. El fuego cubría su cuerpo por completo y supe que no había esperanza ninguna para ella. Justo cuando iba a entrar, distinguí dos sombras que salían, no me vieron por las prisas que llevaban por escapar. Cada uno cogió una dirección, yo me decidí, fui a por el tío hacia la derecha, aun con la cara tapada sabía quién era: el maldito abogado. No llevaba mi pistola, pero corrí detrás de él, estaba ya casi sin aire y me costaba respirar con el humo. De repente, tropezó y me eché sobre él. Cuando le quité el pasamontañas, me miró con cara de terror, lo había pillado con las manos en la masa. Al momento, llegó el comisario y paró al lado.

—Bueno, comisario, aquí tienes a tu asesino.

—Muy bien, Juan, además, le tenía ganas a este cabrón.

El comisario tenía una cara de felicidad que no cabía en él.

—Esto es un error, yo no soy el asesino —dijo aquel tipo, tratando de defenderse.

—Entonces, ¿por qué has salido corriendo del convento mientras ardía aquella mujer en llamas al más puro estilo de la Santa Inquisición?

—Yo no he hecho nada, no he tenido nada que ver.

Entonces el comisario se le acercó y le dijo al oído:

—Por fin te he pillado, pedazo de cabrón, de esta no te libras. Dices que no eres el asesino, pero sigues la misma pauta. Tranquilo, que tengo reservada una suite de lujo en la comisaría para ti. Llevaos a este malnacido.

Vinieron los compañeros a por él y lo llevaron directo a comisaría.

—¿Y el otro individuo?

—Fue hacia abajo, hostia, Alba, fue para ella. Vamos rápido, comisario.

ALBA

Permanecía en mi escondite cuando, a lo lejos, vi salir a dos hombres del convento. Juan corrió detrás de uno de ellos, mientras el otro venía en mi dirección. Era alto, de complexión fuerte, llevaba una máscara de *hockey*, ¿de verdad? Sabía quién era, me iba a ver. Cuando llegó a mi altura se quitó la máscara.

—Jefa, ¿qué haces aquí? Todo ha salido según lo previsto. Engañé al abogado diciéndole que la monja había hablado con la Policía, le dije que la teníamos que quemar como a una bruja y pronto lo detendrán. Esto se está llenando de maderos, le echarán la culpa de todos los asesinatos, así podremos culminar nuestro plan. Vamos, tenemos que escapar rápido.

De repente, escuché una explosión al lado de mi oído, y traté de resguardarme alejándome del lugar. El desconocido, que no lo era tanto, empezó a sangrar por el hombro, cayó de espaldas y se golpeó en la cabeza. Deseaba que hubiera muerto, si no, me podría meter en un lío al hablar con la Policía si le sacaban una confesión. Me llamó jefa, estaba claro que era la asesina, y aquello solo tenía una explicación, estaba sufriendo un trastorno de personalidad. «Dios, qué iba a hacer.» Sin esperarlo, alguien me tocó en el hombro.

—Hola, soy Javi, compañero y amigo de Juan. ¿Tú eres la amiga de Juan, la que nos está ayudando en el caso?

—Sí, bueno, resulta que estoy buscando saber de mi pasado y todo está conectado —«y sin querer, estoy matando a todos los implicados, tengo otra personalidad mala y perversa»—. Y Juan, ¿está bien?

—Sí, ha detenido al abogado, es el asesino, y nosotros a unos de sus cómplices, tiene pulso, pero con el golpe que se ha llevado en la cabeza no sé si despertará.

—Voy a ver a Juan.

—Sí, corre, está preguntando por ti.

Quería abrazarlo y, cuando me vio, corrió hacia mí y nos fundimos en un abrazo. Empezó a besarme por toda la cara.

—¿Estás bien, cariño?

—Sí. ¿Y tú?

—Sí, ya hemos pillado al asesino, era el abogado. Y Javi disparó a su cómplice cuando estaba a punto de atacarte. ¿Estás bien?

—Sí, lo estoy, sobre todo, sabiendo que tú también estás a salvo.

—A Javi le estaré siempre agradecido... —Juan me abrazó más fuerte y añadió—: No sé si el cómplice hablará mucho, se dio un golpe en la cabeza después del disparo. Tiene pulso, pero muy bajo.

—Bueno, de todas formas ya tenemos al cabecilla, podemos estar tranquilos —dije sin admitir mi responsabilidad.

—Pues sí.

Y me abrazó muy fuerte, quería mucho a Juan, pero no quería perderlo. Al día siguiente, sin falta, iba a ver a un psicólogo, por lo menos le echarían la culpa de todo al abogado y yo, a lo mejor, me podría curar para dejar de matar y vivir feliz con Juan. Al momento, llegó Javi. Juan se acercó a él y le dio un abrazo.

—Muchas gracias, tío, no olvidaré lo que has hecho por nosotros.

—De nada, para eso estamos los amigos. Juan, creo que os vendría bien descansar y salir de aquí. Yo me quedo con los demás y más tarde te pongo al día.

—Está bien. Hablamos luego. ¿Nos vamos, guapa? —dijo Juan dirigiéndose a mí.

—Vamos, Juan. ¿Te importaría quedarte a dormir hoy conmigo? Estoy muy nerviosa.

—Pues claro que sí.

Me había salido de dentro decírselo, ya que quería aprovechar al máximo para estar con él, por si al final no podía dejar de asesinar, qué lío. Cuando por fin llegamos al hostal, tenía ganas de acostarme con Juan, pero me daba vergüenza, la otra vez no era yo, por lo menos, no la yo normal. Subimos a la habitación muy acaramelados. Ya dentro, empezamos a comernos la boca con muchas ganas, llevaba mucho tiempo sin hacerlo, casi se me había olvidado, qué plan. Poco a poco, empecé a meterle las manos a Juan por la espalda, qué espalda más fuerte tenía. Le quité la camiseta, ahí lo tenía delante de mí, Dios mío, qué cuerpo, me encantaba. Acto seguido, él hizo lo mismo, me quitó la camiseta y el sujetador con gran destreza. Empezó a sobarme las tetas, mientras no dejábamos de comernos. De la boca pasó al cuello, cómo me ponía. Las manos se me fueron directas a su pantalón, se lo desabroché, empecé a meter la mano por dentro, qué caliente y dura la tenía, le iba a estallar. Le bajé los calzoncillos y le saltó como un resorte. La cogí con las manos mientras él pasaba de mi cuello a mis tetas; estaba chorreando. Él también me desabrochó el pantalón y empezó a meterme mano por debajo del tanga con suavidad, cómo me estaba poniendo. Cuando nos dimos cuenta, los dos estábamos desnudos muy acalorados. Lo cogí y lo tumbé en la cama, me fui acercando a su polla, la cogí suavemente y empecé lamiendo un poquito al principio para, luego, empezar a chupar con más ganas.

Juan estaba excitadísimo, le iba a dar algo. Cuando paré él me cogió y me tumbó, empezó a comerme la boca para ir bajando por mi cuello y pararse en mis tetas. A mí me encantaba lo que me hacía. Mientras iba bajando con una mano, me metió primero un dedo, luego dos, cada vez más rápido, cómo me estaba gustando. Fue bajando hasta pararse entre mis piernas con mucha delicadeza y empezó a juguetear con su lengua, cómo la sentía dentro de mí, iba a explotar, Dios mío. Estaba a punto de correrme cuando paró, se dirigió al pantalón, cogió un condón y se lo puso. Se subió encima, lo iba sintiendo poco a poco entrar con mucha suavidad, primero con movimientos lentos y, poco a poco, fuimos cogiendo cada vez más velocidad. Qué locura, qué ganas tenía de hacerlo con Juan, era mucho mejor de lo que había imaginado, lo de la otra noche no había sido nada comparado con lo de ese día, eso sí, aquel recuerdo era muy borroso. Cuando vi que estábamos a punto de llegar, paramos, nos levantamos y Juan se tumbó en la cama. Yo me senté encima de su polla, empecé a cabalgar como una loca, cómo estaba, me iba a dar algo. A Juan, por su cara, parecía que también. Estábamos empapados de sudor y moviéndonos con locura cuando lo noté, llegamos a la vez, cómo me había gustado. Me tumbé al lado de Juan y lo abracé.

—¿Te ha gustado, guapo?

—Ha sido el mejor polvo de mi vida, de verdad.

—Y el mío también, aunque al principio tenía un poco de vergüenza.

—No pasa nada, es algo natural y cuando nos queremos tanto como nosotros, más todavía.

—Ya, pero me daba apuro por lo de la otra vez.

—Lo de la otra vez no tuvo nada que ver con ahora, me ha gustado muchísimo más —me confesó.

Qué bonico, me encantaba y cada vez lo quería más, estando abrazados nos fuimos quedando dormidos, estaba en el cielo. Desperté abrazada a Juan, estaba sonando su alarma, se tenía que ir a comisaría.

—Buenos días, guapa. —Y me dio un beso con lengua, cómo me gustaba.

—Buenos días, guapo —le respondí yo con otro beso más caliente.

—Me tengo que ir a trabajar. Javi no me llamó al final, pero sé que hoy será un día clave.

—Ok, luego nos vemos, guapo.

Me quedé embelesada en la cama mirando cómo se vestía, qué guapo era, Dios mío, no tenía un cuerpo musculado ni fibroso, pero a mí me encantaban los chicos así, naturales, con poquito pelo en la cabeza; era mi chico perfecto.

—Me voy, guapa, luego nos vemos. —Me levanté sin ropa de la cama y le di otro beso.

Y se fue. Me fui desperezando y, como me estaban volviendo a dar las migrañas, me di una ducha a ver si se me pasaban un poco. Luego me vestí. Cuando estuve lista, empecé a buscar en internet el número de un psicólogo para pedir cita, a ver si lograban saber qué me podía estar pasando. Encontré uno que tenía buena pinta. Las migrañas eran insoportables. De repente, perdí el conocimiento, volví a verlo todo rojo. Al rato, abrí los ojos, iba conduciendo la maldita furgoneta vestida de enfermera, ¿qué iba a hacer? Paré en el Parque Tecnológico de la Salud de Granada. Me metí en la zona de las hospitalizaciones, tenía una sensación extraña de rabia por dentro. ¿Qué me pasaba? Iba pasando habitaciones y, al final, se veía una con un policía en la puerta. Me coloqué el gorro y la mascarilla para que no se me reconociera.

—Buenos días, agente, vengo a ver al enfermo.

—Pase.

Entré a la habitación, era pequeña, de una cama solo. Allí estaba él con la cabeza vendada y esposado a la cama, por lo que parecía, no había despertado, por lo tanto, no habría podido hablar. Me acerqué a él, saqué una jeringuilla que llevaba conmigo, la enganché a la vía y le metí el líquido. Ya no iba a poder hablar, un problema menos. De repente, empezó a pitar el monitor cardíaco.

—Rápido, agente, llame a mi compañera.

En cuanto el policía se fue, me escapé de la habitación. Lo que le había puesto era indetectable, en caso de que le hicieran pruebas. Al rato, desperté tumbada en la cama del hostal, «¿qué había hecho? Lo había matado, qué mal, ahora que había encontrado el amor en Juan me pasaba esto», tenía que ver al psicólogo ya, así que llamé al que había buscado hacía un rato.

—Buenas, quería saber si tienen citas para hoy.

—Tenemos un hueco. Deme su nombre que la anoto. ¿Se puede pasar en una media hora?

—Sí, mi nombre es Alba González, voy para allá.

Salí directa para la consulta, tenía que verlo ya, necesitaba solucionar mi problema. Llegué al bloque donde estaba la consulta, toqué el timbre, me abrieron en el momento, subí las escaleras, era el primer piso y entré; era un piso reconvertido en consulta. Me atendió una chica que estaba sentada al otro lado del mostrador.

—Buenos días, he llamado hace un momento por si había cita.

—Sí, en un momento le avisamos, pase a la sala de espera.

Me senté en la sala de espera, salió el doctor a los cinco minutos.

—Pase.

Entré en la consulta, la verdad es que tenía una pinta muy confortable, con un sofá muy cómodo y, al otro lado, el escritorio del doctor.

—Siéntese, Alba. —Me senté—. Bueno, pues cuénteme qué le pasa.

—Desde que lo recuerdo tengo migrañas y lagunas mentales, pero, últimamente, cuando son más fuertes, tengo pérdidas de conciencia y unos sueños muy reales que parecen verdad, vamos, uno de ellos me dijo mi novio que era real y, bueno, no sé qué hacer.

—Se podría decir, por lo que me cuenta, que sufre un trastorno de la personalidad. Si fuera el caso, además de medicamentos que le tiene que recetar su médico, la debería tratar con psicoterapia, pero necesitaría alguna sesión más para asegurarme de qué es lo que tiene.

—Me parece bien.

—Vale, pues, si quiere, nos podemos ver en principio dos días a la semana y a ver cómo va la cosa. ¿Lunes y miércoles por la tarde le viene bien?

—Sí, me viene bien.

—Hoy ya aprovechamos para hacer la primera sesión, ¿le parece?

—Sí.

—Pues póngase cómoda y empiece a contarme.

«Y ahora cómo se lo contaba, no le podía decir que era la asesina, bueno, a ver cómo empezaba.»

—Normalmente, me dan migrañas cada vez más fuertes. El dolor aumenta hasta el punto de que me desmayo, se me pone todo rojo, me siento como en otra persona, soy yo porque veo que lo soy, pero no controlo mis movimientos, siento cosas muy extrañas, como si fuera alguien totalmente diferente a mí.

—Para empezar, le voy a mandar unos antidepresivos, y unos antipsicóticos, ya en las siguientes sesiones iremos evolucionando en la terapia, será largo, pero puede que haya cura, la esperanza es lo último que se pierde.

—Muchas gracias, doctor.

Salí de la consulta un poco más aliviada, se lo tenía que contar a Juan, aunque yo creo que él ya sospechaba algo, debía ser sincera con él, bueno, a medias, no le iba a contar que era una asesina. En ese momento necesitaba despejarme un poco. Había vuelto a matar, por lo menos esa vez no me podían echar la culpa, era una mierda vivir con una asesina dentro de ti que no puedes controlar, con alguien capaz de cometer esas atrocidades.

JUAN

Salí del hostal con una sonrisa de oreja a oreja, estaba enamorado hasta las trancas, lo de la noche anterior fue espectacular, muy diferente a lo de mi casa, allí Alba estaba distinta, parecía otra persona diferente. A veces me desconcertaba. Pero me gustaba cada día más y la quería, me daba igual cómo fuera. Fui andando hasta casa de Javi para ir a comisaría, me pillaba de camino. Cuando llegué, toqué el timbre.

—¿Quién es?

—Soy Juan, ¿vamos?

—Sí, ya bajo.

Tardó nada en bajar. Cuando abrí la puerta se me quedó mirando, se le puso esa sonrisa tan típica en él en la cara.

—Esta noche has triunfado.

—Anda ya, vamos.

—¿Has dormido mucho o te has pegado toda la noche?

—Al final verás tú.

—Es broma, tío, me alegro mucho y Alba me gusta mucho para ti.

—Muchas gracias por lo de anoche otra vez.

—No hay de qué, tú habrías hecho lo mismo.

—Sabes que sí.

—Bueno, desayunamos de camino a la comisaría, hoy será un día largo con el interrogatorio del abogado.

—Eso sí, aunque me da a mí que esto no ha acabado, todavía queda «al menos» un implicado de la trama, además, no sabemos qué motivos tenía el abogado.

—Puede ser que el médico pagara al abogado para quitárselos a todos del medio —sugirió Javi.

—Ya, pero entonces no entiendo los asesinatos tan crueles, esas puestas en escena dejaban ver mucha sed de venganza, no sé, algo no me cuadra. Y el del hospital, ¿sabemos quién es? —pregunté.

—Cuando lleguemos a comisaría eso es lo que vamos a averiguar.

Nos montamos en el coche y, cómo no, tocaba Metallica, clásico entre los clásicos a todo lo que daban los altavoces, que era mucho. Empezó a sonar *Seek and destroy*. Después de parar para desayunar y coger energía, llegamos a comisaría. El comisario nos llamó a su oficina.

—Muy buen trabajo, ya tenemos al asesino, ya solo faltan los cómplices.

—No sé, comisario, presiento que esto no ha acabado.

—¿A qué viene eso, Juan?

—Llámelo presentimiento.

—Qué presentimiento ni qué hostias, si lo pillaste huyendo de la escena del crimen.

—Ya, pero no sé, fue muy fácil.

—Más bien fue casualidad que te pillara allí.

El comisario tenía razón.

—Voy a interrogar al abogado. ¿Entras conmigo, Juan?

—Claro que sí, comisario.

Salimos de su despacho y fuimos a las celdas, que estaban en la planta de abajo y la única ocupada era la del abogado. Estaba allí sentado en la cama, por llamarla de alguna manera, aquello era cualquier cosa menos una cama, permanecía con la cabeza entre las rodillas. Cuando nos oyó llegar, levantó la cabeza.

—Estáis cometiendo un error, yo no soy el asesino.

—¿Por eso te pillé corriendo?

—Lo puedo explicar.

—Eso vas a hacer arriba, en la sala de interrogatorios. —Acto seguido, el comisario entró, le puso las esposas, lo cogió de un puñado y lo empujó escaleras arriba—. Qué ganas te tenía, cabrón.

Llegamos a la sala de interrogatorios. Había una mesa en medio de la sala y, a un lado, una silla y una argolla en la mesa; en el otro lado, dos sillas. El comisario sentó al abogado en la silla que estaba sola y le enganchó las esposas a la argolla. Al otro lado nos sentamos nosotros dos. El comisario se quedó mirando y empezó a hablar.

—Si, como dices, estamos equivocados, cuéntame, ¿qué pasó?

—Vamos a ver, yo quería darle un susto a la monja para que no hablara, me habían dicho que el chico que venía conmigo hacía este tipo de trabajos, por lo visto son tres hermanos de Rumanía, los Korlov, y contraté sus servicios.

Cuando entramos al convento, la pira ya estaba preparada, pero yo no le presté atención, creía que era un montón de basura o algo para tirar, y empecé a hablar con la monja para decirle que se estuviera callada.

Entonces salté yo.

—¿De qué no querías que hablara? ¿De Julián, el médico o de tu padre, que son los que montaron la operación de los bebés robados?

—No digas más tonterías, mi padre era legal.

Entonces le enseñé la foto. Le cambió la cara cuando la vio, estaban todos: el arzobispo, los dos médicos, la monja y su padre.

—Me dirás que es casualidad la foto, estás matándolos a todos para borrar tus huellas.

—No, es mentira, yo también estoy en peligro. Como te iba diciendo, yo estaba hablando con la monja cuando el bruto que venía conmigo la cogió y de un puñado la ató en la pira, la roció con la gasolina y le prendió fuego.

—Ya, qué casualidad, era de las únicas que te podían señalar.

—No fui yo, lo juro.

En ese momento, llamaron a la puerta, era Javi.

—¿Podéis salir un segundo?

Lo hicimos los dos.

—¿Qué pasa?

—Ha muerto el sospechoso que estaba en el hospital.

Al comisario le cambió la cara.

—¿Cómo que ha muerto?

—Por lo que dice el agente, una enfermera entró a verlo y, de repente, empezó a sonar el monitor cardíaco y aprovechó el revuelo para huir.

—Esto no me gusta nada.

—Sí, todo muy raro, en las cámaras no se reconoce a la enfermera, el compañero tampoco la vio bien.

—Me cago en la hostia, vamos a seguir interrogando a este cabrón.

Entramos en la sala, el comisario se sentó y se quedó mirando al abogado.

—Lo tienes muy jodido, resulta que al que le echas las culpas de todo acaba de morir, así que te tocará condena por los dos. Llévate a este cabrón, Juan. ¡Ah, por cierto! —dijo mirando al abogado con una sonrisa de satisfacción—, esto estaba en tu bolsillo. —Le enseñó una moneda de plata con dos caras metida en una bolsa. Era igual a las otras, no cabía duda: era él.

—¡Eso no es mío!

—Eso dicen todos. Llévatelo, Juan.

—A la orden, comisario.

—Esperad, tenéis que proteger a Julián Hernández, es la siguiente víctima, luego vendrá a por mí, ya que mi padre murió.

El comisario se levantó y dio un golpe en la mesa.

—Ya te hemos pillado, cabrón, de esta no te escapas.

Me llevé al abogado a su celda. ¿Sería el asesino o era verdad lo que decía? Todos los culpables buscan alguna excusa, pero me parecía muy casual, además, solo habíamos atrapado a uno de sus cómplices. ¿Dónde se encontrarían los otros dos? Estaba ya llegando a mi mesa, cuando el comisario subió y se paró en mitad de la sala.

—Señores, hoy es un día de felicidad para la ciudad de Granada. Hay un asesino menos en sus calles. Todavía tenemos que detener a sus dos ayudantes, los hermanos Korlov, y son muy peligrosos. El tercer hermano ha muerto hoy en el hospital de una insuficiencia cardíaca, así que todos al lío para dar con estos cabrones.

Entonces yo me atreví a hablar.

—Señor, ¿qué hacemos con el médico, Julián Hernández?

—No tenemos nada contra él, inspector.

—No es eso, yo creo que está en peligro.

—Tonterías, ya tenemos al asesino. —Y se fue a su oficina para llamar al alcalde.

A mí todo me parecía muy precipitado, no sé por qué, tenía miedo por Alba. Fui en busca de Javi.

—Javi, yo creo que esto no ha acabado.

—¿Y eso?

—No sé, al interrogarlo algo me decía que él no era, además, su detención fue muy fácil. ¿Y si nos enfocamos ahora en recabar información sobre Julián Hernández?

—Si tú lo dices, te doy mi voto de confianza, podemos ir a la biblioteca de Granada, allí hay periódicos y datos de la época, podemos buscar a los tíos de la foto.

—Gracias por jugártela por mí, Javi, si se entera el comisario, nos mata.

—Ya lo sé.

—Vamos a salir y, si pregunta, estamos buscando a los Korlov, que no es mentira.

—Vámonos.

Cogimos el coche. Javi conducía, así que me iba deleitando por el camino con bonitas baladas de Slipknot y Soad. La verdad es que algunas canciones tenían su punto, pero me las ponía a toda hostia y, encima, me iba cantando él muy fuerte. Todos teníamos nuestro punto de locura por dentro. Llegamos a la biblioteca, los oídos me iban a reventar, tenía *Duality*, de Slipknot, todavía sonando en mi cabeza. Entramos. Era un edificio enorme, la vista se me perdía entre tantas estanterías repletas de libros. Yo no solía entrar a esos sitios, no sabía la de tiempo que llevaba sin acceder. En el centro había un mostrador y, detrás de él, sentada había una chica con gafas.

—Buenos días, ¿qué desean?

—Buenos días, queríamos echar un vistazo a la hemeroteca.

—Claro que sí, en la planta baja, la primera puerta a la derecha.

Fuimos a las escaleras y, justo cuando las bajamos, ahí estaba la puerta y la abrimos. La habitación era enorme. Había una mesa muy grande en el centro y, a los lados, estanterías con periódicos y revistas ordenados por editorial y cada una por fecha. Había un ordenador en la esquina. Javi se sentó frente a él.

—Dime el nombre del médico, Juan, en este ordenador está todo registrado, si hay alguna noticia, aquí nos lo dirá.

—Julián Hernández.

—Vamos a ver.

Cuando metió el nombre, en la pantalla empezaron a salir un montón de letras muy rápido y abajo ponía «buscando». Después de un buen rato, salieron dos noticias de él, una del 6 de febrero de 1978 y otra de octubre de 1983 en el *Ideal*.

—Vamos a buscar los periódicos, a ver qué nos dicen.

Los encontramos rápido. Primero ojeamos el más antiguo y encontramos la noticia: «El médico Julián Hernández ha sido ascendido a jefe de la unidad de recién nacidos del Hospital de Granada, con la recomendación del párroco Felipe Peláez Delgado y el célebre abogado José Manuel García...». En la foto estaba con el párroco y con el padre del abogado. La hostia, qué cabrones, lo tenían todo muy bien hilado desde el principio. Buscamos otro periódico. La noticia estaba en primera página, con una foto de los dos médicos, el párroco, el abogado y la monja, qué cuadro. El titular decía: «Premian al orfanato Virgen de la Caridad con el premio a mejor orfanato de Andalucía».

—La madre que parió a estos cabrones, Javi, lo que les han hecho es poco.

—Tampoco es eso, Juan, según lo que sabemos hasta ahora, la mayoría lo hacían obligados.

—Ya, pero no tenían escrúpulos, robarle un bebé a sus padres diciendo que había muerto para, luego, venderlo.

—En eso sí tienes razón, pero, bueno, ya sabemos quién era uno de los cerebros de la operación y, encima, todavía sigue vivo.

Iba a leer la noticia entera, pero se me había revuelto todo al ver la foto y el titular: «El centro de adopción Virgen de la Caridad ha recibido el premio a mejor orfanato de Andalucía, gracias al gran índice de adopciones, todas gestionadas por el párroco Felipe Peláez Delgado y el jefe de la unidad de recién nacidos, Julián Hernández. Este último pasa parte de su tiempo libre con los chicos de este orfanato, algo que es de agradecer...».

—La madre que parió a estos cabrones, tenemos que ir a ver al médico, Javi.

—Ya lo sé, ¿pero en calidad de qué?

—Bueno, todavía no se sabe que el abogado está detenido como posible víctima, le podemos decir que es por su protección.

Nos montamos en el coche. Ahora sonaron unas bonitas coplas de Rammstein, *Du hast*. La verdad, tenían su rollo, pero estaba por encima de los decibelios aconsejados por la OMS. Llegamos a la urbanización donde se suponía que vivía el médico. Había un montón de chalets y el suyo era el más grande de todos. Se notaba que se había forrado a costa de los niños robados, qué tío más cabrón, a ese lo dejaba yo cinco minutos a solas con unos sicarios sudamericanos. Tocamos el timbre.

—¿Sí?

—Buenas, queríamos ver a Julián Hernández.

—Quién lo busca.

—Inspectores de homicidios.

—Un momento. —Tardó un par de minutos en volver—. Pasen.

Se abrió el portón. Cuando entramos, nos quedamos anonadados: la finca era inmensa, había una piscina, una casa enorme y por detrás lo que parecían establos para caballos. Al rato, de la casa salió un anciano muy repeinado, algo entrado en carnes, no se le notaban tanto los años como a los anteriores, seguro que estaba operado de todo. A su lado salió una despampanante veinteañera que, por la pinta, parecía de Europa del este.

—Buenos días, ¿en qué puedo servirles?

—Buenos días, ¿el señor Julián Hernández?

—Sí, yo mismo.

—Soy el inspector Juan Gutiérrez, él es el subinspector Javi Gómez, veníamos para advertirle que está en peligro.

—¿Y eso?

—No sé si se ha enterado de la muerte del arzobispo y del señor Fernando Martín García.

—Sí, ¿qué tengo que ver yo con eso?

—Además de que eran amigos suyos, usted estaba acusado con ellos en el caso de los bebés robados.

Se le cambió la cara.

—¡Yo no tengo nada que ver con eso! Son muy valientes al venir a mi casa a acusarme de tal cosa. Si siguen por ese camino, recibirán noticias de mi abogado.

—Solo veníamos para advertirle que está en peligro.

—Pues gracias, ya saben el camino de vuelta.

Le habíamos dado fuerte, este tío era un puto cabrón, encima lo negaba todo, pero, bueno, a cada cerdo le llega su San Martín. Ya en la calle, nos paramos al lado del coche, le pregunté a Javi.

—¿Qué opinas?

—Que este tío se lucró vendiendo niños.

—Ya, pero todo ha prescrito y no se puede hacer nada.

—Ya, es una mierda.

ALBA

Había quedado con Juan esa noche, tenía que contarle mi visita al psicólogo. Esperaba que tratándolo se me fuera de la cabeza la idea de matar, tenía también muchas ganas de verlo y él me tenía que contar cómo iba el caso, a ver qué había pasado con el abogado. Quedaba una hora para vernos, así que me duché y me arreglé. Cuando salí a la puerta del hostal, Juan estaba esperando, tan guapo como siempre, cómo me gustaba, qué pena si lo perdiera.

—¿Cómo está lo más guapo de Granada?

—Ahora mismo superbién, cariño. —Y me dio un beso muy caliente. Cómo me gustaba sentir sus labios y su lengua, cómo me ponía.

—¿Dónde quieres ir hoy, guapa?

—Pues, si quieres, podemos dar un paseo por aquí y tomar algo.

—Perfecto.

Estuvimos dando un paseo por la calle Elvira, nos encantaba la mezcla de aromas que se respiraba en la calle.

Llevábamos un rato paseando cogidos del brazo cuando llegamos al bar de siempre.

—¿Entramos?

Ya dentro, fue Juan a pedir un par de cervezas. Cuando volvió me decidí, se lo tenía que contar.

—Cariño, tengo que contarte una cosa.

—Cuéntame, guapa.

—Pues, verás, hace ya algún tiempo que vengo sospechando que tengo un trastorno de personalidad. He estado viendo a un psicólogo, me ha dicho que es muy fácil que sea así, pero dice que con medicación y psicoterapia se podría curar. —Me miró comprensivo.

—Sabes que te quiero un montón, que siempre voy a estar contigo para ayudarte a superarlo todo, es un gran paso el que has dado de ir al psicólogo.

—Gracias, cielo, me daba cosa contártelo, temía asustarte, como cuando fui a tu piso aquella noche. Ese día, en parte, no era yo.

—No te preocupes, Alba, juntos lo superaremos todo.

Todavía no le iba a contar que mi otra yo era una maníaca asesina, no me vi con fuerzas, no sabía si algún día las tendría para confesarlo.

—Yo también tengo que contarte, cielo, que estuvimos viendo a Julián Hernández, el médico. Lo negó todo, pero cantaba mucho, estoy seguro de que él era el cerebro de la operación de los bebés robados. Cuando lo insinué, nos echó de su casa, es un malnacido.

—Qué cabrón, si no fuera por él, no estaría pasando nada de esto.

—Yo no cambiaría nada de lo que he hecho hasta ahora, porque todo me ha traído hasta ti.

—Eso sí es verdad, cariño.

Justo en ese momento me eché sobre él y le comí toda la boca, cómo me gustaba. Pasamos una noche muy buena, que volvió a acabar en mi habitación. No sabía cómo iba a terminar todo, pero tenía que aprovechar el momento por si acaso. Me desperté abrazada a Juan. Pensé que sería maravilloso estar así toda la vida.

Le di un beso tremendo de buenos días, él me respondió y, al final, terminamos otra vez liados, lo había hecho más en los últimos días que en el último año. Me encantaba Juan, cómo me ponía. Después de ducharnos juntos y desayunar en el bar de abajo, Juan se fue a comisaría.

Me quedé allí, en la barra del bar embelesada pensando en él cuando empezó a dolerme la cabeza, otra vez las malditas migrañas. Habían empezado fuerte, con lo bien que estaba. Subí a la habitación y me tumbé un poco a ver si se me pasaban, se me volvió a poner todo rojo. Al rato, ahí estaba otra vez, en la nave, sola. Al momento, llegaron los dos individuos, ahora sí les vi la cara, eran iguales a su hermano.

—Entonces, ¿dices que ese maldito policía mató a nuestro hermano?

—Así es, le pegó un tiro y luego le golpeó la cabeza contra un bordillo. Cuando llegó al hospital, no se podía hacer nada por él, por lo que me han dicho los contactos.

—Tenemos que vengarnos.

—Tranquilos, todo a su tiempo, esa será nuestra obra final, estamos ya muy cerca, solo nos quedan el médico y el abogado. Cuando vayamos a por este ya tendréis vuestra venganza.

—Muy bien, jefa.

—¿Está todo a punto con el médico?

—Sí, hemos hablado con nuestro contacto, está todo listo.

—Vamos entonces a por él.

Cogimos la furgoneta y salimos a la circunvalación. Estaba eufórica, a los otros dos se les notaba muy decaídos por lo de su hermano, pero bueno, no se iban a enterar de que lo maté yo. Llegamos a la casa de Julián Hernández y paramos en la puerta. Teníamos que esperar la señal y, al poco, sonó un wasap: «Ya está todo listo». Se abrió el portón y metimos la furgoneta. Paramos al lado de la casa y nos bajamos. Salió una chica veinteañera que parecía de Europa del este. Los muchachos se acercaron a ella, le dieron un sobre y ella los invitó a entrar. En el suelo del salón estaba el médico tirado, se veía que lo había drogado. Al lado había una mujer mayor que parecía la asistenta. Entre los tres cogimos al médico, lo montamos en la furgoneta, lo dejamos atado y amordazado, nos subimos en la furgoneta de nuevo y volvimos a la nave. Ya dentro de ella:

—Ayudadme con una cosa, chicos.

Entramos en la otra parte de la nave, había una cruz.

—Vamos a llevarla a la otra parte.

—Ok, jefa, pero ¿cómo la vamos a llevar en la furgoneta?

—No la llevaremos, luego veréis lo que tengo preparado para este cabrón.

Ya en la otra habitación, pusimos la cruz en pie y la atamos a las cadenas del techo.

—Vamos a subir a este. —Lo subimos a la cruz, le clavamos los pies y las manos; la sangre le chorreaba—. Ya os podéis ir, luego nos vemos.

—Ok, jefa.

Cuando se fueron, lo iba a despertar y cogí una jeringuilla. Justo cuando me acerqué a su cuello para pincharle, abrió los ojos. En un rápido movimiento me mordió en el brazo y sentí sus dientes. Reaccioné pegándole un puñetazo en el estómago para que me soltara.

—Cabrón de mierda, vas a sufrir más por lo que me acabas de hacer.

—¿Qué quieres de mí?

—Que sufras, como yo todos estos años por tu culpa.

Le tapé la boca, cogí una daga, empecé a hacerle cortes por todo el cuerpo, me senté delante de él, a ver cómo se desangraba. Estaba disfrutando un montón viendo cómo sufría. Después de varias horas deleitándome, tenía la adrenalina a tope. Cuando fue la hora, llegaron los hermanos Korlov, lo bajamos de la cruz y lo preparamos para meterlo en la furgoneta. Uno de ellos se adelantó en su coche para que todo estuviera tranquilo y pudiéramos preparar nuestra obra de arte. Cogí la furgoneta, íbamos hacia la circunvalación, que estaba muy tranquila a esas horas. Yo estaba eufórica, el chico que venía conmigo no hablaba, desde que perdieron a su hermano en el hospital habían perdido también esa alegría que tenían. A mí me vino muy bien para echarle la culpa al policía que le disparó, ahí acabaría mi venganza, llevándome por delante al abogado y a todos los policías que pudiera, ya que esos cabrones cerraron la investigación del caso de los bebés robados y todos quedaron impunes; así que eran tan culpables como ellos.

—Dice mi hermano que ya está todo listo, jefa.

—Perfecto, estamos llegando.

Allí estaba el mirador de San Nicolás, uno de los rincones más bonitos de Granada. Paré la furgoneta, ya nos estaba esperando el otro hermano y nos bajamos. Acto seguido, abrimos el maletero y sacamos el cadáver, cómo pesaba, además de que éramos uno menos, tenía el brazo que me iba a reventar por el bocado de ese cabrón. Lo llevamos hasta la cruz que hay en el mirador, con mucho esfuerzo lo conseguimos atar a ella, qué cuadro más bonito: el crucificado, con la Alhambra de fondo y una luna llena espectacular. Saqué una moneda de plata del bolsillo y se la puse en la boca y nos fuimos del lugar antes de que nos vieran.

Al rato, desperté en la cama del hostal. ¿Qué había hecho? Había matado a ese hombre, Dios mío, tenía que avisar a Juan de que estaban en peligro y que Javi estaba en mi punto de mira, qué locura. Era ya muy tarde para llamarlo, me había telefoneado un par de veces, pero estaba cometiendo un crimen atroz. Estaba decidido, mañana se lo contaría, no quería perderlo, aunque me detuvieran, pero no podría soportar vivir sabiendo que había matado a tanta gente y que él también estaba en riesgo. Ya no tenía migrañas, pero sí un lío tremendo en la cabeza y el estómago del revés. Fui al baño a vomitar, necesitaba despejarme un poco, así que salí a la calle y me di un paseo sin rumbo. No pude evitar pensar en Juan, con lo enamorados que estábamos, lo iba a perder en cuanto le contara toda la verdad, qué mierda. Tenía que ser valiente por él, aunque me detuvieran, pero tenía que salvarle la vida, bueno, iban a por Javi, por lo que creía recordar, pero Juan seguro estaría con él e intentaría protegerlo de mí.

Llegué de nuevo al hostal, iba a intentar descansar un poco, así que subí a la habitación y tomé un poco de té que me quedaba. Me quedé dormida de cansancio. Cuando me desperté, tenía el cuerpo un poco mejor y lo primero que hice fue llamar a Juan.

—¿Cómo estás? No me cogías el teléfono anoche.

—Hola, cariño, ayer estaba fatal con las migrañas, tengo que contarte algo superimportante, pero mejor luego en persona, lo que sí te iba a decir es que tengas muchísimo cuidado, los hermanos Korlov van a por Javi.

—Lo había supuesto, ya que su hermano murió en el hospital por las heridas, después de lo que pasó. Pero tú ¿cómo sabes todo eso? —Parecía desconcertado.

—En verdad no murió de eso, en cuanto nos veamos te lo contaré. Ahora debo colgar.

Tenía que hacer algo para intentar salvar a Juan y a Javi de mí. Cogí mi coche y fui al PTS Granada. Tenía que averiguar dónde estaba la sala de vigilancia e intentar colarme. Si había, porque lo mismo lo tenían todo en recepción. Lo primero que hice fue conseguir una bata de enfermera, empecé a deambular por el puesto de recepción más cercano. Las chicas de la mesa estaban tomando café y hablando cuando, cuál fue mi suerte, entraron un montón de heridos a la vez, de un accidente de autobús.

Esa era la mía. Entre todo el revuelo y los nervios me acerqué al ordenador. No fue difícil encontrar la carpeta con las grabaciones de las cámaras. Salí de allí. Entre todo el lío que había no habían reparado en mí. Me volví al hostal y, cuando estaba llegando, encontré a Juan esperándome. Tenía mala cara. ¿Sabría ya que yo era una asesina? ¿Qué iba a hacer?

JUAN

Después de tomar algo, volvimos a su habitación y ya no hacía falta decir nada. Nuestras miradas hablaban solas. En cuanto se cerró la habitación, Alba me echó sobre la cama y empezó a comerme la boca como si no hubiera un mañana, cómo me gustaba sentir su lengua en mi boca. Yo le respondía con la mía, qué locura, se quitó la camiseta, me quedé embelesado mirando su cuerpo tan perfecto, rápidamente se quitó el sujetador, me dejó noqueado, me encantaban sus tetas; eran perfectas. Empecé a sobarlas poco a poco mientras ella atacaba mi boca con su lengua, me quitó la camiseta, empecé a sentir el contacto de su cuerpo con el mío, me iba a reventar el pantalón. Fue bajando por mi cuello, mi pecho, cómo me ponía, mi ombligo, me desabrochó el pantalón y me lo quitó, llevándose también los calzoncillos, mi polla saltó como un resorte. La cogió con una mano, empezó a moverla arriba y abajo, la otra mano la iba pasando por todo mi cuerpo, empezó a lamerla poco a poco, fue subiendo la temperatura, se la metió entera en la boca, siguió suavemente arriba y abajo, cómo me ponía. Estaba a punto de llegar cuando paró, me moví y la tumbé a ella, empecé a comerle la boca mientras pasaba la mano por su cuerpo, cómo me gustaba. Fui bajando por el cuello, seguí lamiendo sus tetas mientras, con la otra mano, le desabroché el pantalón, le metí la mano por debajo del tanga, cómo se movía, parece que le estaba gustando. Seguí bajando con mi lengua y mi boca llenándola de besos hasta llegar al pantalón, se lo quité, se quedó solo con el tanga; era perfecta esa mujer, se lo quité y me centré con mi lengua entre sus piernas. Empezó a retorcerse mucho más, cómo estaba, me levanté y cogí un condón del pantalón, así como estaba boca arriba en la cama me tumbé encima, noté cómo ella se movía según iba entrando; esa mujer me iba a volver loco. Fui subiendo el ritmo, cada vez más rápido, me moví de encima de ella, me tumbó en la cama, se sentó encima de mi polla, Dios, qué locura, empezó a moverse cada vez más rápido, me encantaba cómo lo hacía, la visión de su pelo arriba y abajo, sus tetas, que no paraban de moverse. Al final, nos corrimos los dos, qué locura, nos quedamos abrazados en la cama, nos fuimos quedando dormidos; cuánto tiempo llevaba sin disfrutar tanto con una mujer, ya ni lo recordaba.

Me desperté abrazado a ella y le di un beso de buenos días. Ella me respondió al beso y, al final, una cosa llevó a otra y nos liamos otra vez; iba a acabar conmigo. Nos duchamos juntos y, ya un poco más tranquilos, bajamos a desayunar. Me tenía que ir, ya era hora de ir a comisaría y tenía que recoger a Javi.

Salí del bar con una sonrisa de oreja a oreja. Ayer estaba algo preocupado, le di vueltas a una idea que podía parecer una locura, pero luego, viéndola, se me pasó.

Me gustaba mucho Alba y, bueno, su problema lo iríamos superando juntos, no hay nada que no pueda la fuerza del amor. En ese momento me negaba a pensar en otra cosa, ni siquiera en alimentar mis nuevas sospechas. Me subí al coche, estuve buscando en el MP3 Aerosmith, *I don't want to miss a thing*, canción perfecta de cómo me sentía ahora.

Llegué a casa de Javi, ya me estaba esperando en la puerta, se subió al coche.

—Uh, Aerosmith, qué romántico estás hoy, ¿has dormido algo?

—Qué cabrón estás hecho.

Llegamos a comisaría, parecía que todo había vuelto a la normalidad.

—Bueno, hoy pinta un día tranquilo, ya tenemos al asesino entre rejas.

—Pues sí, aunque no sé yo, hay algo que no me cuadra en todo esto —insistí.

En ese momento, nos llamó el comisario a su despacho, estaba radiante de felicidad, algo raro en él.

—Mañana daremos una rueda de prensa, ya he hablado con el alcalde.

—¿Me permite decir algo, comisario?

—¿Qué te pasa, Juan?

—Sigo pensando lo mismo, creo que el abogado no es más que otra pieza en todo esto, que el asesino de verdad volverá a actuar.

—No digas más tonterías, Juan, tú mismo lo cogiste con las manos en masa.

—Ya, pero fue demasiado fácil, además, solo iba uno de los hermanos con él, ¿por qué no estaban los otros?

—Ya, bueno, Juan, si quieres seguir investigando, tienes hasta mañana, que daremos la rueda de prensa. Eso sí, me tendrás que dar algo más sólido.

—Gracias, comisario.

Salí de aquel despacho dándole vueltas, si no era el abogado... Me pregunté de nuevo: ¿y si Alba tenía algo que ver? Ella era la otra persona que había visitado a las víctimas, nos había dado muchas pistas, además, la noche que pillé al abogado estábamos allí. No quería ni pensarlo, bueno, ¿y si tuviera que ver con su trastorno de personalidad y su otra personalidad fuera una asesina? La noche que estuvo en mi piso no había tenido nada que ver con las otras, la primera era más brusca, sin preliminares, pocas palabras, además, las noches de los asesinatos no la había podido localizar. No le podía contar a nadie mis sospechas hasta intentar hablar con ella; aunque ella había sido una víctima de aquella trama y podía querer rendir cuentas de lo que pasó. Me pasé el día pensando en ello, ¿qué haría si fuera una asesina? ¿Detenerla o huir con ella? Llamé a Alba un par de veces, pero no me cogía el teléfono, tenía que hablar con ella, era mala señal si estaba con migrañas, podría aparecer otro cadáver. Si era así, ya sabría que era ella, necesitaba despejarme y pensar en otra cosa. Fui a buscar a Javi para tomar algo y aclararme un poco.

—¿Javi, nos vamos?

—¿Quieres unas cervezas? ¿Qué pasa, tu novia te ha dejado plantado hoy?

—¿Vamos a echar algo o qué?

—Vale, vale, pero no esperes que te invite a subir a mi piso.

—Vamos, anda.

Nos montamos en mi coche, puse un poco de Pink Floyd, que era lo mejor para desconectar, *Comfortably numb*, cómo me gustaba este tema. Fuimos a la Chana, siempre nos gustaba ir allí. Parece que Javi se dio cuenta de que algo pasaba con Alba, porque no me preguntó más por ella, yo creo que era el momento de contarle lo que siempre había tratado de ocultar.

—Bueno, Javi, creo que ha llegado el momento de contarte por qué me vine de Galicia.

—Ya era hora.

—A ver por dónde empiezo, en aquella época estaba prometido, estábamos detrás de un cártel colombiano, estaban dejando detrás de ellos un rastro de cadáveres tremendo, estaban acabando con toda la competencia, ya sabes que esta gente no suele ser delicada en sus métodos. Al final, pillé a uno de los jefes, lo teníamos bajo custodia a espera de interrogarlo, parecía que por fin acabaríamos con ellos. Cuando llegué a mi casa, me encontré la puerta abierta y todas las luces encendidas, entré corriendo y en la puerta me quedé de piedra: en mitad del salón estaba mi mujer en el sillón, le habían cortado todos los dedos de la mano. No contentos con eso, le habían hecho la corbata colombiana. Fue horrible.

—Lo siento mucho, Juan.

—Me quedé traumatizado, después de eso, estuve un montón de tiempo de psicólogos, mis compañeros detuvieron a todo el cártel. Cuando al fin decidí volver al cuerpo no podía seguir allí, todo me recordaba a ella, así que le dije a mi jefe que si me podía destinar a un sitio tranquilo y bien lejos.

—Joder, tío.

—Te quiero agradecer que, desde que llegué aquí, tú has sido mi apoyo para seguir adelante.

—Claro que sí, lo que haga falta, puedes contar conmigo.

—Desde entonces, cuando llegué aquí, estaba muy tranquilo hasta que empezó todo esto del asesino.

—¿Sigues pensando que no es el abogado?

—Tengo algo que averiguar, pero creo que estoy cerca.

—Vale, tío, confío en ti, cualquier cosa, ya sabes.

—Ok.

Después de un buen rato de charla, que me vino muy bien, ya nos fuimos a dormir, ojalá estuviera equivocado y fuera el abogado, y así poder tener un final feliz con Alba. Era ya de madrugada, no había podido dormir, empezó a sonar mi móvil, era el comisario, no podía ser.

—Diga, comisario.

—Tenías razón, Juan, hay otro cadáver.

—¿De verdad?

—Mucho, ven echando hostias para el mirador de San Nicolás.

—Ok, recojo a Javi y voy.

Llamé a Javi.

—Tío, ¿te ha llamado el comisario?

—Ahora mismo, Juan. Te recojo, estoy ya en el coche.

Me vestí y bajé rápido, Javi no tardaría mucho, no sabía si hablarle de mis sospechas sobre Alba, quizá debería comentarlo primero con ella. Salí a la calle, ya se escuchaba llegar y cuando me monté en el coche, tenía Hamlet a toda hostia, *Inferno* estaba sonando, bonito tema para este momento.

—Al final estabas en lo cierto —dijo Javi.

—Me lo temía. Aunque habría preferido equivocarme.

—¿Tienes algún sospechoso?

—Puede ser, pero no me quiero precipitar, tengo que hacer antes unas comprobaciones.

—Perfecto, tío.

Llegamos al mirador. Al estar alejado no había tanto meneo de gente como en las otras escenas y también los compañeros pudieron cortar mejor las entradas. Cuando llegamos, nos quedamos de piedra: delante de nosotros teníamos al cabrón del médico, lo habían crucificado, ya sí que era casi seguro que había sido Alba. Todavía no habían llegado los forenses, iría a echar un vistazo por si acaso. El comisario se acercó a nosotros.

—Tenías razón, Juan, espero que tengas otro sospechoso, porque si no de esta el alcalde me quita del medio.

—Además de los otros dos hermanos Korlov, no sé. Voy a echar un vistazo por si veo algo antes de que vengan los forenses —mentí.

Me acerqué al cadáver. En el primer sitio que miré fue en la boca, ya que siempre estaba ahí la moneda, efectivamente, ahí estaba. Al cogerla con las pinzas para guardarla, vi que tenía algo en los dientes, nadie me veía, así que lo cogí con las pinzas, lo metí en una bolsa, lo mandaría a cotejar. De repente, me vino a la cabeza, tenía en el bolsillo una barra de cacao de Alba, lo podría mandar a comparar, pero tenía que ser rápido. Al día siguiente lo llevaría a algún laboratorio privado para cotejarlo, ya con las pruebas decidiría qué hacer. Estuve comprobando que no había nada más, así que esperamos a que llegaran los forenses, era ya de día, estaba reventado, no había dormido nada cuando me llamó Alba. Había vuelto a tener migrañas.

Tenía que poner las ideas en orden, ya estaba casi seguro de que era ella, su trastorno de personalidad, aquellos dolores de cabeza justo las noches de los asesinatos. Al parecer, las migrañas serían el preludio para que saliera la asesina que llevaba dentro. Lo primero que tenía que hacer era cotejar las pruebas que ya tenía.

Bajé hasta la Gran Vía, allí cogí un taxi y fui al laboratorio.

Sabía que si les pedía una muestra para un caso policial agilizarían el trámite. Les dejé las muestras, mientras, iría a desayunar algo, luego con lo que fuera iría a hablar con Alba. La espera se me estaba haciendo eterna, llevaba tres años sin fumar, con los nervios, después de desayunar saqué un paquete, llevaba ya tres cigarros cuando sonó el teléfono.

—¿Juan?

—Sí, soy yo.

—Le llamamos de la clínica. Por los primeros marcadores parece que el ADN coincide, de todas formas, todavía quedan varios, creo que en un par de horas podré dar resultados más exactos.

—Vale, gracias.

Se me acababa de caer el mundo encima. Mi novia era una asesina, qué iba a hacer, no me lo pensé, tenía que hablar con ella, así que cogí otro taxi dirección al hostal.

ALBA

Cuando llegué, Juan estaba parado en la puerta del hostal fumando, ¡qué raro!

—¿Qué pasa, guapo?

—Tenemos que hablar, cariño.

—Vale, vamos a subir.

Ni un beso ni nada, creo que había llegado el momento de contárselo todo. Subimos a la habitación, me tomé un té que tenía encima de la mesa, qué considerada era la abuela del hostal, siempre me dejaba té preparado. Qué incrédula por mi parte. Le ofrecí a Juan, pero no quería, así que nos sentamos en la cama.

—Juan, tengo que contarte algo.

—Creo que más o menos sé por dónde va la cosa, pero adelante.

—Como ya te conté, estoy viendo a un psicólogo, porque creo que tengo un trastorno de personalidad; lo que no te conté, porque tenía miedo de que me rechazaras, es que los días de los asesinatos solía tener fuertes migrañas, después de verlo todo rojo me desmayaba y me despertaba en otro lugar, con unos hombres que no conozco. Lo más extraño de todo es que luego me volvía a despertar como si nada en mi cama. Creo que soy la responsable de esos crímenes tan atroces.

Juan me miraba fijamente.

—Alba, sospeché y te he investigado. Tú eres la única que tenía relación con las víctimas. Pero me negaba a creerlo hasta que encontré restos de tu ADN en el cadáver del médico. Lo he cotejado con una barra de cacao tuya. Me faltan los resultados definitivos, pero ya tengo tu confesión.

En ese momento empecé a llorar y Juan me abrazó con fuerza.

—Cariño, tranquila, lo superaremos juntos, ya pensaremos cómo.

—Juan, te quiero muchísimo, pero no quiero que eches tu vida por la borda por mí.

—Cielo, mi vida eres tú, de eso no me cabe duda, desde que me vine de Galicia no me he vuelto a sentir totalmente completo hasta que te conocí, allí pasaron cosas que me rompieron por dentro, estaba totalmente hecho añicos.

Juan me estuvo contando lo que le pasó, me daba mucha pena, se la iba a jugar por mí, era una amor, me quería a pesar de todo, imagínate dormir todas las noches con una asesina en tu cama.

—Por cierto, Juan, es muy importante, tienes que llamar a Javi, los hermanos Korlov van a por él, que no vaya a comisaría en un par de días pues, según mi último sueño, el final de todo es matar al abogado, no sin antes llevarse a todos los policías que puedan por delante.

—Ahora mismo le aviso.

—Vale, pásale también este vídeo, lo acabo de conseguir en PTS.

—¿Cómo que lo conseguiste?

—Lo cogí prestado. Tuve suerte de que no lo descubriesen. En él se ve que, en realidad, fui yo quien acabó con la vida del Korlov que estaba en el hospital. Javi debería tenerlo por si se encuentra a sus hermanos.

—Es mejor que Javi no lo tenga. Porque eso te delataría. Necesitamos tiempo.

—Lo peor de todo, Juan, es que llevo ya un rato con migrañas, algo me dice que lo que vaya a pasar será pronto.

—No te preocupes, me quedaré contigo.

—Lo que te quiero. —Y me fui a por él, le di un beso, él me respondió con otro beso más caliente.

—Yo también te quiero, siempre estaré contigo, pase lo que pase.

Las migrañas eran cada vez más fuertes, empecé a verlo todo rojo y me desmayé.

JUAN

—¡Alba! ¿Qué te pasa, cariño?

Se había desmayado, tenía los ojos abiertos, daba mucho miedo, no sabía qué iba a pasar ahora. ¿Se levantaría la otra Alba y me atacaría? De repente, empezó a hablar sin ni siquiera mirarme. Era como si no me viese.

—Ya está todo preparado, chicos, vamos a comisaría a por el abogado y a por el cerdo policía que mató a vuestro hermano. —Parecía como si hablara con alguien, qué coño estaba pasando—. Ya sabéis el plan, yo entraré en comisaría simulando ser Alba y pediré ver al abogado, si en diez minutos no salgo, hacéis explotar la bomba, no tiene mucho alcance, tendréis que esperar escondidos. Por suerte, la comisaría está rodeada de setos.

Tenía que llamar a Javi, si llamaba al comisario, podría haber muchos muertos, había que actuar desde fuera y yo no podía dejar a Alba así.

—Yo también os quiero, chicos, pero pensad que, si hoy muero, será por una buena causa y me llevaré por delante a un montón de polis.

No podía esperar más y llamé a Javi.

—Tío, escúchame, están en peligro todos los compañeros.

—¿Cómo?

—No hay tiempo, escúchame, tienes que ir a comisaría, por una vez en tu vida tienes que conducir con la radio apagada, no entres en el aparcamiento, aparca fuera, busca a los hermanos Korlov y enséñales el vídeo que te voy a pasar ahora mismo.

—¿Y eso? Dime algo, tío.

—Van a intentar volar la comisaría, ellos creen que tú mataste a su hermano. Cuando vean el vídeo los tienes que convencer de que desactiven la bomba.

—Ok, voy para allá. Y tú, ¿dónde estás?

—Luego te cuento, confía en mí.

Alba seguía allí desmayada hablando sola, cuando sonó mi teléfono. Eran de la clínica.

—¿Sí?

—Buenas, ¿Juan?

—Sí, dime.

—Te cuento, hemos terminado de cotejar las pruebas de ADN, te dije que eran idénticas, pero hay una pequeña diferencia, las de la barra de cacao tienen anticuerpos COVID y la otra no.

—Qué cosa más rara. ¿Cómo puede ser eso?

—Porque cada una de las muestras pertenece a una persona diferente, pero son gemelos monocoriales o que han compartido la misma placenta, para que lo entienda.

—¿Puedo hacerle una pregunta?

—Claro.

—Si a uno de estos gemelos le pasa algo, ¿el otro lo puede sentir?

—Vamos a ver, científicamente no está comprobado, sí hay casos de gemelos que aseguran sentir lo mismo que el otro.

—Muchas gracias.

Tenía que llamar también al comisario, que no hiciera ninguna tontería, por si lo de Javi fallaba.

—Comisario.

—¿Dónde coño estás, Juan?

—Escúcheme, comisario, están todos en peligro, en unos momentos se va a presentar en la comisaría una chica, va a decirle que es mi novia y que quiere ver al abogado. Lleva una bomba, no sirve de nada que la detengan antes de que la active, están los Korlov fuera, Javi ya va a por ellos, lo único que tienen que hacer es seguirle el juego hasta que Javi les avise de que ha desactivado la bomba. Y, por cierto, ella es la asesina.

—¿Cómo? ¿Qué locura estás diciendo?

—No hay tiempo, comisario, hágame caso, tómese un litro de tila o fúmese algo del último alijo que incautaron los compañeros, pero tiene que mantener la calma, de ello dependen todos los agentes de nuestra comisaría.

—Vale, Juan.

No parecía él cuando me respondió, era normal, bueno, aparte de que la vida de todos mis compañeros estaba en peligro, me sentía algo más tranquilo. Mi novia no era una asesina, aunque había algo que no entendía. Vale que los gemelos tenían conexión entre ellos, pero eso que le pasaba a Alba me parecía ya mucho. En ese momento, vi la tetera. Alba me contó que le habían dicho que viniera a ese hostal para saber de su pasado. Ya imaginé lo que sucedía, cuando nos fuéramos me llevaría la tetera. Quería llamar a Javi, pero no era momento, tenía que esperar, Alba seguía a lo suyo hablando.

—Ya hemos llegado, chicos, ya sabéis, yo entro, si en diez minutos no salgo, le dais al botón.

JAVI

No me lo podía creer, qué coño estaría pasando, el futuro de todos estaba en mis manos, en ese momento no me podía temblar el pulso. Llegué a las afueras de comisaría y aparqué, eché un vistazo a ver si los veía, ahí estaban donde me dijo Juan, ahora a ver cómo los abordaba. Cogí mi pistola y me acerqué a ellos sigilosamente, me iba a dar algo, apunté a uno de ellos a la cabeza.

—Arriba las manos.

—Tú eres el cabrón que mató a nuestro hermano.

—En eso te equivocas, él llegó vivo al hospital.

—Eso es mentira —dijo el otro hermano, al que estaba apuntando.

—Aquí tengo un vídeo que demuestra quién lo mató.

—¿Por qué vamos a creerte?

—Porque la mujer que sale en él os está engañando. Y sé lo de la bomba.

—¿Cómo sabes lo de la bomba?

—Os lo estoy diciendo, si no hacéis ninguna tontería os enseño el vídeo.

—Vale —dijeron los dos.

En ese momento saqué el móvil y se lo enseñé.

—Qué hija de puta, es ella, ese mismo traje de enfermera se lo hemos visto. Vamos a por ella, hermano.

—Esperad, si no queréis morir y queréis reducir vuestra condena me podéis ayudar.

—¿Nosotros trabajar con un madero?

—Podréis vengar a vuestro hermano y reducir vuestra condena.

—Vale, ¿qué tenemos que hacer?

—Esperad, voy a llamar a mi comisario. —Llamé a su oficina—. Comisario, ¿nos escucha alguien?

—No, solo yo, los compañeros están distrayendo a esa.

—Vale, escúcheme, he convencido a los Korlov, luego hablamos del trato, voy a entrar con ellos apuntándome para que ella se lo crea, que nadie les dispare, tenemos un plan.

—Entendido.

Me dirigí a ellos.

—Ya he hablado con mi comisario, y ahora hacedme caso.

COMISARIO FERNÁNDEZ

Estaba saliendo de mi despacho de hablar con Javi cuando la puerta se abrió, entraron los hermanos Korlov y uno de ellos llevaba a Javi abrazado por el cuello y con la otra mano le estaba apuntando a la cabeza.

—Quieto todo el mundo o le vuelo la cabeza a este cabrón.

La chica que había entrado antes, que según Juan era la asesina, se dio la vuelta.

—¿Qué coño hacéis? Esto no es lo que habíamos planeado.

—Jefa, no queremos perderte, así que nos llevaremos a este madero y al abogado, ya de perdidos al río.

—Bueno, no es mal plan, ¡ya habéis escuchado, queremos al abogado!

Me adelanté.

—Vamos, os abriré la celda, pero no hagáis ninguna locura.

Bajamos las escaleras, cuando el abogado nos vio llegar después de escucharlo todo. Estaba acojonado en un rincón.

—Pero ¿qué vais a hacer? ¿Me vais a entregar a estos locos?

—Lo siento, sabes que te aprecio. —Él sabía que llevaba tiempo queriendo verlo entre rejas—. Pero eres tú o nosotros.

—¿Lo dices de verdad?

Abrí la celda. Cuando todos estuvimos dentro, el hermano que estaba libre cogió a la chica, la zarandeó hasta que le quitó el explosivo y la tiró contra la pared.

—Hija de puta, tú mataste a nuestro hermano.

Todos salimos y la dejamos encerrada. Se levantó de golpe, sin poder contener la ira.

—Ya no podrás utilizarla —le dijo el hermano que tenía la bomba en sus manos—. Que sepas una cosa, me da igual que estén los maderos delante, tu vida en la cárcel va a ser un infierno, ya me encargaré yo de ello.

Le cambió la cara, estaba totalmente blanca, desencajada de rabia. Javi vino hacia mí.

—Comisario, los hermanos quieren confesar que son cómplices en el secuestro de las víctimas, le contarán todo a cambio de una reducción de condena.

—Vale, vamos arriba, a la sala de interrogatorios.

JUAN

Javi me llamó, todo había salido bien, la gemela de Alba estaba encerrada, ahora tenía que esperar a que despertara para contárselo, abrió los ojos un poco.

—¿Qué ha pasado, cariño? —Estaba encerrada.

—Vamos a comisaría, ahora te cuento, lo que sí te puedo decir es que no eres una asesina.

—¿De verdad? ¿Entonces?

—Vamos al coche, te lo cuento por el camino. —Cuando íbamos a salir, cogí la tetera. Alba se quedó mirando.

—¿Dónde vas con la tetera? Es de...

—Ahora te explico.

—Vale, cielo. —Y le di el beso con más ganas que le había dado. Ella me respondió, pero no nos podríamos entretener, ya tendríamos tiempo. Salimos a la calle.

—¿Vamos en mi coche? Lo tengo cerca.

—Vale, el mío lo tengo en casa. ¿Estás bien para conducir?

—Sí, en realidad me siento algo distinta.

Me monté en su coche, la verdad, estaba muy bien, cuando le dio al contacto. Empezó a sonar algo de rap, no estaba muy puesto en el tema, pero sonaba genial.

—¿Quién es este que suena, cielo?

—¿De verdad, Juan? ¿No conoces a Nach? ¿En qué mundo vives? Además, este es un puto temazo, *El idioma de los dioses*.

Y me hizo lo mismo que Javi, me lo puso a toda hostia, la que me esperaba, pero, la verdad, el tema era muy bueno y la letra era la hostia. Cuando acabó, bajó un poco el volumen para poder hablar. Estaba todavía flipando con la canción, iba a aprender mucho de Alba.

—Bueno, cariño, te resumo un poco, los desmayos y los sueños creo que eran por el té.

—¿Qué dices? Pero si la abuela me lo subía.

—Por eso mismo te dijeron que vinieras a este hostal, ya lo registraremos, pero creo que sé quién era la abuela.

—¿Y eso? A ver, explícame.

—Me llamaron del laboratorio.

—Sí, me dijiste que coincidía, además, el médico me mordió. —Se miró el brazo y no tenía nada—. Yo sentí el bocado.

—Las muestras eran iguales, pero una tenía anticuerpos del COVID y la otra no.

—Yo lo pasé hace poco, pero ¿cómo es eso del mismo ADN?

—Porque tienes una hermana gemela y, por lo que creo, la abuela de la recepción trabajaba para ella. Habrá que interrogarla también, por lo que hablé con el médico, entre gemelos puede haber una conexión. Aparte de eso, creo que te echaban algo en el té para potenciar esa conexión y que creyeras que eras la asesina. Ahora que te lo cuento todo, tengo que pedirte perdón, me acosté con tu hermana pensando que eras tú la noche que vino a mi piso.

—Qué movida, me va a estallar la cabeza de tanta información. Bueno, lo primero, estás perdonado, era imposible que supieras que no era yo.

—Bueno, algo intuí pero creía que eras bipolar o algo así. Eso sí, te digo una cosa, no hay punto de comparación a cuando lo hago contigo.

—Gracias, cariño. —Se puso colorada.

—Bueno, y después de lo que te he contado, he pensado que a lo mejor querías conocerla.

—Claro que sí y decirle cuatro cosas. Me parece increíble que tenga una hermana.

—Por lo menos, todo esto ha acabado y podemos ser felices.

—La verdad es que sí, cariño.

—Por cierto, ¿te quedan muchos días de vacaciones? Te lo digo por si quieres que nos vayamos unos días a una casa rural de la Alpujarra.

—Claro que sí, me encanta.

Llegamos a comisaría. En cuanto mis compañeros me vieron entrar, empezaron a aplaudir. Javi vino a por mí y me abrazó.

—Nos has salvado a todos, tío.

—Claro que sí, os quiero mucho.

—Ya, bueno, pero que corra el aire.

—Qué cabrón estás hecho.

—Voy a hablar con el comisario.

—Está en la sala de interrogatorios, con los hermanos Korlov, pero ve.

Toqué en la sala, abrió el comisario, me cogió con sus enormes brazos y me estrujó.

—Muchas gracias, Juan, nunca vamos a olvidar lo que habéis hecho por nosotros tú y Javi.

—De nada, comisario. ¿Le puedo pedir un par de favores?

—Claro, dime.

—Bueno, el primero, son unas vacaciones.

—Eso está hecho, después de la ceremonia de mañana, que serás condecorado junto a Javi.

—Y el otro es si permite que mi novia vea a la asesina, es su hermana, pero ella no la conocía.

—Claro, ya me explicarás todo.

—Si me invita a una cerveza bien fresquita, le cuento lo que quiera.

—Está hecho entonces.

Llamé a Alba y le dije que el comisario le permitía hablar con su hermana.

—¿Vienes conmigo? Me da un poco de cosa.

—Claro, vamos.

Al bajar las escaleras, allí estaba, en un rincón, sentada, pensativa. Cuando nos vio, se levantó.

—Hombre, pero si es mi hermanita.

—Hija de puta, casi me arruinas la vida, si no llega a ser por Juan.

—Eso mismo, si no llega a ser por él, mi plan habría salido bien.

—No entiendo cómo puedes tener tanto odio dentro.

—Claro, a ti como te adoptó una familia rica.

—Yo no tengo la culpa de eso.

—Ya, pero todos los cabrones que he matado sí, no me arrepiento de haber matado a ninguno, ellos son los culpables de que yo sea así. Nuestro padre dejó a mamá sola cuando nacimos y le dijeron que tú habías muerto. A ella le entró depresión, no lo superó. Un día, cuando venía de la escuela, con cinco años me la encontré muerta, se había suicidado. Desde entonces me crio la abuela, que murió hace unos meses y le juré que vengaría la muerte de ella.

—¿Y por eso me tenías que echar las culpas?

—No, todo estaba planeado, después de lo de hoy, con la cantidad de hierbas que te había echado en el té habrías estado dormida hasta que fuera a por ti y nos habríamos ido juntas.

—Yo no me hubiera ido contigo a ningún sitio, tú no eres más que una desconocida que se ha aprovechado de mí, aunque tengamos la misma sangre, no quiero saber nada de ti.

—¿No te ha contado tu novio el polvo que echamos? Me acerqué a ella.

—Sí, me lo ha contado, me da igual lo que digas, no me vas a hacer daño, sé que Juan me quiere un montón y tú solo te aprovechaste del momento para intentar hacerme daño, ahora te vas a pudrir en la cárcel.

Alba se dio la vuelta, me miró, nos abrazamos y nos fuimos escaleras arriba. Cuando subimos, Javi me llamó.

—Juan, tengo que contarte una cosa, tío, preferiría que fuera con una cerveza, pero antes de que te enteres por otro.

—Dime, me estás asustando.

—Me han ofrecido un ascenso.

—Hostia, qué bien, tío.

—Bueno, hay una pega, me tengo que trasladar a Jaén.

—¡No jodas!

—Sí, tío, creo que debo cogerlo, es una oportunidad única y, bueno, estaremos cerca.

—Claro que sí, tío, es una pena porque te echaré mucho de menos. Bueno, mis oídos te lo agradecerán. Ya en serio, sabes que eres mi apoyo aquí, ahora también tengo a Alba, pero seguiremos viéndonos.

—Por supuesto, además, todavía no me voy.

—Bueno, ¿sabes qué? Vamos a echar unas cervezas, que invita el comisario.

EL MAR DE LOS OLIVOS

SILVIA

Hacía un sol de justicia, estábamos a mediados de julio, en mitad de la autovía que conecta Andalucía con Madrid, a la altura del complejo La Frontera. Hasta donde me alcanzaba la vista, solo se veían olivos; como dicen por aquí, Jaén, mar de olivos. Y con razón. Desde que llegué de la academia de Baeza, siempre me encasquetaban lo que nadie quería hacer, Felipe era el único compañero que se había portado bien conmigo, era ya un veterano, de complexión fuerte, con un poco de barriga; sus mejores años ya habían pasado, ya llevaba tiempo en el cuartel de Jaén, desde que lo destinaron desde un pueblo de Granada. Pasamos media mañana con el control montado, hoy había poco movimiento de coches, desde que llegué al cuartel solo he hecho papeleo y controles al sol o altas horas de la noche, parecía que al comandante Francisco Molina no le hacía mucha gracia tener una mujer en el cuartel a sus órdenes; los compañeros hablaban de mí y ni se cortaban un pelo cuando estaba delante, menos mal que tenía a Felipe, que me daba ánimos para seguir. Desde muy pequeña tuve claro que quería ser guardia civil para ayudar a hacer un mundo mejor, pero estaba bastante frustrada desde mi llegada.

—Está la mañana muy tranquila, Silvia. Con este calor nos va a dar algo —dijo Felipe secándose el sudor de la frente con el brazo.

—Eso mismo, Felipe, nos vamos a derretir con este calor. ¿Por qué el comandante y los compañeros me odian tanto? —dije mirándole a los ojos.

—No te odian, lo que pasa es que no están acostumbrados a tener una mujer de compañera, dales un poco de tiempo.

—No me queda de otra, cuando llegué esperaba una mejor aceptación, estamos en el siglo xxi —le repliqué pensando en lo difícil que se me hacía la vida en el cuartel.

—Tú tranquila, verás como al final te aceptan.

La verdad es que era muy frustrante mi día a día en el cuartel, yo me esforzaba por encajar en un mundo lleno de testosterona, pero bueno, por lo menos tenía a Felipe; no llevaba mucho tiempo en Jaén, todavía no conocía a nadie aparte de él. Desde que me fui de casa de mis padres en Córdoba había pasado ya mucho tiempo, estuve unos meses en Baeza, donde sí hice amigos, pero, al licenciarnos, cada uno fuimos para un sitio; me sentía un poco sola en Jaén, llevaba ya un mes en el cuartel, realizando papeleos y controles que nadie quería.

—Al loro, Silvia, viene uno —me dijo girándose para dar el alto.

—Vamos.

A lo lejos venía un Renault Megane rojo y le echamos el alto, llevaba la música que iba a reventar los cristales, creo que estaba escuchando Motorhead; yo soy de algo más tranquilo: pop, *indie* y algún cantautor; por la música, creo que se iba a llevar un premio.

—Buenos días —dijo Felipe haciéndole un escaneo.

—Buenos días, señor agente. —Al decir eso, el conductor se quedó mirándome para que bajase la música.

—Deme los papeles del coche y su permiso de conducir.

Yo estaba un poco más atrás, la verdad es que el chico era bastante guapo; tenía su punto.

—Muy bien ¿a dónde se dirige? —dijo Felipe al ver que todo estaba en regla.

—A la comisaría de Policía de Jaén, para ser nombrado inspector de homicidios —dijo mientras se le dibujaba una sonrisa en los labios.

Parecía interesante el chico, tendría que hacer algo para cruzarme con él en Jaén, quién sabe lo que podría pasar.

—Adelante, compañero, y perdone por las molestias —dijo Felipe con cara de circunstancias.

—No hay de qué, que tengan un buen día. —En ese momento, volvió a poner el volumen a tope y salió de allí.

—¿Qué te parece el inspector de Policía que acaban de mandar?

—La verdad es que no está mal —dije pensando en lo guapo que era.

En ese momento, me puse colorada.

—¡Bueno! Parece que te ha gustado el nuevo inspector de la ciudad —dijo Felipe con una sonrisa.

—Me parece mono —dije muy cortada.

—Por lo menos ya sabes dónde buscarlo, es fácil que te cruces con él por Jaén —dijo guiñándome un ojo.

—La verdad es que sí.

Todavía nos quedaba un largo día de trabajo con este calor; de hecho, ya había entrado la noche cuando acabamos nuestro turno.

Nos montamos en el coche patrulla y fuimos dirección a Jaén, me gustaba mucho vivir aquí, un sitio bastante tranquilo, rodeado de sierras y donde se respiraba un aire muy puro. Ya estábamos llegando, se veía la ciudad; lo que más destacaba en la oscuridad de la noche era el estadio Oliva Arena, con sus colores, que iban cambiando, y el castillo de Santa Catalina coronando la urbe. Es preciosa, para mí, Jaén es como un pueblo grande, una ciudad donde tienes todo a mano sin mucho ajetreo. Me encanta pasear por la catedral, la zona de las tascas, los baños árabes y, cuando tengo un rato libre, subir al castillo a disfrutar de las vistas.

Cuando llegamos al cuartel, fue muy extraño, faltaban un montón de coches patrulla, parecía que no había casi nadie.

—Algo raro ha pasado —dijo Felipe, mirándome con cara de sorpresa.

—Eso mismo pienso yo.

Entramos en el cuartel y preguntamos a Juan en recepción.

—¿Qué ha pasado? —dijo Felipe muy nervioso.

—Algo muy gordo, en la calle Arco del consuelo, la zona de las tascas; han ido el comandante y varios compañeros —dijo Juan casi sin mirarnos.

—Bueno, vamos hasta allí —contestó Felipe mirándome.

—No creo que al comandante le haga mucha gracia, ha dejado dicho que ellos se bastaban, que se lo dijera a los demás compañeros según llegaran —nos advirtió.

—Perfecto. —Felipe tiró de mí para irnos.

Salimos a la calle y nos retiramos un poco de la entrada.

—Podríamos acercarnos con mi coche, pero que no nos vea el comandante, no tengo ganas de escucharlo —le dije a Felipe.

—Venga, nos cambiamos para no dar mucho el cante y nos vamos.

Entramos a cambiarnos, de todas formas, ya había acabado nuestro turno, iríamos a ver qué había pasado; por lo que nos comentó Juan, debía de ser algo grave. Salí a la calle, me monté en el coche a esperar a Felipe, encendí el contacto y empezó a sonar 091, *Fuego en mi oficina*. Al momento, llegó Felipe.

—Vamos entonces —le dije en cuanto entró en mi coche.

—Vamos.

—Lo mejor será que aparque debajo de la catedral y subamos andando.

No tenía ganas de que me vieran el comandante o Iván.

—Perfecto.

Salimos del cuartel con dirección al parking, iba con los nervios de punta, no sabíamos qué nos íbamos a encontrar. Llegamos y, después de dejar el coche, subimos las escaleras pasando por un lateral de la Plaza de Toros, callejeamos a toda prisa, pasando por la Basílica de San Ildefonso y, cuando ya íbamos llegando a la calle, se veían un montón de curiosos. Nos adentramos entre la muchedumbre intentando ver algo, tratando de pasar desapercibidos; esta calle solía ser muy concurrida, era donde se concentraban las tascas. Poco a poco íbamos abriéndonos paso, y nos quedamos de piedra cuando contemplamos semejante escena: podíamos ver a varios compañeros de la Guardia Civil junto a agentes de la Policía Local cortando el paso; detrás del cordón policial vi al comandante discutiendo precisamente con el inspector de homicidios al que habíamos parado esta mañana. Pero aquello no fue lo que más me sorprendió. Detrás de ellos, distinguí cuatro cadáveres amontonados, un reguero de sangre que salía de ellos y que bajaba por el empedrado de la calle. Las bolsas estaban muy apiladas, como no podía ser de otra forma dada la estrechez de esa calle en la que apenas caben dos personas, era una de las calles peatonales más concurridas de Jaén, ¿cómo se las habrían apañado para perpetrar lo que parecía un múltiple asesinato? Esto pintaba muy mal. Felipe, horrorizado, me miró y me dijo:

—¿Qué habrá pasado? En todo el tiempo que llevo de servicio, no he visto nada igual. Voy a ver si puedo hablar con algún compañero, espera aquí —continuó con cara de terror.

—Vale, ten cuidado con el comandante.

Vi a Felipe alejarse, y seguí mirando a nuestro superior, esto no tenía buena pinta. Seguía discutiendo con el policía de esta mañana, ya sí estaba segura de que era él. Había ido a dar con un guardia civil de la vieja escuela, conservador y que no aceptaba nada que se saliera de sus normas; seguro que el chico este era todo lo contrario a lo que creía que debía ser un agente del orden.

Seguí intentando ver algo entre todo el barullo de gente, pero era imposible, solo se veía el principio de la calle con las bolsas de cadáveres; al momento, volvió Felipe.

—Vayámonos antes de que te vea algún compañero, ahora te cuento lo que he podido averiguar —me dijo a toda prisa.

Empezamos a desandar el camino que habíamos hecho, cuando llegamos a la Basílica de San Idelfonso y nos metimos en una de las callejuelas que salían de la plaza; ya más tranquilo, me contó.

—Parece que todo pinta bastante negro, Silvia, ha sido un cuádruple asesinato. Al parecer las víctimas son cuatro delincuentes habituales de la ciudad, puede que haya sido un ajuste de cuentas o algo parecido, pero parece que nadie ha visto nada; eso es lo más extraño, con la cantidad de gente que hay siempre por la zona... Lo mejor es que vayamos a casa a descansar y a ver qué dicen mañana en el cuartel.

—Vale, a ver si mañana nos enteramos de algo más. —Todo apuntaba a que íbamos a tener un día ajetreado.

Bajamos hasta el parking y conduje hasta el cuartel, el ambiente estaba enrarecido en el coche, ninguno de los dos decía nada mientras sonaba *Just like heaven* de The Cure. Dejé a Felipe allí para que cogiera su coche y seguí camino a casa, cuando llegué estaba rendida, me tiré en la cama vestida y empecé a pensar en la locura de día. Paramos a aquel chico tan mono, luego la que se había liado en la calle de las tascas... Aquella investigación iba a ser muy importante, yo no quería que me dejaran a un lado, tenía que hacer todo lo posible para que me dejaran estar en el caso; sé que lo tenía muy difícil, pero por lo menos Felipe me apoyaba. Estaba rendida, al día siguiente me tocaba estar bien temprano en el cuartel, así que intenté dormir.

Me desperté con la alarma del móvil cantando *Un buen día* de Los Planetas. Eso es lo que me esperaba, un buen día, uf, había dormido fatal, pero a ver cómo se daba el día. Bajé a desayunar al bar debajo de casa.

—Buenos días, Manolo, ¿me pones un café solo bien cargado y media de picadillo?

—Ahora mismo, por cierto, ¿sabes algo de lo que pasó anoche? —me preguntó con cara de vieja del visillo.

—No mucho, tampoco te podría contar si lo supiera, ya sabes cómo va esto.

—Pues, por lo que he escuchado, las víctimas son cuatro perlas que estuvieron desde muy pequeños en el reformatorio, desde entonces no han parado de entrar y salir de la cárcel.

—Joder, pues ya sabes más que yo. —Con lo pequeña que es Jaén, las noticias volaban.

—Pero la cosa no queda ahí, por lo visto dicen que vieron al fantasma de un chico, que ellos mismo asesinaron cuando eran menores, merodear por allí —me dijo acercándose para que nadie le escuchara.

—Ya empezamos con las leyendas, el siguiente qué va a ser, ¿alguien devorado por un lagarto? —le respondí con guasa.

—Aunque no lo creas, muchas veces estas historias tienen algo de verdad —señaló, después de servirme.

«Ya lo que me faltaba: fantasmas asesinos. Verás cuando se lo cuente a Felipe, qué gracia le va a hacer.» Apuré el café y me acabé la tostada, me había dado la vida el desayuno. Cogí el coche para ir al cuartel a ver cómo estaban los ánimos por allí; al arrancar, sonó Fangoria: *No sé qué me das...* Me encantaba la música, era lo que más me subía el ánimo en cualquier momento.

JAVI
(Un día antes)

Las despedidas siempre son muy difíciles. Ahí estaba yo, diciendo adiós a esta ciudad que me ha visto nacer y crecer, a mis amigos, Juan y Alba... Por mi carácter dicharachero, parecía que no me afectaba, pero, todo lo contrario, lo llevaba muy dentro, me es muy difícil expresarlo; dejaba todo atrás para empezar de nuevo en otra ciudad. Estaba contento por mi ascenso, pero muy triste por la vida y amigos que dejaba atrás en Granada. Me costaba mucho no llorar y venirme abajo, pero quién sabe lo que me deparará mi nueva vida.

—Os echaré mucho de menos, chicos, y más después de lo que hemos pasado juntos —dije con un nudo en la garganta.

Podía ver la tristeza en la cara de Juan y Alba, no era fácil, me estaba haciendo el fuerte por no llorar. Abracé a Juan.

—Cuídate mucho, amigo. Ya sabes que, para lo que haga falta, aquí estamos —me dijo Juan apretándome en su abrazo.

—Tú también, cuídate y cuida de Alba, y ella de ti —dije mirándola a ella.

Alba se unió al abrazo.

—Bueno, me voy ya, que os estáis poniendo demasiado blandos, pasadlo bien y visitadme de vez en cuando —dije con las lágrimas ya a punto de salir.

Me subí al coche y se me escaparon algunas, joder... Arranqué, empezó a sonar *Play the game*, de Motorhead, y ahí iba yo, en busca de mi nueva vida. Cogí la autovía dirección a Jaén y, cuanto más avanzaba, más se iba transformando el paisaje en un mar de olivos; ya me quedaba poco para llegar, cuando vi un coche de la Guardia Civil que me echó el alto. Subí un poco más la radio, seguía escuchando Motorhead, *Ace of spades*, el metal a toda voz me relaja para conducir, y ya que me iban a parar, me iba a quedar un poco con ellos.

Cuando paré el coche y bajé la ventanilla, me quedé eclipsado; acompañando al guardia civil que me estaba pidiendo los papeles, había otra agente que me dejó anonadado, era la primera vez que me pasaba esto en la vida. Había tenido algunos rollos en Granada, pero ninguna mujer me había llamado la atención como esta; no iba a estar tan mal la vida en Jaén, ya tenía un objetivo en mente. Cuando le dije que era el nuevo inspector de Policía de Jaén, acto seguido, a los dos les cambió la cara; el hombre se puso muy serio, pero a ella, al contrario, sonrió. Me dieron paso y seguí mi camino; ya me faltaba poco para llegar a Jaén cuando, al pasar un túnel, vi un bonito pueblo en la sierra, no iba a estar nada mal la vida aquí. Era casi la una cuando divisé Jaén coronada por un castillo; por esta zona abundan mucho, ya que fue auge en época árabe, junto a Granada y Córdoba, y parte muy importante del reino de Al Ándalus, además de ser alguno de los últimos bastiones en caer en la Reconquista. Ya estaba entrando en la ciudad, aquí el tráfico era mucho más tranquilo que en Granada, aparqué en comisaría y, cuando entré, se me acercó un tipo alto y delgado, entrado en años, y me dio la mano.

—Bienvenido a Jaén, soy el capitán Juan Jesús, te presentaré a tus compañeros —dijo haciéndome señales para que le siguiera.

Después de un rato de saludar efusivamente a los que iban a ser mis nuevos compañeros, nos paramos al lado de un tío que iba vestido de calle, calvo, con perilla recortada y algo me decía que me iba a llevar muy bien con él.

—Inspector, te presento a tu compañero, el subinspector Rafa Pinilla.

—Encantado —dije mirándolo de arriba abajo.

Me dio la mano, me la apretó, estaba fuerte el tío; llevaba algunos anillos que lo delataban, tenía pinta de ser más heavy que una lluvia de hachas, íbamos a tener guasa.

—Vamos, que te enseño un poco la ciudad —dijo camino a la puerta.

Salimos de comisaría y nos dirigimos al aparcamiento, paró al lado de un Audi A3, nos montamos en él y, cuando dio el contacto, efectivamente empezó a sonar música heavy; no es que tenga nada en contra de esta música, incluso hay algún grupo del que me gusta alguna canción, pero, para mi gusto, es solo para un rato; lo notó en mi cara.

—¿Qué pasa? ¿No te gusta Helloween? Es un temazo —dijo poniendo cara de loco.

Empezó a cantar *I want out* a todo pulmón, lo que me esperaba.

—Yo es que soy algo más metalero —le dije con una sonrisa.

—Ya estamos, un moderno —me dijo echándome una mirada asesina—. El metal de hoy día no sería nada sin el heavy.

—Ya, pero, para mí, esos gritos interminables, las letras épicas, de *por el poder mi espada* y todos esos rollos, se me hacen un poco pesadas.

—Me parece a mí que no nos vamos a aburrir —dijo riéndose.

—La verdad es que no. —Me reí.

Y así fue como empezamos la ruta por la ciudad.

—¿Tienes dónde quedarte? ¿O todavía no has visto nada? —me preguntó.

—Estuve mirando algo, esta tarde voy a ver un piso en la Avenida Andalucía.

—En el Gran Eje —dijo con una sonrisa.

—¿El Gran Eje? —le pregunté extrañado.

—Sí, bueno, aquí en Jaén renombramos algunas calles.

—En Granada pasa igual —dije riéndome.

Nos bajamos del coche y andando un poco llegamos a la Basílica de San Ildefonso, estaba muy chula, me recordaba a Granada por las calles empedradas; la Basílica era una pasada y, por lo que me contaba Rafa, fue construida en un antiguo arrabal extramuros de una ciudad árabe. Por fuera parecía una fortaleza, con su torreón al norte del muro. Me estaba gustando mucho la ciudad, parecía muy tranquila, y poco después de seguir andando llegamos a la plaza de la catedral, yo solo había visto la de Granada, pero, al ver esta, me sorprendió; cuántos años de historia habían pasado por esta ciudad, fue concebida en el siglo XVI y la planta tiene forma de cruz latina.

—Y ahora vamos a mi sitio favorito de Jaén —me dijo con una sonrisa en la cara.

Era una callejuela estrecha toda empedrada.

—La calle de las tascas, está llena de bares antiguos por los que no ha pasado el tiempo.

Entramos en uno de ellos, y me pareció viajar por lo menos cincuenta años en el tiempo, las paredes de la tasca estaban repletas de toneles de vino, el local era muy cuadrado, rodeado de una barra de madera, un camarero que tenía pinta de llevar toda la vida allí y algunos toneles antiguos a modo de mesa alta.

—¿Qué va a ser, Rafa? —le preguntó.

—Un par de chatos de vino *ligaíllo*, Pepe —dijo Rafa acomodándose en la barra.

Había pedido por mí, pero no me importó, había que probar cosas nuevas.

Probé el vino, que no estaba nada mal, y después unas pocas rondas y algunas tapas de queso, jamón, bacalao... Siempre acompañadas de aceitunas y patatas Santo Reino, que Rafa decía que eran las mejores que había. Ya estaba entrada la tarde cuando salimos de la tasca, no me iba a costar mucho acostumbrarme a Jaén, no era tan diferente a Granada. Ya en mi piso, no podía parar de pensar en la guardia civil que me había parado por la mañana, me tenía loco; le podría preguntar a Juan algún consejo para enamorarla, pero, con el por saco que le di con Alba, al principio se iba a reír de mí un poco, seguro que me la tenía guardada. Pedí una pizza para cenar, no tenía muchas ganas de cocinar; poco rato después me acosté, era pronto, pero estaba muy cansado después del viaje y el día que habíamos pasado. Al poco de acostarme, empezó a sonar mi móvil, tenía puesta una bonita balada de Sepultura, *Arise*, me pegué un susto tremendo, era Rafa.

—Tío, ¿recuerdas dónde te llevé esta mañana, la calle de las tascas? —me dijo con voz nerviosa.

—Sí, claro —respondí extrañado.

—Pues tienes que venir echando hostias, no te vas a creer lo que hay aquí liado. Tenemos un homicidio y hay varias víctimas.

—¡Joder! Voy para allá —dije levantándome de un salto.

Me vestí rápido y me apañé un poco el pelo, ¿qué habría pasado? Bajé a por el coche, me subí, puse el contacto y empezó a sonar *El rey de Plaza Nueva* de Pangloss; qué buenos eran estos granadinos, con su rap metal progresivo. Cogí dirección a la calle de las tascas, llegué a la zona escuchando Fausto Taranto, el tema *Bocabajo*, cómo sonaba esta mezcla de metal flamenco con la espectacular guitarra de Paco Luque, aparqué, fui corriendo para la zona, donde ya había un montón de curiosos y, cuando los pasé, un guardia civil me impedía el paso, le enseñé mi placa y me dejó pasar a regañadientes; ahí estaba Rafa, discutiendo con un guardia civil rechoncho y entrado en años, que por la pinta que tenía estaba a punto de jubilarse.

—Buenas noches —dije mirándolo.

—¿Y tú quién coño eres? —me dijo él con una mueca de asco.

—Javi García, inspector de Homicidios de la Policía Nacional —le informé ofreciéndole la mano.

—¿Qué pasa? ¿Que nos mandan a todos los fantoches a Jaén? —dijo rechazando mi mano.

Bien es sabido que, cuando hay casos grandes, hay rivalidad entre las fuerzas del Estado, estaba claro que nuestra presencia no le sentó nada bien al comandante. Pero aquello no me preocupó. Lo más impactante era lo que había sucedido.

Delante nuestra teníamos un espectáculo sangriento, alguien se había ensañado a puñaladas con cuatro personas, ahí estaban, en mitad de la calle, amontonadas, mientras la Guardia Civil se esforzaba por tapar la escena de la que bajaba un río de sangre por la calle empedrada.

—Aquí no hay nada para vosotros, os podéis ir por donde habéis venido —nos dijo a voces.

Al momento, llegó nuestro comisario y se encaró con el guardia civil.

—Buenas noches, Francisco, me acaba de llamar el alcalde, me ha dicho que haya máxima colaboración entre todos, así que deja trabajar a mis hombres —le recriminó con mirada desafiante.

Le costó trabajo, pero nos dejó pasar, eso sí, estrechamente vigilados por sus hombres; cuando me acerqué a los cadáveres, el estado que presentaban me impactó, los habían cosido a incontables puñaladas, había mucho odio detrás de ese cuádruple crimen.

Tras examinar la escena un rato, decidimos que lo mejor era acudir a comisaría. Allí podríamos buscar información sobre las víctimas, que ya habían sido identificadas. Nos fuimos del lugar dejando a nuestro comisario discutiendo con el comandante de la Guardia Civil, me daba a mí que este tío nos iba traer de cabeza.

—Vamos en mi coche, Javi, luego te traigo a por el tuyo —dijo Rafa tirando de mí.

Me esperaban unos minutos insoportables de heavy, según nos montamos en su coche, empezaron a sangrarme los oídos.

—¿Qué pasa, tampoco te gusta Judas Priest? —preguntó sorprendido.

Le subió más el volumen y empezó a gritar.

—*Breaking the law* —cantaba como un loco.

Había escuchado este tema alguna vez, tenía su rollo, pero le debía decir algo, si no, no me quedaba tranquilo; a pesar de lo bien que nos llevábamos, la rivalidad entre el heavy y el metal era algo histórico. Llegamos a comisaria escuchando *Painkiller*.

—Por fin, un descanso para mis oídos —dije aliviado.

Entramos a comisaría, metimos los datos de las víctimas en el ordenador, y empezó a salir una larga lista de antecedentes, desde muy jóvenes; su primera detención me llamo la atención.

—Espera, Rafa mira esto.

Desplegamos los datos del ordenador: *Cuatro jóvenes menores de edad apuñalan y terminan con la vida de un chico en la calle Arco del consuelo; después del juicio, fueron recluidos en el centro de menores de Jaén.*

También había una foto del chico antes de ser asesinado, al verla, Rafa se quedó blanco, sin habla.

—¿Qué pasa, tío? —dije mirándolo asustado.

—¡No puede ser!

—¿El qué? Me estás asustando —dije conteniendo la respiración.

—La señal que está haciendo el chico asesinado, los dedos cruzados de una mano —balbuceó Rafa.

—¿Por qué? ¿Qué pasa?

—Esa señal significa que volverá de entre los muertos para vengarse —dijo mirándome con el miedo en los ojos.

—Ya estamos con las patrañas, si quieres llamamos a Iker Jiménez que nos ayude con la investigación —intenté quitarle hierro al asunto.

—No es coña, tío, se ve que te tendré que poner al día con lo ocurrido en Jaén en los últimos años, además de algunos mitos y leyendas que tienen parte de verdad.

—Venga, ya lo que me faltaba por ver, un fantasma asesino —dije dejando caer mi cabeza.

—Vamos a la máquina a por un café, que esto va para largo.

—¿No deberíamos interrogar a los padres de aquel chico que dices que fue asesinado hace años? —pregunté, mirándolo.

—También, pero primero te contaré algunas cosas.

SILVIA

Me armé de valor al entrar en el cuartel, pero este día era muy distinto, todos andaban como pollos sin cabeza, el comandante no paraba de despotricar sobre la Policía; yo sabía quién era uno de los que no le caía nada bien y al escuchar su nombre no pude evitar sonreír para mí. Entré sin hacerme notar mucho hasta llegar a mi mesa, me puse con los expedientes que tenía acumulados y al rato llego Felipe.

—No veas cómo está la cosa —dijo con la cara un poco descompuesta.

—¿Y eso? ¿Quiénes eran las víctimas de ayer? —pregunté extrañada.

—Eran cuatro piezas buenos, que no paraban de entrar y salir de la cárcel; por lo visto, su primer crimen fue un chico que mataron cuando eran menores, hubo algo extraño en su muerte, murió con los dedos cruzados, que es señal de que volvería del más allá para vengarse; eso, unido a la falta de pruebas y a que nadie vio nada, pues te puedes imaginar cómo está la cosa por aquí hoy. La mayoría de los compañeros son muy supersticiosos, debido a la cantidad de mitos y leyendas que hay en la provincia, y el comandante está que trina, porque la Policía ha metido sus narices; encima, el inspector nuevo no le cae nada bien —me dijo bastante nervioso.

—De esto último ya me he dado cuenta.

Acto seguido, entró el comandante en la sala, todo el mundo quedó en silencio.

—Bueno, pues parece que algún ciudadano de bien está haciendo nuestro trabajo, limpiando las calles de escoria. Ya sabéis lo que opino de toda esta gente, que solo son una lacra para la sociedad; eso sí, nadie está por encima de ley, que somos nosotros. Debemos pillar a este asesino antes que la Policía, así que todo el mundo a trabajar en el caso, menos Silvia y Felipe, que tendrán que velar por el cuidado de los conductores, de modo que ya sabéis, dejaos ya de mierdas y cuentos de fantasmas —voceó para que todos lo escucháramos.

Menuda losa me acababa de caer encima, como siempre, el machismo del comandante salía a la luz: una mujer no podía investigar un asesinato. Otro día de calor a tostarnos en las carreteras, menos mal que tenía a Felipe, que se acercó a mí.

—Vamos —me dijo con una sonrisa.

—Qué remedio.

Salimos del cuartel, y cogimos el coche patrulla; mientras los compañeros investigaban, a nosotros nos delegaban a montar controles de carretera, y menos mal que Felipe aceptó ser mi compañero, si no estaría más sola que la una. La verdad, no esperaba encontrarme esta situación en pleno siglo XXI; Felipe, mientras tanto, intentaba animarme.

—Anímate, chica, lo mismo paramos otra vez al inspector de Policía —dijo con cara de guasa.

—Anda ya, déjate de rollos —repliqué cabreada.

—Me gusta el chico para ti —me picó poniéndose más serio.

—Pero si apenas lo vimos un momento...

—Ya, pero, no sé, algo me dice que volveréis a coincidir —dijo sonriéndome.

—Ya, bueno, primero tendré que conocerlo un poco, no quiero echar campanas al vuelo tan rápido —zanjé la conversación.

Llegamos a la glorieta que conectaba la carretera vieja de Jaén con la entrada de la ciudad, parecía un buen sitio para echar la mañana, no había mucho tráfico, así que Felipe me estuvo poniendo al tanto de los mitos y leyendas de la provincia de Jaén; asimismo, me estuvo hablando también de una oscura época en la provincia, en la que un montón de casos quedaron sin resolver, algunos por falta de pruebas, otros por fallos en el jurado o en la custodia de pruebas, el caso de estos chicos era uno de ellos...

Así pasamos la mañana, ya que, salvo en las horas punta, no había mucho tráfico; llegamos al cuartel, cogí mi coche, porque necesitaba despejarme un poco, puse el contacto y empezó a sonar Sabina con *Quién me ha robado el mes de abril*, cómo me gustaba esta canción. Fui a casa a comer y, después de una buena siesta, necesitaba despejarme un poco, así que decidí subir al castillo de Santa Catalina a tomar un café y disfrutar un poco de las vistas de la ciudad; cogí el coche en dirección hacia allí, cantando *Y nos dieron las diez* de Sabina, y justo estaba aparcando en el parador cuando vi un coche que me sonaba: el del poli guapo que paramos ayer. Al final iba a mejorar un poco el día.

Impresionaba admirar el castillo de cerca, era una antigua construcción defensiva de acabado cristiano-medieval del siglo XIII, una de las tres fortalezas que constituyen el castillo de Jaén, las otras dos son el Alcázar viejo y Abrehui. La verdad era que, desde que llegué a Jaén, me encantaba venir aquí para desconectar un poco y aprender de la historia de la ciudad; entré en el parador, me encantaba la decoración, era como adentrarme en un castillo medieval, no le faltaba un detalle: las paredes, los techos... Entré al gran salón de techos abovedados, lleno de armaduras y grandes sillones y, de repente, vi al inspector; me armé de valor y fui hacia él.

—Hola, ¿te puedo acompañar? —le dije mirándole a los ojos.

—Depende —me respondió con una sonrisa socarrona.

—¿De qué? —pregunté extrañada.

—De si estás de servicio y me vas a multar. Es broma, siéntate —me contestó riéndose.

Además de guapo, gracioso; me gustaba este chico. Ahora a ver, cómo entablaba conversación con él.

—No me he presentado, soy Silvia Martín. No llevo mucho tiempo en la Guardia Civil de Jaén, y no sé, vi tu coche aparcado, pensé en tomar algo contigo, conocernos un poco, quizá te pueda ayudar con el caso de homicidio múltiple —dije acomodándome en el gran sillón.

En cuanto le hablé del caso, se puso recto en el sillón y le cambió la cara. Tal vez me precipité.

—Yo creía que venías porque te llamé la atención cuando me parasteis y querías ligar conmigo o algo —dijo acercándose a mí.

—Veo que no tienes abuela, te lo tienes un poco subido —contesté riéndome.

—Es coña, pero la verdad es que tú sí me llamaste la atención el otro día cuando me parasteis, no está de más conocer a alguien aquí, yo acabo de llegar. Por cierto, me llamo Javi.

—Encantada —dije con una leve sonrisa.

—Acabo de llegar a Jaén, y mira el percal que me he encontrado, me acaban de nombrar inspector y ya tengo mi primer cuádruple asesinato, el sueño de cualquiera; encima, tu jefe es míster simpatía —confesó con cara de pesadumbre.

—Mi jefe es así, él es de la vieja escuela, no comprende lo que se sale de su norma. Si tú supieras cómo me tiene en el cuartel... Yo soy el último mono solo por ser mujer. Tampoco le gusta demasiado tener que colaborar con la Policía Nacional, y más con un inspector joven como tú.

—Ya, lo comprendo, todavía hay mucha gente que vive en el pasado y se niega a avanzar —dijo resoplando.

Escuchándolo pensé que nos íbamos a entender bien. Nos tomamos el café tranquilamente, el sitio merecía mucho la pena, todos los días no tomas café en un salón medieval.

Estuvimos hablando un poco, conociéndonos más, me estuvo contando todo lo que le pasó en Granada, él también estuvo en el caso de la asesina en serie y los bebés robados; qué historia, se merecía un libro. Poco después, salimos del parador, estuvimos viendo el castillo por fuera, ya que no era horario de visitas, y quedamos en subir otro día para enseñárselo; le advertí del montón de escaleras, aunque, ¿qué esperas de un castillo del siglo XIII? Estuvimos disfrutando de las vistas, de la gran cantidad de miradores impresionantes que hay en los alrededores del castillo, la vista se te pierde en un inmenso mar de olivos; al final de la ruta, llegamos a la inmensa cruz, donde las vistas eran más espectaculares si cabe. Hacía buena temperatura, estábamos pasando un buen rato, a veces parecíamos adolescentes, hasta que el sonido del tono de su móvil nos sacó del ensimismamiento.

—¿Sí?

—...

—¿De verdad? Voy para allá —dijo con cara de asombro.

—...

—Bueno, ya me busco la vida para llegar hasta allí.

Silvia se me quedó mirando con la cara descompuesta.

—¿Me puedes hacer un favor?

—Claro, dime.

—Me tienes que llevar a Linares.

—Vale, pero cuéntame algo más —le dije dubitativa.

—Han encontrado otro cadáver.

Salimos corriendo hacia los aparcamientos del parador, y cuando estábamos llegando abrí mi Prius y nos subimos, cuando puse el contacto empezó a sonar *La chica de ayer*, de Nacha Pop.

—De verdad, un compañero heavy y ahora una amiga a la que le gusta la música de la movida madrileña, qué va a ser lo siguiente...

—Jaja, es lo que toca, mi coche, mi música. Que conste que no te pongo Rafael, ni me he puesto en modo cantante —le advertí saliendo del aparcamiento.

—Sí, ya lo que me faltaba, que me pusieras al Dylan español.

—Eh, eso sí que no te lo consiento, que Sabina es uno de los genios más grandes que ha dado este país.

—Ya, seguro, me irás a comparar a Sabina con Rosendo, ese sí que es el genio más grande de los últimos tiempos, y que conste que yo soy de música un poco más cañera.

Parecía que sí me iba llevar bien con Javi, no me iba a aburrir mucho, ya sabía dónde pincharle. Habíamos cogido ya la autovía dirección a Linares, cuando, pasando a la altura de Villagordo, nos adelantó un coche de la Guardia Civil con las sirenas puestas; casi nos echa de la carretera, justo en el momento en el que nos estaba adelantando, el copiloto se nos quedó mirando. De verdad, no me lo podía creer, me estaba cavando mi propia tumba, por si no tenía ya jodida la cosa, ahora esto.

JAVI
(Un día antes)

Ya venía Rafa con los cafés, iba a ser un día muy largo, apenas había dormido, y ahora me vendría muy bien la ayuda de Juan, bueno, la de Alba mejor todavía, no sé cómo se las había apañado para ir siempre un paso por delante de nosotros sin ser policía; el aroma a café me sacó de mi ensimismamiento. Rafa soltó las bebidas encima de la mesa, y al momento volvió con un carrito como los de las bibliotecas, lleno de cajas que seguramente estaban llenas de archivos; mañana de papeleo, qué ilusión. Estaba que me caía. No esperaba que me sorprendieran por la noche anterior con un caso de asesinato.

—A ver, por dónde empezamos. No te asustes, esto es solo para buscar algunos archivos para ponerte al día —dijo riéndose.

—Ya me habías acojonado, pero bien, con el cuerpo que tengo ahora mismo; creo escuchar mi nombre, pero es la cama que me está llamando —contesté riéndome también.

—Solo será un rato, luego ya podremos descansar algo.

—Venga, va —accedí resignado.

—Pues, un poco *grosso modo*, las crónicas de asesinatos de Jaén no son muy diferentes a las de cualquier ciudad o provincia, salvo por unos extraños sucesos acontecidos entre los años 1983 y 1995: la cantidad de crímenes sin resolver, ya fuera por falta de pruebas, negligencias en el procesamiento de estas, así como errores judiciales. Fue catastrófico, los criminales campaban a sus anchas, la Guardia Civil y la Policía se culpaban mutuamente por estos hechos, de ahí algunos de los piques que hay entre unos y otros. Ya habrás adivinado que nuestro comisario y su comandante lo vivieron de primera mano, no se pueden ni ver, que el primer escollo que vamos a tener en nuestra investigación van a ser ellos. Aparte de eso, en Jaén hay una cantidad increíble de mitos y leyendas que mucha gente asegura que son verdad, lo supersticiosa que es la gente de Jaén es una cosa que no debes tomarte a la ligera, puedes creer o no, pero lo mejor es no decirles nada; yo llevo mucho tiempo aquí, desde que me vine de Almería, pero tengo muy claro que no me voy a creer nada que no vean mis ojos, eso sí, este tema es muy delicado tanto en la central como en la ciudad, así que lo mejor es no decir nada; no te voy a decir que no lo cuestiones, pero entre nosotros.

—Mucha información que procesar para mi cerebro, tan temprano y sin dormir —dije echándome hacia atrás en la silla.

—Solo un poco más y acabo.

Siguió rebuscando entre las cajas, hasta que sacó una carpeta, la soltó encima de la mesa, y al abrirla me quedé blanco.

—Ya sé que antes has visto el archivo digital del asesinato de aquel menor de Jaén, pero no está de más que revises el expediente detallado del caso, lo llevó nuestro comisario, que en aquellos momentos era sargento, le costó mucho trabajo encontrar a los cuatro autores; justo en el momento en que iba a ir a por ellos, se metió por medio Francisco, y se le fue bastante la mano con los susodichos. Los tuvieron veinticuatro horas en el cuartel, haciéndoles un duro interrogatorio; en el juicio, además de ser menores, alegaron las palizas y, tras pasar unos meses recluidos en un centro, al cumplir la mayoría de edad quedaron libres. Y ahora ellos han sido asesinados. Sobre lo de la foto... mira esto —me contó muy serio.

Me enseñó una imagen del joven asesinado, más bien, de su mano. ¿Realmente podíamos plantearnos que aquel pobre chico regresó de entre los muertos para acabar con sus asesinos?

—Aun no creyendo en estos temas, da bastante cosa. Yo no es que no crea, más bien es respeto mutuo; yo no me meto con ellos, mientras ellos no se metan conmigo —dijo echándose hacia delante en la silla.

—Es buena práctica, la misma que sigo yo. Ahora vamos a descansar un poco, que, si no, no funcionamos bien —afirmé.

—Podemos ir a ver al padre del chico, lo conozco desde hace tiempo. La familia lo ha pasado mal. Ya te contaré de camino.

—Vale.

Pero, cuando íbamos a marcharnos, el comisario nos llamó a su despacho.

—Bueno, chicos, el tema está bastante jodido, ¿has puesto a Javi al día? —dijo parado frente a nosotros.

—Sí, capitán.

—Pues bien, aparte del caso, Javi, ya sabes que aquí no tenemos muy buena relación con la Guardia Civil y viceversa, qué más da quién empezase el tema, pero tenemos que tener mucho cuidado con ellos; en vez de ayudar, nos van a intentar poner piedras en el camino —dijo advirtiéndonos.

En ese momento, no sé por qué, lo solté como me vino a la mente.

—Lo mismo algunos son de fiar —dije pensando en Silvia.

—No sabría yo qué decirte, Javi, están todos muy bien aleccionados por su comandante.

Ante la respuesta de mi jefe, preferí no decir nada, los dos que me habían parado no reaccionaron mal cuando les dije que era inspector, la chica me llamó mucho la atención; en ese momento solo pude distinguir los tremendos ojos verdes que tenía, sus labios perfectos y algún mechón pelirrojo que le salía de la gorra, el cuerpo perfecto con las curvas justas, como a mí me gustaba. ¿Qué me estaba pasando?

—Solo eso, descansad un poco, mañana nos vemos aquí a primera hora, a ver lo que averiguamos.

Salimos del despacho; además de muerto de sueño, estaba famélico, no había comido nada desde la pizza del día anterior.

—¿Y si vamos a comer algo antes de dormir? —pregunté a mi compañero mientras rugía mi estómago.

—Después de hablar con el padre del chico, podemos ir a la zona por donde vives y ya me quedo por allí.

Llegó la hora de mi venganza, le iba atronar un poco los oídos con música de verdad.

Nos montamos en el coche, y le puse un bonito tema de Napalm Death: *Suffer the children*, era para ver la cara que puso.

—Me la tenías guardada, ¿eh? No pasa nada, nos queda mucho tiempo juntos —dijo riéndose.

Mientras íbamos camino del Gran Eje, movía un poco la pierna al ritmo de la música; en el fondo le gustaba, pero los metaleros y los heavies somos así, no podemos evitar el pique. Llegamos rápido, entre que era una hora tranquila para el tráfico y que por las fechas estarían la mayoría de vacaciones; así da gusto conducir, nos bajamos del coche.

—Qué descanso para mis oídos, no sé cómo puedes llamar música a eso —dijo con cara de alivio.

—Ya, seguro.

—Juan, el padre, vive por aquí cerca. Aquí donde me ves soy muy aficionado a los juegos de rol. Juego todas las semanas.

Llegamos a un bloque de pisos. Rafa tocó en uno de ellos y, al momento, sonó una apesadumbrada voz.

—¿Sí?

—Juan, soy Rafa, ¿podemos hablar? —dijo con confianza.

—No es buen momento.

—Solo será un minuto.

—Vale, sube —claudicó con voz un poco más animada.

Ascendimos las escaleras, se notaba que el bloque tenía ya sus años; subimos un par de pisos, la puerta estaba abierta y Rafa tocó en ella.

—¿Se puede? —preguntó empujando.

—Entra, Rafa.

Al acceder a la vivienda, pasamos por un largo pasillo, al final de él había un hombre tirado en un sillón, tendría unos cincuenta años, el pelo desaliñado y la barba de varios meses. Rafa se le quedó mirando.

—Juan, qué mal te veo, tío —le comentó algo alarmado.

—Es que últimamente no duermo mucho, el fantasma de mi hijo me visita desde hace unos días, ya me avisó que se iba a cobrar su venganza, que esto solo era el principio —le contestó un poco asustado.

Rafa se lo quedó mirando con cara de sorpresa.

—Ya, ya sé que no me crees, por eso no te dije nada, ¿por qué te crees que estoy tan acojonado? Y más después de lo de ayer.

—Tú tranquilo, estamos en ello. Por cierto ¿dónde te metes? Ya llevo unos meses que no te veo por el club —le preguntó Rafa preocupado.

—Estoy yendo a terapia, me estaba viniendo muy bien para superar la muerte de mi hijo, sabes que desde que se murió no he vuelto a ser el mismo. Estaba mejorando con esto, hasta que empecé a verlo —confesó moviéndose inquieto en el sillón.

—Tú tranquilo, Juan, estoy para lo que haga falta, a ver si nos vemos por el club. Dame un abrazo, tío —le intentó animar.

Salimos del piso y, mientras bajábamos, pregunté extrañado:

—¿Qué opinas de la historia que nos ha contado?

—No sé, tío, a raíz de lo de su hijo no se quedó bien, puede que esté alucinando o algo, no tenía buen aspecto —dijo muy preocupado.

Al salir de allí, fuimos a un bar que estaba debajo de mi piso y nos sentamos en la barra.

—Buenos días, ponme una catalana y un café con leche —pedí sentándome en un taburete.

El camarero me miró como si le hablara en otro idioma, entonces Rafa, que se estaba partiendo de risa, le dijo:

—Dos de picadillo y dos cafés con leche —le pidió él entre carcajadas.

Y se quedó mirándome mientras se seguía riendo.

—Aquí no saben lo que es una catalana, eso es solo en Granada, aquí lo más parecido es pedir una tostada de picadillo, que es lo mismo, solo que el jamón y el queso están picados.

—Y me has dejado pedir primero para descojonarte —afirmé viendo cómo se reía.

—Más o menos, te he dejado a ver qué pedías.

—Qué cabrón estás hecho.

Me alegraba tener un compañero como Rafa, me caía bien, era graciosillo y conectamos.

Después de desayunar, que, por cierto, la tostada estaba tremenda, nos fuimos a dormir. Llegué a mi piso, me quité las zapatillas y me tiré en la cama, estaba molido. Entonces supe cómo se sentía Juan cuando llegó Alba a Granada, estaba totalmente pillado por la guardia que me paró y tenía un caso que pintaba bastante gordo entre manos; lo mismo que le pasó a Juan. El rollo esotérico que estaba cogiendo el asunto no me gustaba mucho, pero no quise darle importancia, iba a intentar dormir un poco y luego daría una vuelta, tenía ganas de subir al castillo, me había dicho Rafa que estaba muy bien y que podías tomar algo en el salón medieval.

No sé cuánto rato dormí, pero había cargado bastante las pilas, me vestí, me arreglé un poco el pelo, bajé al parking y arranqué el coche. Puse Eskobula, un grupo granadino que suena bastante bien, mezcla varios estilos, e iba escuchando *100 huesos rotos*; no me conocía mucho la ciudad, pero poco a poco me haría con las calles, no era muy difícil subir al castillo, estaba bien señalizado y, según iba subiendo por la estrecha carretera, veía a gente subir andando. Me ponía malo solo de pensarlo, subir semejante cuesta con el calor que hace aquí, con lo fresquito que iba yo en el coche... Pasé el arco por donde empezaba el recinto, había unas vistas espectaculares, se te perdía entre tanto olivo, tenía una panorámica de la ciudad tremenda; aparqué el coche y me quedé anonadado mirando el castillo: el parador estaba bastante conseguido. Me asomé a uno de los miradores y entré en el parador; me quedé embobado mirándolo todo, de no ser por algunos detalles actuales, juraría que estaba entrando en un castillo de verdad: el pasillo estaba adornado con varios blasones y tenía el techo abovedado. Me pedí un café en el bar del castillo y, tras pagarlo, me dijeron que pasara al salón, que ya me lo llevaban; cuando entré me quedé anonadado, era un enorme salón medieval, lleno de armaduras y blasones, con unas vidrieras que te dejaban de piedra; tenía que traer aquí a Juan y Alba cuando me visitasen, eso sí, que invitasen ellos.

Ya me habían traído el café, y llevaba un rato disfrutando del sitio cuando me quedé sin palabras. Ahí estaba, la guardia de la otra mañana, con su melena pelirroja por el cuello, sus tremendos ojos verdes y vestida de calle, con una ropa que estilizaba su figura; me volvía loco, no me había pasado esto en la vida. Bueno, en Granada, hacía poco, estuve un tiempo saliendo con una chica, pero no acabó bien, además, no sentía lo mismo que cuando la veía a ella. Al final reaccioné, ¿qué me estaba pasando? Estuvimos conociéndonos un poco, le estuve contando un poco la historia de lo que nos pasó en Granada, y al rato salimos, y paseamos por las afueras del castillo; entre la edificación y Silvia, la magia dominaba el ambiente, no quería que se acabara ese momento, estábamos disfrutando de unas vistas de Jaén espectaculares desde la cruz. Lo había decidido, me iba a lanzar a por ella, la iba a besar, cuando, de repente, la potente guitarra y la batería Hermanos Calavera lo jodió todo. Nota mental: cambiar el tono de llamada del móvil.

SILVIA

Ahora sí que iba a tener la cosa jodida en el cuartel, en el coche que me acababa de adelantar iba de copiloto Iván, la mano derecha del comandante; cómo no, me había visto con Javi, y mi vida en el cuartel se me iba a volver más cuesta arriba todavía si cabía. Necesitaba despejarme un poco, así que subí el volumen de la música, estaba sonando Checopolaco y su ukelele, un genial experimento de banda granadina, y en ese momento Javi me sacó de mis pensamientos.

—Menuda matraca con el *indie*... A ver si me voy a arrepentir de estar aquí —dijo, bromeando.

—Pues deberías saber que el guitarrista de este grupo, Tony Slowfinger, tiene un tremendo grupo de metal progresivo que se llama Colt Puppets —expliqué muy convencida, moviéndome un poco para acomodarme mejor en el asiento del coche.

—Lo tendré en cuenta, la verdad es que el progresivo es un mundo por explorar para mí, pero hay grupos muy interesantes.

—Podrías empezar por uno de los pioneros, como fue Pink Floyd, por ejemplo, con *Shine on you crazy diamond* —afirmé con un gesto muy seguro, demostrándole que no soy una inculta musical.

—Si al final va a resultar que te gusta la buena música y me pones esta solo para torturarme —dijo con una media sonrisa.

—A mí me gusta prácticamente toda la música, menos el reggaetón, que para mí no es considerada como tal. Cada estilo tiene su momento, ahora mismo me has pillado en este.

Cada vez me caía mejor Javi. En la cruz, justo antes de que sonara el teléfono, tuve la sensación de que iba a intentar besarme; ojalá. A pesar de la oscuridad, se notaba el cambio del paisaje, ya se iban viendo las cabrias, chimeneas, fundiciones... Linares es un pueblo famoso por su pasado minero, está plagado de construcciones abandonadas y Javi se estaba quedando flipado viéndolas.

—¿Qué son esas extrañas chimeneas?

—Son cabrias, y las usaban los mineros para la extracción del plomo, creo que sobre el año 1966 cerraron las explotaciones.

—Son muy curiosas, lo apuntaré en visitas pendientes, eso sí, conduzco yo, que tengo mejor gusto musical que tú —dijo riéndose.

Ahora ya sí que me iba a cargar a Javi. Busqué con el mando del volante en la carpeta archivos ocultos, y *voilà*.

—De verdad, no me jodas, esto es tortura psicológica —dijo poniendo cara de pocos amigos.

—Qué dices, pero si es uno de los más grandes, con el permiso de Sabina —le repliqué riéndome.

—¿En serio?

—*Qué pasará, qué misterio habrá...*

Cómo me gustaba cabrearlo un poquito, a la vuelta le pondría algo más cañero. Me gustó pasar ese rato con él en el coche, sin hablar de asesinatos. Aunque los dos sabíamos que la broma nos iba a durar poco.

Ya estábamos entrando al pueblo cuando vimos un gran jaleo de gente corriendo, seguramente irían hacia la escena del crimen. Sonaba un sonido atronador, ¿de dónde vendría? Se veía una humareda saliendo de la zona que me indicó Javi, ya estábamos llegando cuando le dije:

—¿Te importa que me quede un poco atrás, en el barullo de gente? —le dije poniéndome muy seria.

—¿Y eso? —Se giró mirándome extrañado.

—Está ahí uno de mis compañeros, que es la mano derecha de mi comandante; ya de por sí me hacen la vida difícil en el cuartel, después de que me vean contigo, ya ni te cuento. —Aunque ya me había visto.

—Vale, como quieras, luego te busco para volver.

Aparqué el coche, me escondí entre la gente y vi cómo Javi se iba adelantando, había un olor a barbacoa que se me metía en el sentido y lo comprendí: en el suelo había un tremendo socavón, dentro, un cadáver ardiendo del que solo se veía medio cuerpo; estaba totalmente calcinado, el atronador sonido no cesaba.

—¡Ha llegado el Apocalipsis! ¡Sálvese quien pueda! —gritaba la gente, desesperada.

Iván estaba hablando a grito pelado con Javi y su compañero, que intentaban acercarse a la escena que los bomberos estaban apagando. Menuda locura, me iba a estallar la cabeza. ¿Qué estaba pasando? Me quedé un poco atrás para intentar tranquilizarme, pero me volví al coche. Quería esperar a Javi y aislarme del caos exterior. Me puse música más tranquila y, sin poder evitarlo, caí rendida. Me dormí.

Estaba casi amaneciendo cuando Javi tocó en mi ventana suavemente, me desperecé un poco y lo vi ahí, tan guapo; ya no quedaba casi nadie por la zona, le abrí el coche y se montó.

—Pensé que te habrías ido. Menuda movida, Silvia. Y yo creía que lo que viví en Granada fue una locura —dijo mirándome mientras me terminaba de despertar.

—Vamos, ahora me vas contando, que en un par de horas tengo que estar en el cuartel. No estaba en mis planes quedarme dormida en el coche.

Arranqué y busqué algo cañero para el camino de vuelta; necesitaba espabilarme, así que me decanté por The Cure.

—Esto ya suena un poco mejor —dijo con una sonrisa de satisfacción.

—Ya te dije que me gusta un poco de todo. Bueno, cuéntame.

—Como te estaba diciendo, una movida tremenda, nada más llegar has visto cómo estaba la gente de histérica, parecía que estaba llegando el fin del mundo, entre el sonido que todavía me retumba en los oídos, la gente que decía que eran las trompetas del apocalipsis, semejante cuadro con el pedazo de socavón en la calle, un cadáver ardiendo, la simpatía de tus compañeros... como el tal Iván. —Según me lo contaba, vi el gesto de agobio que tenía en la cara.

—Qué me vas a contar, es el perrito faldero del comandante, es uno de los que me hace la vida imposible en el cuartel, cree que por ser mujer está por encima de mí. Te puedes imaginar mi día a día allí, aguantando sus chistes y chascarrillos machistas. —Era lo que peor llevaba de mi trabajo.

—Los otros guardias civiles bien, pero él no nos dejaba acercarnos a la escena; una vez que acabaron los bomberos, mientras Rafa discutía con él, examinaron el cadáver. A ver si gracias a las muestras podemos identificarlo y saber quién es la víctima. Esto es una locura, no entiendo nada —dijo todavía más agobiado.

—Cuando llegue al cuartel, te ayudaré en lo que pueda, pero lo tengo muy difícil, más cuando el comandante se entere de que me han visto contigo, ya que Iván irá directo a decírselo —comenté nerviosa por no saber lo que me iba a encontrar.

—Gracias, Silvia. Eres lo mejor que me ha pasado desde que llegué a Jaén —confesó mirándome tiernamente.

Me puse colorada según lo dijo, él también era lo mejor que me había pasado en mucho tiempo.

Ya estaba entrando el día cuando llegamos a Jaén, fui directa al castillo para dejar a Javi en su coche y, cuando llegamos, no me podía entretener mucho, en media hora tenía que estar en el cuartel; pero sucedió lo que en parte llevaba horas esperando. Fue breve, y le salió sin pensar. Justo antes de bajarse de mi coche, Javi me dio un pico. ¿Y si lo nuestro estaba encaminado a ir en serio?

No tardé mucho en llegar al cuartel, el tráfico estaba muy tranquilo; me metí en los vestuarios y me puse mi uniforme sin dejar de pensar en Javi, aunque inquieta por lo que me encontraría después. Cuando salí, fui directa a mi mesa y empecé con mi tarea diaria de papeleo, observando de vez en cuando la oficina del comandante, donde se encontraba con Iván; daría lo que fuera por saber de qué estaban hablando. En ese momento, llegó Felipe.

—Buenos días. Uy, qué cara de sueño tienes —dijo con media sonrisa.

—He dormido un poco regular esta noche —intenté excusarme.

Bajando un poco la voz, me susurró.

—¿Te has enterado de lo que pasó en Linares?

—Estuve allí, luego te cuento. —Según dije esto, se me quedó mirando con cara de circunstancias, y al momento salió el comandante.

—Bueno, pues, al parecer por las pesquisas de los compañeros, sobre todo de Iván, y a pesar de la intromisión de los energúmenos, ¿cómo me has dicho que se llaman, Iván? —le preguntó al aludido, riéndose.

—Beavis y Butthead —le contestó Iván entre carcajadas.

Algunos compañeros empezaron a reírse, el comandante me echó una mirada asesina cuando dijo esto.

—Hemos identificado a la víctima como Santiago Sánchez, más conocido como el Pablo Escobar de Linares que, como ya sabréis, era un conocido traficante de la zona. No sabemos si este caso tiene conexión con el otro, eso sí, están haciendo un gran trabajo limpiando la escoria, así que a trabajar —ordenó el comandante muy serio.

—Silvia, hoy vas a patrullar con Iván.

No me lo podía creer, encima, el cabrón pasó por mi lado.

—Vamos, guapa, te llevo, que no me fío de una mujer al volante —dijo riéndose.

Me levanté de la mesa y lo seguí, menudo día me esperaba. Era la primera vez desde que estaba allí que me mandaban con alguien que no fuera Felipe, no había tratado mucho con los demás compañeros, cualquiera me habría dado igual, menos Iván, que era un machista prepotente y se creía que todas las mujeres tenían que caer rendidas a sus pies. Se lo tenía bastante creído con su 1,90 de altura, su cuerpo fibroso y musculado, pero no demasiado, y cierto era que no le faltaban chicas detrás; yo odio a esa clase de tíos, me repugnaban totalmente. Me esperaba montado en el coche.

—Sube, guapa, que te llevo de paseo —dijo con gesto de macho alfa.

La que me esperaba, después de montarme en el coche, pasó un rato hasta que volvió a hablar.

—Vamos a tomar un café, te invito.

No sabía qué decir, ya que siempre había patrullado con Felipe y la mayoría de las veces era para montar algún control; paró en un vado frente a un bar, me bajé y le seguí.

—Pepe, ponte un carajillo de coñac y a la señora lo que quiera —dijo Iván con gesto altivo.

Me pedí un café con leche y nos sentamos en la barra.

—Verás, guapa —comenzó a hablar mirándome a los ojos.

—Llámame Silvia —le corté para ponerlo en su sitio.

—¡Cómo te pones! Perdona, Silvia, ayer vi que llevabas a uno de los policías a la escena del crimen; sinceramente, como amigo, te recomiendo que cambies de compañías.

—Según dijo eso pensé, ¿amigo? Conocido en todo caso, pero no quería liarla—. Ya sé que puedes estar con quien te dé la gana, pero yo te puedo presentar a chicos del gimnasio al que voy más guapos que ese engendro. —«Sí, claro, como él, mucho músculo y poco cerebro»—. Solo quería decirte eso, que este chico no te conviene; si me haces caso, llegarás muy lejos en tu carrera.

Ya no podía aguantarme más, así que intenté decírselo suavemente:

—Mira, Iván, no hace falta que disimulemos, sé que no te caigo bien por ser mujer y llevar uniforme —le dije muy claro.

—Tampoco es eso, lo que pasa es que no estamos acostumbrados, pero poco a poco, solo te estoy dando un consejo de amigo —respondió tratando de disimular. Era un cínico.

—Muchas gracias —claudiqué con tono neutro.

No tenía ganas de seguir, porque era una conversación de besugos, no le iba a hacer cambiar de opinión. Después de bebernos el café, pagó, nos montamos en el coche y se pasó la mañana dándome la brasa con lo mismo; me quería buscar un novio decente, como decía él, incluso me llegó a insinuar que tenía algún amigo empresario, que me podría mantener. Yo decidí seguirle el rollo, no quería problemas.

JAVI

Cogí el coche camino a comisaría. Silvia me estaba volviendo loco, creo que con el pico que le di le dejé claras mis intenciones; me gustaba un montón, nunca había estado tan pillado por una mujer como ahora. En Granada estuve con alguna chica, pero ninguna me había dado tan fuerte; después de la última, con la que no acabé nada bien, no me fiaba mucho, pero Silvia parecía buena chica. Ya estaba llegando a comisaría al ritmo de Soulfly y su *Superstition*, me esperaba un día muy largo; para colmo, no teníamos mucho, solo una muestra que conseguí recoger mientras Rafa distraía a Iván. Entré en comisaría y mi compañero ya estaba allí con la misma cara que yo, de no haber dormido nada; nada más llegar me ofreció un café.

—Uf, qué día nos espera, Javi —me dijo acercándome la taza.

—Ya te digo, ¿por dónde vamos a empezar? —pregunté con la cabeza bastante embotada.

—Pues en un momento te lo digo, he llamado al laboratorio para pedirles de nuevo máxima prioridad, en breve me llamarán para darme el nombre de la víctima; por cierto, te vi llegar con la Guardia Civil, es buena chica, no se deja llevar por Francisco y su camarilla, y también nos podrá ayudar bastante en la investigación, así estaremos enterados de lo que se cuece por allí —añadió Rafa con algo de esperanza.

—Pues sí, aunque no estoy tranquilo, porque la pueden pillar y se le puede joder mucho la cosa —le confesé pensando en cómo lo estaría pasando.

—Tranquilo, para eso estamos nosotros, la ayudaremos en lo que podamos, aunque tú más que yo —me replicó riéndose.

En ese momento, empezó sonar *War pig* de Black Sabbath en su teléfono.

—¿Sí? Dime —respondió poniéndose serio.

—...

—Era lo que suponía, muchas gracias. —Se giró y se me quedó mirando—. Ya tenemos la identidad de la víctima, era un perla de cuidado, movía droga en la zona de Linares, su nombre es Santiago Sánchez, más conocido como el Pablo Escobar de Linares. Tiene un largo historial delictivo, así que podríamos revisar archivos antiguos.

Revisaríamos archivos en busca de alguna pista o algún hilo del que tirar; al rato vi llegar a Rafa con el carrito lleno de cajas de expedientes. Quién sabe si ahí teníamos las claves para seguir avanzando.

Este tío coleccionaba delitos. La mayoría eran detenciones por posesión de drogas o algún altercado o pelea, no había crímenes de sangre, hasta que uno me llamó la atención: por lo visto, a la víctima se le fue la mano con un chico del pueblo, Javier Ruiz; según su declaración, le debía dinero y le dio una brutal paliza en su casa. Cuando vi la foto me fijé en un detalle, no podía ser: al igual que la primera víctima, su cadáver también presentaba los dedos de la mano cruzados. Cuando esto saliera a la luz pública, no iba a hacer otra cosa que alimentar la histeria de algunas personas.

—Creo que he encontrado algo —dije mirando a Rafa.

Le enseñé el archivo del caso y la foto.

—Ya la vamos a tener... Tengo una idea: podemos ir a Linares a hablar con el hermano del chico que asesinó, se llama Miguel, y se volvió famoso en la época por la campaña que hizo; salió en todos los medios y se movilizó para que detuvieran a Santiago, pero no sirvió de nada, quedó libre por falta de pruebas. Aunque las malas lenguas dicen que amenazó el narco a más de una persona importante con tirar de la manta.

—Es buena idea.

—Vamos, conduzco yo.

Él estaba igual que yo, sin dormir, pero se había ofrecido, así que le iba a dejar. Llegamos a su coche y, según me monté, puso el contacto y empezó a sonar un machacante sonido de guitarra seguido de un tremendo grito.

—Ya empezamos —dije echándome en el asiento.

—¿Qué pasa? No respetas nada, son Blind Guardian, lo mejor de lo mejor y, además, este es un temazo, *Lord of the rings* —me respondió subiendo el volumen.

—Lo que yo digo, solo saben pegar gritos y cantar letras épicas como *por el poder de mi espada* —le piqué.

—Ya, no sabes apreciar la buena música —me dijo echándome una mirada asesina.

El camino a Linares fue una retahíla de canciones del mismo grupo, como *Somewhere far beyond* o *The bard's song*; me las iba cantando, hablando de su historia. Este tío era una enciclopedia heavy, tenían su rollo y sonaban bastante bien, pero a mí me gusta más el metal, además de que me gustaba mucho el rollo del pique musical que teníamos.

Según entramos a Linares, me pareció todo muy extraño, el ambiente estaba enrarecido, no se veía nadie en la calle, las ventanas y puertas estaban cerradas, así como todos los bares y tiendas. Rafa bajó el volumen a la música para no dar mucho la nota, parecía un pueblo fantasma. Llegamos a la casa de Miguel Ruiz, nos bajamos del coche y nos dirigimos a la entrada; se podía ver a algunos vecinos que estaban asomados detrás de las cortinas de las ventanas, y dejé que Rafa llevara la iniciativa. Se acercó, tocó el timbre y tuvo que insistir varias veces hasta que oímos hablar desde el interior.

—Ya va —sonó una voz amortiguada.

Al momento, se abrió la puerta y salió un hombre de unos cuarenta años; estaba bastante despeinado, casi en los huesos y blanco como la leche.

—¿Qué desean? —nos preguntó Miguel extrañado.

—Buenas, somos inspectores de Policía de Jaén, venimos a hablar con usted, ¿podemos pasar? —le cuestionó Rafa echándose hacia delante.

—Ya que están aquí... —dijo Miguel con pasotismo.

Entramos en la casa, todo estaba manga por hombro, aquello parecía una pocilga: la ropa tirada, restos de comida por todos sitios y los muebles hechos polvo.

—Ustedes dirán. —Nos miró con cara de pocos amigos.

—Bueno, no sé si sabrá lo que pasó anoche —soltó Rafa a ver por dónde tiraba.

—Claro que lo sé, mi hermano regresó de entre los muertos para matar a ese hijo de puta de Santiago —nos dijo muy convencido.

—¿Y cómo sabe que fue Santiago quien murió? Apenas se podía ver quién era, nosotros tuvimos que recurrir al ADN —intervine yo.

—Como ya les he dicho, lo mató mi hermano; vino aquí la noche de antes y me dijo que iba a ir a por él, que era el momento de que pagara por lo que le hizo —afirmó muy seguro.

Nos quedamos mirándonos los dos, ¿en serio se estaba creyendo lo que nos estaba contando? Tantas historias de fantasmas me estaban poniendo el vello de punta, no creía que le pudiéramos sacar mucho más a ese tío.

—¿Y le dijo algo más su hermano? —pregunté intentando sacar más información.

—Sí, me dijo que las víctimas de crímenes sin resolver estaban muy inquietas, que no descansarían hasta obtener su venganza, que esto solo es el principio —afirmó con media sonrisa.

Rafa me miró, como diciendo *a este tío le falta un hervor*.

—Muchas gracias por la información, si su hermano le dice algo más, avísenos. —Según dijo esto Rafa, el hermano de la primera víctima se dio la vuelta y nos fuimos.

—¿De verdad le has dicho eso? Tú estás peor que él —le dije en el coche con cara de no entender nada.

—Qué va, tío, a esta gente hay que seguirles el juego, yo creo que sabe algo, pero no nos lo va a decir, lo mejor será ponerle vigilancia sin que se entere —me respondió muy convencido.

—Pues sí, ¿qué tendrá que ver con Juan? Sus historias son muy parecidas. Lo que tampoco entiendo es a la gente de aquí, está muy acojonada con el tema —añadí cada vez más desconcertado por el camino que estaba cogiendo la investigación.

—Lo de Juan sí es sospechoso, lo vigilaremos también; lo de la gente es normal, aparte de lo que pasó anoche, no es la primera vez que se oye ese ruido ensordecedor. La gente está muy acojonada con el tema y, como transcienda la historia que nos acaba de contar Miguel, o la de Juan, vamos a tener histeria a un nivel mucho más grande —dijo Rafa muy serio.

—Al final no vamos a tener ni que llamar a Iker Jiménez para que nos ayude, va a venir él solo, vaya plan —bromeé.

—Pues no me extrañaría, la verdad —me secundó Rafa.

Salimos del pueblo en silencio, tenía una sensación muy rara; ya estábamos bastante alejados de la zona, cuando Rafa volvió a poner la música. La verdad era que lo agradecía, el ambiente estaba demasiado extraño.

—Vamos a poner un poquito de Helloween, para cambiar el ambiente, por ejemplo, *Eagle fly free*. ¡Toma ya! —dijo subiendo el volumen.

—Mejor que nada... —dije resignado.

Por lo menos, con la música, por el camino se me pasó un poco el mal rollo que tenía en el cuerpo, llegamos a comisaría y fuimos a buscar al capitán para ponerlo al día.

—Buenas, comisario —dije observando que estaba sentado detrás de su mesa.

—Pasad, sentaos —nos pidió con un gesto ofreciéndonos asiento.

El comisario tenía peor cara que nosotros.

—Bueno, contadme, ¿cómo va la cosa? —preguntó con esperanza de que tuviéramos algo.

Me quedé mirando a Rafa y dejé que hablara él.

—La víctima del crimen de ayer es Santiago Sánchez, el Pablo Escobar de Linares, y estuvimos investigando un poco su pasado, hasta que Javi encontró lo de la mortal paliza que le dio a Javier Ruiz. Hemos estado allí hablando con su hermano Miguel, por si sabía algo; está la cosa muy mal, el ambiente en el pueblo está muy enrarecido, nadie por las calles y todo cerrado a cal y canto. Lo peor de todo es que el hermano nos ha estado contando una historia de que Miguel ha vuelto de entre los muertos para matar a Santiago, muy parecida a la que nos contó Juan sobre su hijo; los dos insisten en que los muertos se están vengando por lo de hace años, no sé si sabe a qué me refiero —soltó Rafa bastante preocupado.

—Claro que lo sé, viví de primera mano aquella oscura época de Jaén, está la cosa muy jodida y, como esto transcienda a la prensa, más todavía. Debemos estar preparados para una posible histeria colectiva, quien sea que esté detrás de todo, se querrá aprovechar de ello. Id a descansar un poco, que tenemos que estar frescos para dar con el responsable o los responsables de los dos crímenes —nos dijo el comisario con gesto muy serio.

Salimos del despacho un poco apesadumbrados, ninguno de los dos casos no iba a ser sencillo de resolver, pero necesitábamos descansar un poco para pensar con más claridad.

Llegué a casa reventado, estaba muerto; después de lo de Granada, esperaba un poco de tranquilidad, pero, al parecer, iba a tener poca. Como decía el comisario, la cosa se podía poner mucho peor; me quité las zapatillas y la ropa y me metí en la cama. Qué gusto poder descansar algo en mitad de esos días de locura.

No sé cuánto rato dormí, hasta que me despertó el sonido de mi móvil y me quedé mirándolo.

—Dime —respondí a la llamada con una sonrisa en la cara.

—Te llamo por si quieres tomar algo, nos vemos un rato y ya nos ponemos al día de la investigación. —Según Silvia hablaba, sentí mariposas en el estómago.

—Claro, cuando quieras —le contesté nervioso.

—¿Nos vemos en una hora en el bar El Santuario?

—Perfecto, allí nos vemos —accedí levantándome para arreglarme rápido.

SILVIA

Había sido un día tremendamente largo, toda la jornada patrullando con Iván, aguantando sus comentarios machistas mientras intentaba buscarme novio; no sabía qué pasaba, pero eso me olía muy raro. Desde primera hora sabían quién era la víctima, y eso que no quedó mucho de él para el reconocimiento, y yo intentaría ayudar a Javi en todo lo que pudiera que, por cierto, en cuanto acabara mi turno lo llamaría para proponerle quedar, ya que tenía un montón de ganas de verle. Estaba ahora mismo como una adolescente, con las hormonas a tope, y ya estaba marchándome cuando me paró Felipe.

—¿Cómo ha ido el día? —me preguntó con cara seria.

—Fatal, ya te puedes imaginar, todo el día aguantando al musculitos —le respondí resoplando.

—Jaja, me imagino. Por cierto, lo de Linares va a peor, hoy han ido unos compañeros, parecía un pueblo abandonado, todo cerrado a cal y canto. —Le podía notar el miedo en la cara.

—Tengo la intuición que esto va a traer cola... Bueno, mañana nos vemos —me despedí apesadumbrada.

—Hasta mañana.

Salí del cuartel y me monté en el coche, tenía que llamar a Javi, pero lo haría mejor en casa; arranqué y empezó a sonar Lori Meyers con su tema *Emborracharme*. Cómo me gustaban esos lojeños. Llegué a casa cantando en el coche, de muy buen humor, y me decidí a llamar a Javi para quedar; ya se me había pasado todo el mal rollo por aguantar a Iván todo el día. Javi y yo habíamos quedado en una hora, así que cogí un pantalón corto y un top, porque hacía mucho calor en esa época en Jaén y quería estar mona. Me duché, me arreglé y salí con dirección al Santuario; cuando llegué, ya estaba Javi esperándome en la puerta. Cuando me vio se le cambió la cara, y esa era la idea; nada más llegar a su altura, le zampé un beso.

—¿Entramos, guapo? —le pregunté cogiéndolo de la mano.

Se puso colorado y le costó reaccionar.

—Sí, claro, vamos —me respondió un poco nervioso.

El Santuario era un bar estrecho al inicio, con una barra, taburetes y un gran vinilo de la creación de Adán, pintada por Miguel Ángel, en la pared contraria; al final de la barra, hay un par de escaleras que dan a pequeño salón con algunas mesas. Un sitio muy acogedor donde ponen buenas tapas, y en esa época del año estaba muy tranquilo; en invierno está siempre lleno de estudiantes, no hay manera de coger sitio. Nos sentamos en una mesa del interior y Javi se me quedó mirando.

—Estás espectacular —me dijo con brillo en los ojos.

—Tú también, tienes mejor cara que ayer —le adulé intentando animarlo un poco con lo que estaba pasando.

—Menuda movida de día —resopló.

—Anda que el mío... Pero empieza tú. —Estábamos apañados.

—Hemos logrado identificar a la víctima de Linares gracias a los análisis de una muestra.

—Es muy extraño, porque, a pesar de estar calcinado, en el cuartel bien pronto sabían quién era. —Mientras lo decía, me quedé pensativa.

—Pues sí, es extraño, nosotros en comisaría, hasta lo menos las once no supimos nada, pero bueno, voy a seguir. Después de identificarlo, hemos estado mirando su historial hasta llegar a la paliza mortal que le dio a un chico del mismo pueblo. —Se le notaba agobiado al contármelo.

—No he escuchado nada de este tema, sería hace tiempo, no pude averiguar mucho en el cuartel.

—Ten cuidado con eso, que no te pillen, tengo miedo por lo que te pueda pasar —me dijo muy serio. Se estaba preocupando por mí, no estaba acostumbrada a estas cosas.

—No, si tampoco me puedo enterar mucho, no sueltan mucha información.

—No pasa nada... Como te iba contando, mató a un chico de ese pueblo de una brutal paliza por un tema de dinero, así que decidimos ir a hablar con el hermano de la víctima. Cuando llegamos a Linares, parecía un pueblo fantasma, todo cerrado, nadie en la calle. —Su semblante se tornaba cada vez más preocupado.

—Es normal, en la provincia de Jaén la gente es muy supersticiosa, y después de lo de ayer, imagínate —intenté tranquilizarlo un poco.

—Pues ya verás, se puede liar muy gorda por eso mismo. El tal Miguel nos contó que el asesino era su hermano muerto, que se lo había dicho un día antes y que esto es solo el principio, es algo parecido a lo que nos contó Juan, cuyo hijo mataron las primeras víctimas. —Aquí pude notar el miedo en sus ojos, esto nos estaba superando.

Según dijo eso, me quedé sin palabras, había escuchado muchos mitos y leyendas de Jaén, pero esto ya era demasiado.

—Bueno, ¿y tu día cómo ha ido, guapa? —me preguntó para cambiar un poco de tema.

—Pues fatal, me han mandado a patrullar con Iván —le respondí dándole vueltas a la mierda de día que había tenido.

—Es todo demasiado raro, Javi —confesé.

—Lo sé, no estoy acostumbrado a este tipo de historias. Espero que se quede en eso y terminemos dando con los responsables.

Quise cambiar de tema.

—A mí me han mandado patrullar con Iván, la mano derecha de mi comisario.

—¿De verdad? Uf, te acompaño en el sentimiento.

—Quitando a Felipe, con los demás compañeros solo me llevo, desde que llegué, ninguno ha querido patrullar conmigo, salvo él. No sé si será porque soy mujer o por qué, pero la cosa es que Iván es un gilipollas de cuidado, típico macho alfa, machista, me ha tocado toda la mañana aguantar sus comentarios, que encima me estaba intentando buscar novio, me decía que tú eres poca cosa para mí. Con tal de no liarla mucho, tampoco le he respondido, pero vaya tío. Por cierto, os han apodado Beavis y Butthead —le dije intentando que se riera un poco.

—Qué bueno, cuando se lo diga a Rafa se va a partir, no veas qué tío más gilipollas —afirmó riéndose.

—Sí, mucho, pero lo peor es que es el perrito faldero de mi comandante, tengo que tener mucho cuidado con él.

—Pues sí, y para cualquier cosa, ya sabes. —Conforme decía esto, me entró algo en el cuerpo, no estaba acostumbrada, pero me gustaba que se preocupara por mí.

—Yo me sé defender sola, no sabes con quién hablas, pero gracias —le respondí intentando hacerme la fuerte.

Nos acabamos la cerveza y la tapa, y nos fuimos a dar un paseo, nos íbamos parando en cada esquina a besarnos.

—Podemos ir al parque del Bulevar, que a estas horas estará muy tranquilo —le propuse para desconectar un poco de esta locura.

Estaba lejos, pero fuimos dando un paseo, no quería coger el coche con un par de cervezas encima.

Cuando llegamos al parque de Bulevar, nos fuimos a la parte donde están los bancos. Javi se sentó y yo me tumbé, quedando mi cabeza apoyada en sus piernas; le miré a los ojos y pensé en lo guapo que era, nunca había sentido nada tan fuerte por un chico. La atracción era tan fuerte que me sentía capaz de empezar una nueva vida con él donde fuese.

Después de estar un buen rato metiéndonos mano, decidimos ir a mi piso, así que lo hicimos paseando muy acaramelados hasta llegar a mi portal. Según llegamos al piso, no le di tiempo a nada.

—Alexa, pon Izal. —En ese instante, empezó a sonar *La mujer de verde*.

Mientras le quitaba la camiseta, empecé a pasear mis manos por su espalda, no sé qué pensaría de mí, si iba demasiado rápido, pero me lo pedía el cuerpo. Él hizo lo mismo y me quitó el top, su boca iba de mis labios a mi cuello, me estaba volviendo loca; lo cogí del pantalón, lo llevé al dormitorio y allí lo tumbé en la cama. Empezamos a comernos la boca como dos locos, mi piel se rozaba con la suya y notaba cómo subía la temperatura, mis manos recorrían todo su cuerpo y empecé a bajar besándole por todas partes, mientras con las manos ya le había quitado el pantalón y la tenía bajo de sus calzoncillos. De repente, él me cogió y me tumbó en la cama, empezó a morderme el cuello, bajando un poco, me quitó el sujetador y empezó a besar mis tetas con mucha delicadeza, chupando y mordiendo mis pezones, ¡cómo me estaba poniendo! Mientras, yo seguía con su polla en mi mano, poniéndolo cada vez más caliente, él siguió bajando, me quitó el pantalón y el tanga, me abrió un poco las piernas y empezó a besarme suavemente, no podía aguantar más, estaba chorreando y empecé a notar cómo su lengua empezaba a abrirse paso dentro de mí, pasando suavemente por mi clítoris. ¡Qué locura! Cada vez iba más rápido y, cuando paró, cogí un condón de la mesita, se lo puse muy suavemente, estaba que iba a explotar, y se colocó entre mis piernas y poco a poco me fue penetrando; estaba a punto de correrme cuando paró, se levantó de encima mía, se tumbó en la cama y yo me senté encima de él y me dejé llevar. Cuánto me gustaba este hombre. Mientras me movía encima de él, no paraba de mirarlo a los ojos, lo sentía totalmente dentro de mi cuerpo, era el hombre perfecto; cada vez me movía más rápido y ya no podía aguantar más, nos corrimos juntos. Me había encantado, era la mejor noche de mi vida, no quería que acabara; nos quedamos abrazados en la cama, agotados.

Me desperté y abrí los ojos, estaba abrazada a él, que en ese momento también abrió los suyos.

—Buenos días, cariño —me dijo mirándome fijamente.

—Buenos días, guapo, ¿tienes hambre?

—¿De ti? Un montón —me respondió sacándome una sonrisa.

—No nos podemos entretener, si no, no llegamos. Esta noche habrá más —le propuse guiñándole un ojo sensualmente.

Estaba enamorada hasta las trancas de Javi. Era increíble cómo podía llegar una persona en un segundo y poner tu mundo patas arriba; después de desayunar, nos montamos en mi coche para llevarle a comisaría, y se notaba el amor en el ambiente, parecíamos dos adolescentes. Paré enfrente del edificio y le di un beso tremendo.

Me tenía loca.

Estaba ensimismada mirándole cuando, de repente, una rubia abordó a Javi y lo abrazó, a él se le descompuso la cara y se quedó mirándola.

—¿Sonia? —preguntó sorprendido.

En ese momento, arranqué el coche y me fui sin mirar atrás, ¿quién sería esta tía? ¿De qué la conocía Javi si llevaba tan poco tiempo en Jaén? ¿Estaba jugando conmigo? El mundo se me vino abajo. El teléfono me estaba vibrando, era él, seguro que me quería poner alguna excusa, encima de que se había reído de mí en mi cara. ¿Cómo podía haber sido tan tonta? No había otra cosa que odiase más en la vida que los tíos que se aprovechan de las mujeres para echar un polvo, y eso es lo que había sido yo para él. Llegué al cuartel y me limpié las lágrimas, vaya mierda, ahora que creía que mi vida iba a mejor, me pasaba esto; no me tenía que haber fiado de él. Lo mismo me había dejado llevar por los celos, pero ese abrazo que se dieron no se lo das a un amigo cualquiera. Además, yo no tenía nada que hacer contra una rubia así, con un cuerpo de escándalo, ni tampoco iba a competir por él, que se lo quedara entero para ella.

Entré en el cuartel, todo estaba muy tranquilo, así que me senté en mi mesa; al momento, salió el comandante.

—Buenos días, ya tenemos algunos adelantos en el caso, hoy seguiremos trabajando juntos como ayer —voceó como siempre, pero hoy estaba contento, algo raro en él—. Menos tú, Silvia, irás con Felipe a patrullar. —Cuando lo escuché, solté un suspiro de alivio.

Menos mal, por lo menos no todo iba a ser malo hoy. De repente, Iván pasó por mi lado y se me quedó mirando.

—Qué mala suerte, yo que te iba a enseñar hoy lo que es un hombre de verdad —me dijo riéndose.

Le eché una mirada asesina y no le respondí, total, para qué hablar con un simio; al momento, llegó Felipe.

—¿Vamos? —me animó con su sonrisa de siempre.

—Venga, que ayer te eché mucho de menos —le respondí aliviada.

SONIA

Abrí los ojos cuando empezó a sonar *Closer* de Entwine, estaba en una nube, ayer conocí a este chico súper guapo que me tenía loca; fue un acierto venirme a esta ciudad, a la que me costó mucho llegar sin conocer a nadie, pero él había sido tan amable conmigo... Además, parecía metalero por las pintas. Solo fue un momento en la caja del súper, pero me encantó y deseaba encontrármelo otra vez; se me iba a hacer tarde, así que me arreglé para ir a trabajar. En verano trabajaba para terminar de costearme la carrera de Periodismo, porque mi madre, la pobre, no podía, y a mi padre no lo llegué a conocer; al menos, entre la beca, el trabajo de verano y el de las tardes el resto del año, me iba costeando los estudios. Mi meta era ser alguien en el futuro, quién sabe si una buena periodista de sucesos, y ayudar a mi madre a salir adelante, ella lo había dado todo por mí, desde que era pequeña habíamos sobrevivido con lo justo, y siempre me decía que mi padre era una persona importante, que algún día vendría a por nosotras; yo cada vez la creía menos y odiaba más a ese hombre al que apenas conocía. Estaba abstraída en mis pensamientos mientras iba camino a mi monótono trabajo de cajera, llegué al supermercado, como siempre un par de horas antes, y el baboso de mi encargado ya me estaba esperando, mirándome con esos ojos de pervertido que tenía; el muy cabrón me había dado el uniforme una talla más pequeño, siempre iba con la camisa que me iba a saltar por el pecho, encima, en vez de darme pantalón, me dio una minifalda que no dejaba nada a la imaginación y, para colmo, lo tenía todo el día pegado como una mosca cojonera.

—Buenos días, guapa, ¿cómo estás? —me preguntó con su mirada de salido.

—Buenos días —le respondí con cara de asco al muy cabrón.

—Ayúdame un poco a reponer las estanterías de abajo —me pidió.

Siempre me hacía lo mismo el muy pervertido, se me quedaba mirando mientras reponía las estanterías; hace ya tiempo que lo hubiera mandado a la mierda, pero no me quedaba de otra si quería sacarme mi carrera y ayudar a mi madre, tenía que aguantar a este baboso que a lo largo del día no perdía la oportunidad, y aprovechaba cualquier excusa para entrar a la caja donde estaba yo para rozarse conmigo o tocarme el culo o las tetas haciéndose el disimulado, cosa que no se le daba muy bien.

Había sido un largo día de trabajo y no tenía ganas de nada, así que me monté en el coche y me puse un poco de música; era lo único que me relajaba. Bueno, y pensar en el chico guapo que conocí también ayudaba. Cantando *Songs for the sinners* de Charon, cogí camino a casa, estaba distraída esperando a que el semáforo se pusiera en verde, cuando a mi lado se paró un coche que iba escuchando metal a todo volumen, me sacó de mi ensimismamiento y me quedé mirando al conductor: era el chico guapo de ayer. Tenía que seguirlo, lo tenía que conocer, me había vuelto loca totalmente. Iba con otro calvo de copiloto y, mientras los seguía, me di cuenta de que me sonaban de algo, pero ¿de qué? Paró para dejar a su compañero y siguió adelante; seguí detrás de él, no me había visto. Entonces supe de qué me sonaban: los había visto en las noticias, eran los policías que estaban investigando los asesinatos. De repente aparcó y yo me quedé un poco más atrás, vi que entraba en un bar y ese era mi momento; tenía todavía la ropa de trabajar puesta, pero, pensándolo bien, lo mismo así le llamaba más la atención. Me atusé un poco el pelo, me bajé del coche, entré en el bar y ahí estaba, en la esquina de la barra tomando una cerveza.

—Perdona, ¿está ocupado? —le pregunté con voz sensual.

Se giró y me quedé mirándole, ya sé que con mis curvas y la ropa tan ajustada no pasaba desapercibida, no me quedaba otra en el trabajo, no me hacía mucha gracia, pero, al menos, me vino bien para llamar su atención.

—No, siéntate, ¿te conozco de algo? —me preguntó algo nervioso.

—Lo mismo has pasado por el Supersol nuevo, lleva poco abierto —le dije haciéndome la tonta.

—Claro, ayer mismo, tú eras la cajera que tenía pegado a aquel baboso.

—La misma, no me queda de otra, es mi encargado, y para colmo me ha dado el uniforme una talla más pequeño —le dije con desagrado.

—Qué cabrón, siento mucho que tengas que pasar por eso.

—No me queda otra si quiero conservar el empleo, pero muchas gracias. Por cierto, por la pinta que llevas, supongo que te gusta el metal —le dije intentando llevármelo a mi terreno.

—Sí, bastante —me respondió riéndose.

—Pues, si quieres, me puedes acompañar a un concierto que hay esta noche, no tenía pensado ir sola, porque no conozco a gente en la ciudad. —Me quedé un segundo esperando a que aceptara.

—Pues sí, estaría muy bien, me vendría genial para desconectar.

—Vamos si quieres en mi coche, pero tengo que ir a cambiarme, o desentonaría un poco con esta ropa. —Ya lo tenía en el bote.

—Pues sí. —Se rio—. Vamos.

Pagó la ronda que nos habíamos tomado y fuimos hasta mi coche, ya lo tenía en el bote, y lo demás seria cuestión de tiempo. Me quedé mirándolo.

—Por cierto, soy Sonia, no me había presentado —le dije muy animada, a él le notaba igual.

—Yo Javi, encantado.

Nos subimos en mi coche y le puse *Sancta terra* de Épica, sabía que le iba a gustar. Aunque yo era un poco más de gótico, imaginaba más o menos qué grupos le podían agradar.

Llegamos a casa.

—Ponte cómodo, no tardaré mucho —le dije mientras iba dirección al baño.

—Vale.

Me metí en la bañera, cómo estaba solo de pensar que estaba en mi sofá, lo tenía ahí al lado; me di una ducha rápida, ya que no lo quería hacer esperar mucho, me sequé y me puse la toalla para taparme, porque tenía que pasar al lado del él para ir a vestirme, así que me la ajusté de forma que resaltaran mis tetas, me solté el pelo, pues lo quería impresionar más si cabía, y pasé por su lado.

—No tardo mucho, ya solo me queda vestirme —le dije acercándome a él.

Se giró y se me quedó mirando, lo había impresionado, lo había dejado sin palabras. Entré en mi habitación y dejé la puerta entreabierta mientras buscaba en mi armario lo que me iba poner; lo quería impresionar, así que me puse un corsé de cuero, con una minifalda y medias de rejilla, y me maquillé un poco los labios y los ojos; salí.

—Ya estoy lista, ¿nos vamos?

—Vale —me dijo balbuceando.

Lo había dejado sin palabras, esa era la intención; bajamos a por mi coche, el concierto era en un pueblo cerca, vi el cartel hacía unos días, tocaban algunos grupos de la zona, como Holocausto, Undone, Lomowar, Clown o Santo Rostro. No tenía pensado ir, pero con buena compañía podía estar bien.

—La verdad es que pinta interesante el cartel del concierto. —Se le notaba muy animado.

—Sí, bueno, yo soy un poco más gótica, no conozco mucho los grupos de la zona.

—Pues son muy buenos, te vas a sorprender, los he visto varias veces teloneando a otros grupos más conocidos, pero no tienen nada que envidiarle a ninguno de ellos. Yo no me había enterado del concierto, estos días, con el tema del asesino que hay suelto, no he tenido mucho tiempo para mí. —Al decirme esto, se le notó algo más apagado. Preferí no preguntarle nada.

—Pues venga, tienes que desconectar y disfrutar un poco —le solté intentando animarlo.

La noche iba a ser perfecta, lo veía venir. Llegamos al pueblo, que era de sierra, como muchos de la zona; no nos perdimos demasiado para llegar al recinto, solo había que seguir el río de gente, aparcamos y empezamos a caminar siguiendo a los demás. No perdí la oportunidad y me enganché a su brazo; al principio no se lo esperaba, pero tampoco se asustó.

Llegamos al recinto, era un campo de fútbol al aire libre con una barra y un escenario, no mucho más, pero había muy buen ambiente; nos acercamos a la barra a pedir algo, y un momento después salió el primer grupo, él se quedó mirando.

—Qué buenos son los Holocausto. —Estaba eufórico.

—No los he escuchado nunca, ¿de dónde son?

—Son de Motril, el tema se llama *Maldigo a Dios*, está muy bien. —Este tío era una enciclopedia del metal.

Empezamos a disfrutar de la música de Holocausto, y abracé a Javi por detrás, ¡qué bien me sentía a su lado! Quizá estaba intentando llevar la cosa muy rápido, pero me encantaba este tío, yo no solía ser tan lanzada, pero no me lo pensé nada; según iba pasando la noche y viendo cómo bebía cerveza, decidí lanzarme, yo estaba bebiendo Coca-Cola porque tenía que conducir, así que me aproveché un poco e intenté besarlo. Parece que le gustó, pues me respondió con un beso todavía más caliente, y ya sí que lo tenía donde quería, ya era mío; pasamos una noche estupenda, con buena música y pegándonos el lote. Cuando acabó el concierto, él llevaba algunas cervezas de más, así que era el momento: conduje de vuelta a mi casa, y por el camino nuestras miradas lo decían todo; nos bajamos del coche y allí mismo me cogió, me abrazó y empezó a comerme la boca mientras nos metíamos mano. No podía esperar más, así que subimos a mi piso.

JAVI

Entré en comisaría totalmente bloqueado, ¿qué hacía aquí Sonia? Fui andando hasta mi mesa y me senté, entonces llegó Rafa.

—No sé si has visto al pedazo de rubia que ha llegado preguntando por ti.

Lo que me faltaba, había entrado preguntando por mí. Uf, cómo se iba a liar la cosa.

—Sí, ya la he visto en la puerta —le respondí esperando que cambiara de tema.

—¿Pero tú no estabas con Silvia? —Ahí me había dado.

—Bueno, es complicado —le volví a responder para zanjar el tema.

—Ya me lo contarás más adelante, ahora mismo tenemos faena. Acaban de llamar del castillo de Santa Catalina, tenemos que subir echando leches, antes de que lleguen los colegas.

—Vamos entonces. Por cierto, ¿sabes cómo nos llaman? —Sabía que le iba a hacer gracia.

—¿Cómo?

—Beavis y Butthead.

—Es muy bueno para que se le haya ocurrido a ellos solos. —Acabó riéndose a carcajadas.

—Eso pensé yo —dije riéndome con él.

—¿Vamos en mi coche?

—Qué remedio, a mí hoy me trajo Silvia. —Según lo dije, me arrepentí.

Se me quedó mirando con mala cara, no sé qué podría pensar de mí, pero el asunto de Sonia era muy complicado; no sé qué coño hacía ahí, por qué se había presentado de esa manera. Ya estábamos montados en el coche cuando la música me sacó de mis pensamientos.

—No suena mal esta gente para ser heavy. —Tenían un rollo chulo.

—Son de tu tierra, se llaman Saedin.

—Suenan bastante bien, no veas qué voz tiene la cantante.

—Si al final te voy a hacer de los míos.

—Eso ni en sueños, a mí el heavy me gusta, pero para un rato —le dije riéndome.

—Eso es porque no sabes apreciar la buena música —me respondió serio.

Seguimos con nuestra conversación mientras subíamos al castillo; cuando llegamos a la explanada, todo estaba muy tranquilo. Yo seguí a Rafa, que iba dirección a lo que era el castillo original, la parte que no pude visitar el día que estuve con Silvia. Joder, ahora que pensaba en ella, ¿se habría jodido todo por ver a Sonia? No me había cogido el teléfono, luego quedaría con ella para explicárselo todo. Cuando llegamos a la entrada del castillo, allí estaba el vigilante de seguridad, un hombre mayor con la cara blanca, y no paraba de temblar; intentaba hablar y se le atragantaban las palabras.

—Bu...bue...nos d...días. —No podía vocalizar.

—Buenos días, nos acaban de llamar. ¿Qué ha encontrado? —le preguntó Rafa.

—Pa... sad voso... tros mis... mos. —Se le notaba muy alterado.

—¿Dónde es?

—En las anti... guas maz... morras. —Según dijo esto, salimos corriendo.

Entramos dentro y, conforme subimos las escaleras de piedra, me quedé anonadado por lo bien que se conservaba el castillo; íbamos corriendo por el patio exterior, yo siguiendo a Rafa, que se conocía la zona mejor que yo, y deleitándome con el interior. El patio de armas era impresionante, sus torres estaban prácticamente intactas; el patio exterior estaba algo más deteriorado por el paso del tiempo, algo normal. Según íbamos avanzando, me asomaba: las vistas eran espectaculares; de repente vi que Rafa bajaba por unas escaleras a una especie de entresuelo y lo seguí. Cuando entré, mis ojos tardaron un poco en adaptarse a la poca luz que había en las mazmorras. Rafa estaba pasmado delante de la última de ellas, cuando lo alcancé, me quedé de piedra: en ella había una pareja, ambos con un gran agujero en la cabeza, abrazados; por la pinta que tenían parecían un par de yonquis. Aproveché que todavía no había llegado la Guardia Civil para coger algunas muestras de ADN y hacer algunas fotos; Rafa seguía ahí parado, como catatónico.

—Tío, ¿qué te pasa? —le pregunté asustado.

—No puede ser, me cago en la puta —me respondió ahí parado, delante de la mazmorra.

—¿Qué pasa? Me estás acojonando de verdad con todo esto —le confesé.

—Ahora te lo cuento en comisaría, pero la cosa está más jodida aún.

Al momento, mientras hablaba con él, vi dos sombras que bajaban por las escaleras, ya estaban aquí... Eran Silvia y su compañero Felipe, menos mal. Ella se adelantó y se acercó a nosotros, me alegraba que fuera ella, por lo menos venían en son de paz.

—Agentes, espero que no hayan alterado la escena del crimen —me soltó Silvia con cara de mala leche.

—No, Silvia, solo hemos echado algunas fotos —le respondí.

—Agente Gutiérrez para usted —me replicó muy seria.

Según dijo eso, se le cambió la cara a su compañero; a mí también, no me esperaba esa respuesta, luego hablaría con ella y le explicaría lo de Sonia, aunque era bastante delicado el tema.

—Déjennos pasar, procederemos con nuestra investigación.

En ese momento llegó su compañero Iván con una sonrisa en la boca, se acercó a ella y le dijo:

—Ya os podéis ir, agente, buen trabajo —la felicitó con una sonrisa.

—A sus órdenes.

Se dio la vuelta y se fue seguida de Felipe.

—Ya podéis ir acabando, que nos toca a nosotros. Si tenéis algún problema, hablad con nuestro comandante —nos dijo Iván prácticamente echándonos.

Qué tío más gilipollas y más prepotente, estuve a punto de irme hacia él.

—Déjalo, no ganamos nada enfrentándonos, ya tenemos todo lo que necesitamos —me dijo Rafa tirando de mí para que nos fuésemos.

Me di la vuelta y nos marchamos dejándolos allí. Joder, ¿cómo podía haber pasado esto? Con lo bien que estábamos esta mañana, y en un momento se había jodido todo. Al salir de allí, mientras íbamos al coche, intenté llamar a Silvia, pero seguía sin cogerme el teléfono; le envié un par de mensajes por WhatsApp para quedar para hablar, pero nada, los dejó en visto. Me iba a explotar la cabeza, encima, estos asesinatos que no había por dónde cogerlos; no teníamos mucho para empezar a investigar, a ver qué me contaba Rafa. Nos montamos en el coche, arrancó y empezó a sonar *Molinos de viento*, de Mago de Oz. Rafa se quedó mirándome.

—¿Qué ha pasado, tío? —me preguntó sin comprender nada—. Silvia era la única baza que teníamos con la Guardia Civil, parece que la has jodido.

—Así estoy yo, jodido, que encima no he hecho nada.

—Ya, seguro que la rubia de esta mañana no ha tenido nada que ver.

—Se ha presentado de repente, no la esperaba. —Qué movida tenía encima.

—Centrémonos en lo importante: las dos víctimas de la mazmorra son una pareja de yonquis bastante conocida en

Jaén; ahora, cuando lleguemos a comisaría, te pasaré el expediente, aunque te adelanto una cosa: estamos muy jodidos, se nos está yendo de las manos todo esto. En cuanto salga a la luz, no vamos a poder pararlo. —Se puso muy serio mientras hablaba.

—¿Tan fuerte es? —Me estaba acojonando más todavía.

—Ni te lo imaginas.

Durante el camino a comisaría, Rafa no abrió la boca, cosa rara en él, y, cuando llegamos allí, fui detrás de él hasta el despacho del comisario; dio unos golpes en la puerta.

—Adelante. —Accedimos a la estancia y el capitán se nos quedó mirando—. Sentaos.

Le hicimos caso y Rafa empezó a hablar.

—Comisario, acabamos de llegar del castillo, lo que ha pasado allí...

—¿Qué ha pasado? —preguntó preocupado moviéndose en su silla.

—El Pacorro y la Vane son las víctimas —le respondió Rafa con miedo.

—No me jodas. —Según dijo esto, se le cambió la cara.

—Por suerte, hemos llegado antes que la Guardia Civil, y hemos sacado algunas huellas y cabellos, parece que nuestro asesino se ha vuelto más descuidado —dijo algo más tranquilo.

—Muy bien, pasa las pruebas al laboratorio y pon a Javi al día con las historias de estos dos, esto se nos va de las manos. —Cuando acabó de hablar, salimos del despacho.

Rafa me llevó a la sala de reuniones, allí me hizo esperar mientras llevaba las muestras al laboratorio; al rato volvió, se sentó a mi lado y me dijo:

—Te voy a poner al día antes de que te enteres por la prensa: las dos víctimas del castillo son la Vane y el Pacorro, más conocidos en Jaén como los novios carniceros. Hace ya unos años, en 1992, una pareja de prometidos apareció en el mismo sitio y en las mismas condiciones, ellos fueron vistos por el guardia de seguridad en los aledaños del castillo esa misma noche; no había muchas pruebas contra ellos, la ciudad era un clamor pidiendo su encarcelación y, cuando se celebró el juicio, además de la falta de pruebas, ya que apenas había y las pocas que tenían eran muy poco concluyentes, el guardia cambió su versión de lo que vio esa noche, cayendo en varias contradicciones en sus distintas declaraciones. Después de que quedasen en libertad, prácticamente la ciudad entera se echó encima del Pacorro y la Vane y se tuvieron que ir, unos dicen que a Marruecos, otros que a Francia, y algunos a Galicia. La cosa es que se perdieron de la zona hasta el día de hoy y, cuando la prensa se entere de esto, que se va a enterar, se va a liar muy gorda. —Según me lo contó, se dejó caer en la silla y se echó las manos a la cabeza.

Me pasé la mañana entera tratando de asimilar lo que me había contado Rafa, además de intentando hablar con Silvia, ¿cómo me habría encontrado Sonia? Ya había entrado la tarde cuando Rafa llego pálido hasta mi mesa, y se dejó caer en la silla que tenía delante.

—¿Qué te pasa, Rafa? —Estaba muy mal.

—¡Joder! —me dijo muy angustiado.

—Me estás asustando, tío, de esta nos vamos todos al psicólogo.

—Me acaban de llamar del laboratorio, ya han cotejado las huellas y los cabellos.

—¿Y? —Me tenía en ascuas, qué poco me gustaba la dirección que estaba cogiendo el tema.

—En principio han tardado más porque no encontraban coincidencias, han empezado con gente con antecedentes y nada, luego han hecho un barrido más amplio comparándolo con huellas de DNI, y tampoco; cuando ya no sabían qué hacer, los han comparado con casos antiguos y ha saltado la alarma.

—¿De quién son? Me tienes en ascuas. —Joder, me iba a matar.

—Las huellas, del novio del primer crimen, y los pelos de la novia.

—¡No me jodas! —No me lo podía creer, ¿qué estaba pasando?

—Estoy todavía intentando asimilarlo, hemos llamado al hermano de la primera víctima, de la chica, pronto llegará para interrogarlo. —En ese momento, sonaron unos golpes en la puerta y Rafa se giró.

—Adelante.

—Está aquí Alfonso García, dice que lo habéis llamado para hablar con él —comentó un compañero mientras se asomaba.

—Dile que pase. —Me quedé mirando a Rafa.

—¿Y eso? ¿Aquí lo vamos a interrogar?

—Tranquilo, solo le vamos a hacer unas preguntas, quiero que se sienta cómodo. —Entró un hombre de unos cincuenta años, bajo, rechoncho y no demasiado alterado.

—Hola, soy Alfonso García, ¿querían hablar conmigo? —preguntó un poco perdido.

—Sí, no sé si se ha enterado de lo que ha pasado —le soltó Rafa según entró.

—Claro que sí, por fin se ha hecho justicia. Han tenido que volver los muertos para hacer lo que los vivos no pueden —nos respondió muy entusiasmado, y nos quedamos mirándonos los dos—. No sé de qué se extrañan, mi hermana y mi cuñado, anoche, cuando los vi, me dijeron que los muertos se están cobrando su venganza. —Después de decirnos esto, se quedó tan pancho, nosotros noqueados.

—¿Vio a su hermana y a su cuñado? —pregunté.

—Ya llevo días hablando con ellos, pero eso no es nada nuevo, ¿verdad? Si no quieren nada más, los tengo que dejar, tengo una reunión importante. —Dicho esto, se levantó y se fue, nos dejó a los dos pasmados, ¿qué coño estaba pasando aquí?

SILVIA
(Unas horas antes)

Nos montamos en el coche patrulla, yo tenía pocas ganas de hablar, no sabía cómo explicar cómo me sentía después de haberle abierto mi corazón a Javi. ¿Quién sería esa chica? Me dijo que no conocía a nadie en Jaén, lo mismo era su hermana o algún familiar, pero, por como dijo su nombre y la cara que puso, era una visita inesperada, como si le hubieran pillado in fraganti; lo mismo tenía novia o mujer y me estaba mintiendo para aprovecharse de mí o para sacarme información. Lo que sí tenía muy claro era que a partir de ahora iba a cambiar drásticamente mi relación con él, se había aprovechado de mi vulnerabilidad, pero no iba a permitir que volviera a hacerlo.

—*Atención a todas las unidades, acudan lo antes posible al castillo de Santa Catalina* —escupió la radio del coche sacándome de mi ensimismamiento.

—Vamos, estamos cerca —me dijo Felipe mirándome.

Encendió la sirena del coche y pisó el acelerador; cuando íbamos subiendo por la estrecha carretera hacia el castillo, iba a una velocidad de vértigo y se tomaba las curvas que parecía un piloto de rally. Todo el mundo se apartaba a un lado y, cuando llegamos al aparcamiento, allí estaba el coche de Rafa, el compañero de Javi; me lo iba encontrar allí, así que, por mucho que me doliera en el alma, tenía que pasar de él. Subimos corriendo por el suelo empedrado hasta el castillo, allí en la puerta estaba el guardia de seguridad, un señor mayor con la cara blanca como la pared, que no podía articular palabra; solo nos señalaba hacia dentro. Cuando subimos las escaleras, ya en el patio de armas, Felipe estaba sin aliento por la edad y porque estaba un poco dejado; al parar un segundo, escuchamos unos ruidos que provenían de las antiguas mazmorras y nos dirigimos hasta allí. Conforme entramos, nos encontramos con Javi y Rafa, tenía que ser fuerte; al momento llegó Iván y nos dio el relevo, mejor, tenía ganas de salir de allí.

Volvimos al coche patrulla.

—¿Qué ha sido eso? —me dijo Felipe muy serio.

—¿El qué? —le respondí cabreada.

—Creía que el mal rollo con la Policía era cosa de Iván y del comandante —replicó confundido.

—Nada, son cosas mías —zanjé el tema.

No podía mezclar lo personal con lo profesional, pero no sé, no estaba preparada para hablar de ello; aunque Felipe era el único amigo que tenía aquí, el único con quien podría hablar, aún no estaba preparada.

—Por cierto, ¿te has dado cuenta de quiénes son las víctimas? —me preguntó muy serio.

—¿Dos yonquis? —le respondí dudosa.

—Aparte de eso.

—No —negué sin entender nada.

—Son el Pacorro y la Vane, yo estaba recién llegado cuando se tuvieron que ir por patas de Jaén —me dijo muy serio—. Fueron acusados de matar a una pareja a punto de casarse, en el mismo sitio y de la misma forma que estaban ellos; en el juicio, las pruebas no se sostenían, el único testigo, cada vez que declaraba entraba en más contradicciones. Gracias a las artimañas de su abogado, salieron en libertad y, tras eso, la provincia entera de Jaén era un clamor contra ellos. Tuvieron que huir, y nadie los había vuelto a ver hasta ahora. La cosa se está poniendo cada vez peor, cuando esto salte a la prensa, se va a liar. —Estaba todavía más asustado.

—Joder, qué movida.

—Ni que lo digas, esto es lo más grande que ha pasado aquí en Jaén. Por lo menos, el inspector de Policía que acaba de llegar tiene experiencia, ya que hace un año atrapó a una escurridiza asesina en serie en Granada.

—Sí, bueno, nosotros también podemos coger al asesino —respondí cabreada.

—Toda ayuda es buena, te lo digo yo, que tengo de experiencia unos pocos años más que tú. —Me quedé pensando que quizá tenía razón.

El móvil no me paraba de vibrar, era Javi, pero no tenía ganas de hablar con él, aunque antes o después lo tendría que hacer; quizá Felipe tenía razón y tendríamos que trabajar con ellos, eso sí, le dejaría las cosas muy claras: nuestra relación iba a ser estrictamente profesional.

—Entonces, ¿no me vas a contar qué te ha pasado con el poli?

—Es complicado —le respondí intentando zanjar el tema.

—Sabes que me tienes aquí para cualquier cosa, como amigo y compañero, pero eso sí, a mí me parece que es muy buen tío.

—Ya, bueno, eso son las apariencias —le dije más cabreada.

—¿Qué te ha hecho?

—Ahora mismo no me apetece mucho hablar del tema, cuando esté preparada, te lo contaré.

—Vale, respeto tu opinión.

Eso me encantaba de Felipe, además de lo bien que me trataba, respetaba mi intimidad. Era un pilar para mí desde que llegué de la academia. El móvil no me paró de vibrar en todo el día entre llamadas y wasaps, al final tendría que hablar con él, aunque solo fuera por el bien del caso, para pillar al asesino; tendría que hacer de tripas corazón y colaborar, éramos el único enlace de la Guardia Civil y la Policía, cada uno por su lado no íbamos a conseguir nada, o nos iba a costar demasiadas vidas. Todavía no sabía cómo iba a abordar el tema con él, teníamos que quedar para hablar, pero tampoco quería que creyera que era una cita ni mucho menos; respecto a lo romántico, Javi estaba acabado para mí, así que le mandé un wasap bastante escueto: *avísame cuando acabes de trabajar, me paso por comisaría y hablamos*. Tardó nada en responder un *vale*, y después de eso pasé un día bastante tranquilo con Felipe, nada que ver con el horrendo que pasé con Iván. Ya estaba en el cuartel poniéndome la ropa de calle cuando me vibró el móvil; era

Javi. Sentí mariposas en el estómago, tenía que ser fuerte, controlarme, así que salí del cuartel porque necesitaba algo de música, busqué un rato hasta que di con la canción adecuada, la que necesitaba: Robe en tributo a Sabina con su *Calle melancolía*. Necesitaba llorar antes de ir a ver a Javi de nuevo, no me podía venir abajo delante de él; después de desahogarme un poco, fui a buscarlo, ya estaba llegando a comisaría cuando lo vi esperándome en la puerta. En ese momento estaba escuchando *Pacto entre caballeros*, cantada por Estopa en tributo a Sabina; justo cuando paré a su lado estaba sonando el estribillo, le subí el volumen, él se montó en el coche con la cara descompuesta, bajé el volumen y me quedé mirándolo.

—¿Qué pasa? ¿Te mueres de vergüenza por lo de esta mañana? —Me había salido solo, pero se lo tenía que decir, si no reventaba.

—Eso te lo voy a explicar ahora mismo —me dijo con gesto de no saber dónde meterse.

—A mí no me tienes que explicar nada, nuestra relación a partir de ahora va a ser estrictamente profesional. —Según le solté eso, me arrepentí.

Le había dado fuerte, quizá demasiado, a lo mejor todo había sido una confusión, quizás luego lo dejaría que me explicara; se quedó un rato pensando y al final reaccionó.

—Si es lo que quieres... —dijo alicaído.

—Pues sí. —Ya no me iba a echar atrás, por más que me doliera.

—Hablando de lo profesional, hemos cotejado las huellas y el ADN de la escena del crimen...

—¿Y? —pregunté intrigada.

—Todavía no me lo creo, son de una pareja de novios que murió asesinada hace años precisamente por los que hemos encontrado muertos; además, hemos interrogado al hermano de la primera víctima, y nos ha dicho lo mismo: historias de fantasmas.

Esto sí que no me lo esperaba, sí que tendríamos que colaborar y bien, porque esto empezaba pintar muy escabroso.

—En los otros casos no conseguimos nada, ya que tus compañeros llegaron antes.

—Eso déjamelo a mí. —Intentaría enterarme de algo en el cuartel.

—Ten mucho cuidado, Silvia, no quiero que te pase nada.

—Me sé cuidar solita —le repliqué muy seria.

—Ya sé que te puedes valer por ti misma, pero no quiero que esto influya en tu carrera o te perjudique.

Conforme lo dijo, me desmontó totalmente, quizá le tendría que dar una oportunidad para que se explicase, igual todo tenía alguna sencilla explicación, a lo mejor solo había sido un simple abrazo y me estaban comiendo los celos por dentro, pero no sé, ver a esa tía colgándose de su cuello y la cara de circunstancia que puso no me presagiaba nada bueno. Pero le iba a dar una oportunidad de explicarse.

—¿Has cenado? Si quieres podemos ir al Bulevar o algo —le sugerí intentando enterrar el hacha de guerra.

—Vale, podemos ir al Atracón, que está allí, se come muy bien.

—Vamos entonces.

Tenía razón, se comía muy bien allí, platos XXL y todo muy rico. Hacía muy buena noche a pesar de los días que estábamos pasando de calor, estuvimos charlando un rato, parecía que empezaba a haber buena conexión otra vez entre los dos; se estaba muy bien en la terraza, venía bien desconectar un poco de toda esa barbarie de sangre y asesinatos que estábamos viviendo en la provincia. Todavía no me explicaba nada, una de dos: o le daba vergüenza, o estaba jugando conmigo; la segunda opción no me gustaba nada. De repente me quedé paralizada, ahí estaba de nuevo la tal Sonia, venía con un top que dejaba prácticamente todas sus tetas al aire y una minifalda, por decir algo, pues yo tengo calcetines más largos; empezó a correr hacia Javi, él estaba de espaldas y no lo esperaba, estaba muy risueño con la conversación que estábamos teniendo, lo abrazó por detrás y empezó restregar sus pechos por su cuello. Ante mi asombro, su mano fue directa a su entrepierna. Ni me lo pensé, cogí mis cosas y me fui. ¡Cómo había sido tan estúpida! Casi caigo otra vez. Empecé a correr hacia el coche, las lágrimas surcaban mi cara; no me importaba quién fuera esa zorra, ya sí que era verdad que no quería explicaciones de ningún tipo, solo iba a hablar con él lo justo para el caso, no me iba a dejar engañar ni una vez más. Arranqué el coche y me fui de allí llena de rabia, no quería saber más nada de Javi, solo iba a colaborar con él y ya está. Llegué a mi casa y me tiré en la cama, ya no me quedaban más lágrimas. ¿Cómo había sido tan estúpida de caer de nuevo? A partir de mañana, todos conocerían a la nueva Silvia, no me iba dejar pisar por nadie ni se iban a volver a reír de mí.

SONIA

Estaba sonando *The funeral of hearts* de Him, una de mis canciones favoritas; desde que descubrí ese garito, me encantaba ir con Javi, yo estaba muy a gusto; él, en cambio, estaba un poco ausente, no sabía qué le pasaba. Vestí una camiseta de tirantes que dejaba poco a la imaginación y una minifalda muy corta, no solía ir así, pero cuando salía con Javi me gustaba hacerlo para llamar su atención. Estaba muy raro desde que nos habíamos visto en el sitio donde estuvimos cenando, necesitaba que se le despejara un poco la cabeza, vivir entre sangre y cadáveres se lo estaba cargando, encima el asesino era bastante escurridizo, solo se me ocurrió una cosa para que se despejara un poco. Yo también tenía muchas ganas, así que me acerqué a su oído.

—Guapo, vamos a mi piso —le propuse mientras rozaba mis tetas con su brazo y mi mano iba a su entrepierna, cómo me gustaba ese tío. Entonces, su cara cambió y salió de su ensimismamiento.

—Vale —me respondió poniéndose colorado.

Fuimos hacia mi coche y por el camino no dejábamos de pararnos cada dos por tres para comernos la boca o meternos mano, estaba chorreando ya, cómo me ponía. En cuanto nos bajamos del vehículo, seguimos calentando el ambiente, estábamos ya en el portal y Javi se apoyó encima de mí, me estaba comiendo a besos como un loco, pasaba de la boca al cuello y a mis tetas, que llevaba prácticamente fuera; ya me iba metiendo mano por debajo de la minifalda, iba a explotar. Seguimos hacia el ascensor y, nada más montarnos, lo empotré contra la pared acristalada mientras le besaba y le metía mano debajo del pantalón. ¡Iba a reventar! Llegamos a mi piso y, nada más entrar, lo llevé a mi dormitorio, lo tiré encima de la cama y me senté a horcajadas encima de él; podía sentir cómo su polla rozaba mi entrepierna. Me quité la camiseta y mis tetas saltaron como un resorte, las tenía bastante grandes y a él le encantaban, lo notaba por cómo apretaba su bulto en mi coño. Me agaché para besarle, después subí un poco la cabeza y empezó a jugar con los pezones, de vez en cuando me daba un pequeño mordisco, y yo estaba ya que no podía aguantarme, así que le quité la camiseta y empecé a besarlo por todo el cuerpo. Mi piel se rozaba con la suya, podía sentir su olor, me encantaba tenerlo solo para mí; mientras, con la otra mano, le iba desabrochando el pantalón. Llegué al ombligo con mi boca, le quité el pantalón y los calzoncillos; no podía esperar más, cogí su polla primero con una mano y empecé a moverla poco a poco, su cara era un poema, acerqué mi boca y empecé a lamerla primero con la lengua, con suaves movimientos; le iba a dar algo. Acto seguido, me la metí entera en la boca, lamiendo cada vez con más ganas; cuando vi que no podía más, paré y me volví a sentar encima de él. Aparté mi tanga a un lado y dejé que su polla entrara en mí. Cómo me gustaba Javi, era impresionante, me encantaba tenerlo debajo de mí, porque ahí yo tenía el control. Empecé a moverme mientras le acariciaba su pecho, él estaba entretenido con mis tetas; cada vez nos movíamos más rápido, estaba a punto de llegar, así que me levanté y me tumbé en la cama, mientras él lo hizo encima de mí y empezó a recorrer mi cuerpo con su boca, llenándome de besos desde el cuello hasta las tetas, bajando por mi vientre; ya no podía aguantar más. Cuando se centró con su lengua en mi coño con suaves movimientos, que cada vez eran más rápidos, ya sí que estaba a punto de llegar; se levantó y se colocó entre mis piernas, empecé a sentir cómo entraba dentro de mí. Me iba dar algo con sus movimientos, era puro fuego. Lo sentía cada vez más dentro de mí y cada vez nos movíamos más rápido; de repente, llegamos a la vez los dos. Qué locura de polvo, estábamos exhaustos y él no tardó en quedarse dormido. Entonces hice algo, sabiendo que no debía pero me costó evitar la tentación: le cogí el móvil. Sentía mucho más que curiosidad por su trabajo.

Cuando me desperté al día siguiente, estaba sola en la cama, desnuda. Qué bien lo había pasado con Javi, era espectacular; me encantaba. En ese momento empezó a sonar mi móvil, era un número oculto, ¿quién sería a estas horas?

—¿Sí? —pregunté adormilada.

—¿Sonia Moreno?

—Sí, la misma.

—Le llamo del hospital de Jaén. —En ese momento, pegué un salto de la cama.

—Sí, dígame.

—Siento mucho tener que darle esta noticia, pero su madre ha fallecido.

El mundo se me vino encima, no me podía creer lo que estaba escuchando.

—¿Cómo que ha muerto? Si no estaba enferma...

—Esta mañana temprano, su compañera de trabajo fue a buscarla, la puerta estaba abierta, y al entrar la encontró con el pulso muy débil, nos llamó, pero no hemos podido hacer nada por ella. Lo siento mucho.

Se me cayó el teléfono de la mano, no podía creer lo que estaba pasando, mi madre era prácticamente todo mi mundo. No entendía nada, tenía que reaccionar, pero el cuerpo no me respondía, volví a coger el teléfono.

—Voy ahora mismo para allá.

Colgué el teléfono, en ese momento no sabía qué hacer, no podía conducir, así que pensé un poco. Llamé a Javi, lo mismo él me podía llevar al hospital, pero no me cogía el teléfono. Entonces, me vestí lo más rápido que pude y salí a la calle, allí cogí un taxi; por el camino seguí llamando a Javi, que no me contestaba. Me iba a dar algo, no entendía nada, ¿qué le habría pasado a mi madre? Por lo poco que me habían contado, era muy extraño.

Al fin llegué al hospital hecha un manojo de nervios, no atinaba a decir nada, estaba histérica. Todo mi mundo se me vino encima, mi madre había muerto y no tenía en quien apoyarme. No me cogía el teléfono. Fui a la planta baja del hospital, y estaba llegando a la morgue cuando vi a una pareja llorando, eran ya mayores; me acerqué más y ahí estaba el cadáver de mi madre sobre una camilla. Entré en *shock*, no entendía nada, todo se volvió negro de repente y perdí el conocimiento.

—Sonia, responde. Sonia, cariño.

Abrí los ojos poco a poco, estaba tumbada en el suelo, me había desmayado. El anciano me estaba llamando por mi nombre, y me había dicho *cariño*.

—¿Quién eres? —pregunté estupefacta.

—Soy tu abuelo.

—¿Cómo? —Mi madre nunca me había hablado de él.

—Bueno, teníamos una relación complicada con tu madre, pero, a pesar de ello, os intentamos cuidar a las dos.

—Hola, yo soy Nieves, tu abuela.

—Hola...

¿Qué estaba pasando? Mi cabeza iba a explotar, mi madre había muerto, y ahora aquellos dos desconocidos decían ser mis abuelos. De repente, llegó el doctor.

—¿Estás mejor?

—Sí —dije apesadumbrada, no entendía nada, aquello parecía una pesadilla.

—No sé cómo decirles esto... Después del análisis toxicológico, hemos detectado grandes dosis de barbitúricos en el organismo de tu madre, todo nos indica que fue un suicidio.

Me volví a quedar en *shock*, no podía responder. ¿Qué había pasado? Mi madre estaba bien, no tenía depresión ni nada, éramos felices. Yo no podía reaccionar, pero vi cómo el hombre que decía que era mi abuelo no paraba de llorar mientras hablaba con el médico. Empezó a sonar mi teléfono, era Javi.

—Vete a la mierda.

Le colgué el teléfono, no sabía cómo reaccionar, en aquel momento no era yo misma, algo estaba cambiando dentro de mí; no sabía qué era, quizá muchas emociones de golpe y se me estaba yendo la cabeza. En ese momento, el anciano, con lágrimas en la cara, se acercó a mí.

—No te preocupes por nada, cariño, a partir de ahora nosotros cuidaremos de ti. Tu madre nos dijo que estabas trabajando para costearte los estudios; a partir de ahora, no te preocupes, nosotros te los pagaremos.

—¿Y dónde habéis estado todo este tiempo?

—Cariño, yo me ofrecí a pagarte la carrera, pero tu madre era muy orgullosa, no aceptaba ayuda. Por favor, no nos dejes tú también.

No sabía lo que iba a hacer, la verdad era que sin mi madre no tendría en quien apoyarme. Luego hablaría con Javi, pero de todas formas necesitaba a mi familia, y aquí estaba mi abuelo ofreciéndose a pagarme los estudios, ya no tendría que pluriemplearme ni aguantar al asqueroso de mi jefe. Parecían buenas personas, así que les di un abrazo, era a lo único a lo que me podía agarrar ahora mismo.

—Vale, acepto que me paguéis la carrera.

—Gracias, cariño, también tenemos un piso en el que puedes vivir, lo pondremos a tu nombre —me dijo mi abuelo emocionado.

—Muchas gracias, es lo más bonito que ha hecho alguien por mí en mi vida.

—Por cierto, me dijo tu madre que estudiabas periodismo.

—Sí, este año hago el último curso.

—Si quieres te puedo ayudar con las prácticas, conozco a gente influyente en los mejores periódicos de la provincia.

Qué locura de emociones, estaba hecha polvo por perder a mi madre, pero, a la vez, habían aparecido mis abuelos y eran muy buenos conmigo.

JAVI

Me acababa de despertar con muy mal cuerpo, la cabeza me iba a estallar, toda esta situación me estaba superando: Silvia, Sonia, los asesinatos... de esta acababa en el psicólogo. Me levanté, fui al baño a lavarme la cara y me miré en el espejo. ¡Vaya careto! Tenía que frenar un poco el ritmo, si no me iba a dar algo. Mi móvil empezó a sonar, era Sonia; no tenía ganas de hablar con ella, lo había liado todo, con lo bien que iba la cosa con Silvia. Me terminé de arreglar, bajé a por el coche para ir a comisaría, me subí y puse un poco de Pantera; sonó *Cemetery gates*. No paraba de darle vueltas a la situación, yo no quería nada serio con Sonia, ya se lo dejé claro, a mí me gustaba Silvia, me tenía loco, pero ahora mismo sería imposible hablar con ella por cómo se presentó Sonia. No sé cómo lo había hecho para encontrarme, ni cómo siempre aparecía en el momento menos indicado. Llegué a comisaría, me bajé del coche y, cuando iba a entrar, me quedé de piedra; ahí estaba Silvia. ¿Qué hacía allí? Me lanzó una mirada asesina y se dio la vuelta, al momento salió Felipe; ya sé qué hacían allí: los habían mandado a los juzgados que están enfrente de comisaría, estarían allí de guardia, y así, de paso, nos controlaban a nosotros por si volvía a actuar el asesino. Estaba a punto de entrar cuando me llamó Felipe con un gesto con la mano, me acerqué y, según iba llegando, Silvia se metió al interior.

—Buenos días, inspector —me dijo cuando estuve a su altura.

—Buenos días, Felipe.

—Te voy a comentar una cosa, pero que quede entre nosotros. Silvia y yo vamos a intentar colaborar con vosotros, aunque no sé qué le has hecho, que últimamente no te puede ni ver —me increpó con gesto preocupado.

—Mejor no entrar en detalles —le respondí intentando cambiar de tema.

—Solo te pido que la trates bien, es buena chica, no se merece pasarlo mal —me replicó muy serio.

—Ya hablare con ella, cuando ella quiera.

—A lo que iba, necesito que me des tu número de teléfono. Voy a mandarte algunas pruebas de los otros asesinatos, e intentaré ayudarte en lo que pueda, tenemos que parar esto, la seguridad de los ciudadanos está por encima de los egos de nuestros jefes.

—Qué razón tienes. Muchas gracias, Felipe.

Le di mi número y me volví a comisaría, nada más entrar me empezaron a llegar mensajes suyos. Sonia volvió a llamarme, pero la ignoraba, no quería volver a saber de ella nunca más; en ese momento me llegó un wasap suyo: *Si no me coges el teléfono, será peor para ti... Si no eres mío, no serás de nadie*. Esta tía estaba muy loca, llegué a mi mesa, abrí la conversación de Felipe y, cuando empecé a ver fotos y pruebas, me quedé de piedra; el móvil se me cayó encima de la mesa, no podía reaccionar. Al momento llegó Rafa.

—Javi, ¿qué te pasa?

—Mira mi móvil.

—¿Cómo has conseguido esto?

—Me lo acaba de pasar el compañero de Silvia.

Cogí el móvil y lo conecté al ordenador para ver mejor las fotos y ponerlas en la carpeta de pruebas, las imprimí y me quedé mirando la primera que salió: era la imagen de una navaja, la usada en el cuádruple asesinato, según rezaba debajo de la foto. Fue una de las utilizadas en el asesinato del chico al que mataron ellos, solo tenía las huellas de la primera víctima. ¿Cómo era posible eso? La segunda era todavía más escalofriante, era una huella de sangre junto al segundo asesinato, el de Linares; coincidía con la de Miguel Ruiz. Esto se nos estaba yendo de las manos, y lo peor de todo era que no había ninguna conexión entre los casos, la única, que todos fueron crímenes sin resolver entre 1983 y 1995, además de lo que lo que contaban los testigos de que los muertos habían vuelto para vengarse. Estábamos totalmente perdidos, no encontraba ninguna razón lógica, ni nada más que conectara los asesinatos, y me negaba a creer que eran casos paranormales.

En ese momento, Rafa vino corriendo a mi mesa y me enseñó su teléfono.

—No me jodas.

Había un titular muy grande que decía: *Los asesinos paranormales*, y una foto de la pareja del castillo, pero no una cualquiera, sino la que yo había echado con mi teléfono. La noticia no tenía desperdicio: *Según fuentes oficiales, la Policía cree que estamos sufriendo en la provincia una ola de crímenes paranormales, según la declaración de los testigos, los muertos están volviendo en busca de venganza...* Me quedé mirando a Rafa.

—¿Cómo coño han conseguido toda esta información? ¿Y la foto?

—Yo sé de dónde ha salido la foto —dije angustiado—. ¿No pensarás...?

—Yo ya no sé qué pensar, tío, entre esto y lo que me has enseñado hace un rato.

—Te juro que yo no he mandado ninguna foto, ni tampoco he hablado con la prensa. —Al decir eso, caí. Cuando conocí a Sonia me dijo que estudiaba periodismo...

Se me vino a la cabeza la amenaza que me mandó esa misma mañana, cogí mi móvil y busqué su nombre. Ahí estaba, *eliminaste este mensaje*, varias veces. Me cogió el móvil y se pasó toda la investigación, de ahí sus amenazas. Qué hija de puta, cómo había sido capaz, tenía que salir a la calle a tomar el aire; al salir, allí estaban Silvia y Felipe, hablando, les tenía que avisar, así que crucé la calle. Esta vez no le dio tiempo a Silvia a meterse dentro.

—¿Qué pasa? ¿No tienes nada mejor que hacer que venir a observarnos?

—No es eso, os tengo que hablar de Sonia.

Nada más escuchar el nombre, Silvia no pudo más y se metió llorando en el juzgado.

ANDALUCÍA NEGRA

—No sé qué rollos te traes, pero, por favor, no le hagas más daño a Silvia —me dijo muy cabreado.

—Si yo no le quiero hacer daño, todo lo contrario, me gusta mucho —me excusé.

—Entonces, ¿qué coño haces con la tal Sonia? —preguntó todavía más cabreado.

—Es complicado, es lo que os iba a decir. Creo que acaba de filtrar información muy delicada del caso, y no solo eso, por la pinta que tenía la noticia, no va a tardar en desatarse la histeria en la provincia.

—¿Y cómo intuyes que ha sido ella?

—Básicamente, porque esa información ha salido de mi teléfono, se la ha mandado ella misma, luego ha intentado borrar su rastro.

En ese momento, salió Silvia del juzgado roja de rabia, con cara de pocos amigos, se paró delante de mí y me miró a los ojos.

—Eso te pasa por gilipollas, por pensar solo con la polla. Gracias a ello has jodido la investigación, y vas a provocar más miedo en la gente. —Me quedé mudo.

Su reacción me había sentado como un jarro de agua fría, como ella bien decía, yo era el único culpable de lo que estaba pasando, no le podía recriminar nada. Me di la vuelta y me volví a comisaría. ¿Qué coño hacia ahora? ¿Por qué Sonia estaba haciendo esto? Ya imaginaba que la noticia le daría muchos puntos para propulsar su carrera, pero no entendía cómo había sido capaz de hacerme eso. Necesitaba pensar. La llamé.

—¿Qué pasa, guapo? —preguntó con voz de no haber roto un plato.

—Déjate de hostias, ¿cómo has sido capaz de hacer lo que has hecho?

—Me tenías que haber cogido el teléfono esta mañana y nada de esto habría pasado —me dijo amenazante.

—Tía, estás muy loca, lo tuyo es grave —le grité fuera de mí.

—Claro que estoy loca: por ti. No voy a dejar que esa mosquita muerta se quede contigo.

—Estás fatal, que sepas que para mí has acabado.

—Te arrepentirás de tus palabras.

«Joder, ¿qué había hecho yo para merecer esto?» En ese momento, salió Rafa corriendo.

—Vamos rápido a Úbeda.

—¿Qué pasa? —No tenía ni un respiro.

—Otro asesinato.

—La hostia, esto no se acaba.

Me monté en su coche y empezó a sonar *Hijo de la luna*, la versión heavy de Stravaganzza, y pasamos por al lado de Felipe y Silvia.

—Para un segundo. —Lo hizo justo al lado de Silvia, que tenía una cara de mosqueo monumental.

—Vamos a Úbeda, otro asesinato.

—Otra vez, no me jodas.

La cara le había cambiado totalmente, ya no parecía tan cabreada.

—No podemos dejar el puesto, mantenednos informados.

—Vale.

Salimos de allí a toda velocidad, no había un momento que perder, teníamos que llegar los primeros a la escena del crimen, si no, la Guardia Civil no nos iba a dejar investigar a fondo la escena del crimen. Tardamos poco más de treinta minutos en llegar a Úbeda, Rafa iba todo lo que daba el coche, y por el camino me fue deleitando con Warcry y Obús; yo no dije nada en todo el camino, no tenía humor para ello. Estábamos ya entrando en Úbeda, yo nunca había estado allí, era una de las visitas que tenía pendientes con Silvia, que ya no creo que fueran posibles. Junto a Baeza, eran ciudades Patrimonio de la Humanidad, debido a la calidad y buena conservación de sus edificios renacentistas. Aparcó el coche justo en la entrada del centro histórico, salí corriendo detrás de él por mitad de las calles empedradas, pasando por edificios que a saber cuánto tiempo llevaban en pie. Ya se veía a lo lejos el barullo de gente, pasamos entre ellos como pudimos y, cuando estaba llegando al principio, vi a Sonia echando fotos. ¿Cómo coño se había enterado y había llegado antes que nosotros? Pasé por su lado, se me quedó mirando y me lanzó un beso. ¡Qué hija de puta! Cuando llegamos a la escena del crimen, me quedé parado, me faltaba el aliento y no podía respirar; al alzar la vista, no me podía creer lo que tenía ante mí.

SILVIA
(Un día antes)

No había dormido en toda la noche, no paré de dar vueltas en la cama; cada vez que cerraba los ojos, veía a Sonia y a Javi liándose. Me levanté zombi, todavía no había sonado la alarma del móvil, pero faltaba poco, así que me di una ducha a ver si me despejaba un poco, iba a ser un día muy largo. Tenía la cabeza que me iba a estallar, qué locura pensar que estuve a punto de perdonar a Javi; ahora mismo no podía ni verle, por lo menos, mientras no actuara el asesino o hubiera alguna prueba lo podría evitar. Después de tomar un café bien cargado, ya estaba más espabilada, bajé en busca del coche para ir al cuartel, me subí, arranqué y empezó a sonar *Los días raros* de Vetusta Morla; empecé a cantar y a animarme un poco. Llegué al cuartel de los primeras, me cambié y fui directa a mi mesa, era un día de esos en los que quería pasar desapercibida; al rato llegó Felipe y se me puso al lado, casi en susurros, me dijo:

—Tenemos que hablar con Javi, tengo nuevas pruebas.

«De verdad, ni un buenos días ni nada, así directamente, sin vaselina.»

—Luego te paso su número.

—Pero que no se te olvide, es importante.

Qué pocas ganas tenía y qué poco me gustó que llegase Felipe y me pidiese esto. Al momento salió el comandante, «a ver si por lo menos me mandaba poner un control en alguna carretera perdida de la mano de Dios». Empezó a asignar tareas a la gente, y ya solo quedábamos Felipe y yo.

—Felipe y Silvia, hoy os toca juzgados.

Se me cayó el mundo encima, en la vida me había mandado a los juzgados, y no había mejor día que ese para hacerlo; al final, iba a ser un puto día de mierda. Felipe se me acercó.

—Vamos, al final no me va a hacer falta el número de Javi, desde la puerta de los juzgados controlamos quién entra y sale en comisaría, estaremos enfrente todo el día.

—Qué ilusión.

Si fuera malpensada, creería que el comandante lo hacía por joderme. Nos montamos en el coche patrulla en dirección a los juzgados, Felipe iba por el camino hablando, contándome algo de las pruebas que había descubierto; yo no le estaba prestando mucha atención, estaba absorta en mis pensamientos y en el día de mierda que me esperaba, viendo entrar y salir a Javi todo el día, joder.

Después de aparcar, nos apostamos en la puerta de los juzgados, llevábamos allí un momento cuando ya se escuchó llegar el coche de Javi; según lo hizo y se bajó, Felipe se giró.

—Mira, ahí está Javi, voy a llamarlo para hablarle de las pruebas.

No respondí, para qué. Felipe empezó a hacerle gestos con la mano, se giró y empezó a caminar hacia nosotros, yo no podía más, iba a explotar.

—Voy por un café. —No tenía ganas de verle la cara.

—¿Ahora?

—Sí.

—Tráeme uno.

—Vale.

Entré antes de encontrarme cara a cara con Javi y saqué unos cafés de la máquina. ¿Cómo podía estar tan campante el cabrón después de lo de anoche? No me lo podía creer, este tío no tenía sentimientos ningunos; cuando se fue, salí con los cafés y le di uno a Felipe, después estuvimos tranquilamente charlando apostados en la puerta. Poco a poco me había olvidado de dónde estábamos, cuando Javi se presentó delante de nosotros, y encima para postre dice que viene a hablarnos de la otra; este tío no tiene escrúpulos; en ese momento no pude más y me metí en el juzgado, no quería que me viera llorar. Desde dentro escuché la conversación que estaban teniendo, no pude más y salí hecha una fiera, me quedé mirándolo y se lo solté en la cara; esto le pasaba por pensar con la polla, ahora que se jodiera. Bueno, nos íbamos a joder todos, porque esto iba a causar un gran revuelo en la ciudad y gran parte de la provincia. Al momento se fue, estuvo discutiendo con alguien por teléfono, seguramente con esa pelandrusca, y en ese momento vi salir a su compañero a toda prisa, cogieron el coche y pararon a nuestro lado. Javi bajó la ventanilla, nos dijo que iba para Úbeda, que había otro asesinato; la cosa iba de mal en peor y la bomba ya estaba circulando por Internet. Lo peor de todo era que ahora mismo no teníamos nada claro, además de que las pruebas que había despistaban más que ayudaban; la mañana se me hizo eterna hasta las tres de la tarde apostada allí, en la puerta, sin saber nada. Cuando llegó la hora, no me lo pensé mucho.

—¿Qué te parece si vamos a Úbeda a ver qué ha pasado? —le propuse a Felipe.

—En un rato te recojo en tu casa para no dar mucho el cante en el cuartel, quisiera poder seguir ayudando en la investigación.

—Vale.

Fuimos al cuartel, me vestí de calle y fui directa a casa para esperar a Felipe, tenía que saber qué había pasado en Úbeda, el asesino estaba desatado, no nos daba un respiro.

Cuando me subí en su coche, iba escuchando las noticias en la radio y tenía la cara bastante seria. Salimos con dirección Úbeda, las noticias no eran nada buenas, ya había saltado el caso de la prensa digital a los demás medios, que alertaban de extrañas muertes y ya directamente decían que la Policía había confirmado como sobrenaturales. Exigían al ayuntamiento de Jaén imponer toque de queda, no se hablaba de otra cosa en la radio: tertulias con invitados conspiratorios que alimentaban más el miedo de los jienenses. Iba a ser un caos, pero, por lo menos, si imponían el toque de queda, nos facilitarían el trabajo, sería más fácil patrullar las calles y ver si había alguien sospechoso.

—Se está poniendo la cosa muy jodida, como no cojamos al asesino pronto, esto va a ser un caos —me comentó Felipe.

—Ya verás.

Al fin llegamos a Úbeda, ya no podía más aguantando a tertulianos conspiranoicos; también hablaban en los medios los familiares de las víctimas de los primeros asesinatos, que afirmaban que los fantasmas de sus allegados eran los autores de los crímenes, contando las extrañas historias de sus conversaciones con ellos. Era una locura. Aparcamos y fuimos callejeando por el centro histórico de Úbeda, era una de las excursiones que tenía pendientes con Javi, pero a ver qué mierda hacía pensando en él. Íbamos siguiendo el río de gente hasta que divisamos el barullo cerca de la puerta de Granada, nos fuimos adentrando entre ellos con cuidado de que no nos vieran los compañeros y, cuando estábamos ya más cerca, divisé en primera fila a la zorra rubia; al lado de ella estaba Iván, con la baba que se le caía hablando con ella, intentando sin mucho acierto que dejara de hacer fotos con el móvil de la escena del crimen. Tampoco se veía mucho ya, justo debajo de la puerta de Granada había una lona negra tapando el cuerpo, aunque era extrañamente pequeño, y justo al lado había una cáscara de granada; al otro lado de la calle vimos a Javi y Rafa, que estaban intentando irse sin llamar mucho la atención. Felipe me cogió del brazo y fuimos en su busca, cuando nos vieron, nos hicieron señas para que les siguiéramos a un callejón más apartado; corrimos tras ellos, y nos perdimos en la callejuela, al final del todo, donde nos estaban esperando. Había llegado el momento, ya no me quedaba de otra, me tendría que enfrentar a mis sentimientos y tragármelos todos, ¡qué mierda! Paramos justo al lado de ellos, y

Javi me miraba con ojos de no haber roto un plato, preferí estar callada y dejar a Felipe hablar.

—¿Qué ha pasado?

—No os lo vais a creer, este el peor de todos, un cuadro dantesco.

Javi sacó el móvil y nos enseñó la foto, era brutal; en ella se veía medio cuerpo tirado debajo de la puerta de Granada, más exactamente, de cintura para abajo. No se veía ningún rastro de sangre, solo eso, y una cáscara de granada al lado. En ese momento me quedé pensando, ¿de qué me sonaba lo de la cáscara de granada?

—¿Y esa cáscara qué pinta ahí?

No pude evitar preguntar, me salió solo, pero la cosa es que me sonaba de algo, no sabía de qué. Entonces, Felipe me respondió.

—Según cuenta la leyenda, cuando las tropas cristianas estaban llegando a Úbeda en la Reconquista, el embajador de la ciudad decidió esconder los tesoros para que no los saquearan, y abrió un portal justo en la puerta de Granada para ello. Para volver a abrir dicho portal, hay que comerse una granada debajo del dintel de la entrada, sin que se caiga ningún grano.

Ahí estaba, esa leyenda la había escuchado cuando estaba en la academia en Baeza, como otras tantas. Jaén estaba rodeada de mitos y leyendas, de ahí que la gente fuera tan supersticiosa con este tema; en ese momento, Javi también habló.

—Entonces, ¿el asesino ha intentado recrear algo parecido? Esto va a traer mucha cola, ni que decir tiene que las fotos ya mismo estarán en Internet. —No lo pude evitar y salté.

—Sí, gracias a tu amiga, la que está liando la muy zorra.

Todos me miraron como si hubiera dicho una barbaridad, pero era verdad, esa hija de puta lo estaba liando todo.

—Ahora lo que nos falta es saber quién es la víctima, con suerte hemos llegado antes que Iván, hemos podido coger una muestra de ADN y, en cuanto lleguemos a Jaén, la cotejaremos para saber a quién pertenece. En cuanto lo sepamos os lo diremos, hay que acabar ya con esto, la cosa se está poniendo muy fea —dijo Javi asustado.

—Perfecto, nosotros os informaremos si escuchamos algo en el cuartel, hay que dar con él cuanto antes —le respondió Felipe.

Dicho esto, ellos salieron primero, y nosotros esperamos un poco para que nadie nos viera hacerlo a la vez; cuando lo hicimos, el gentío ya se iba disipando. Sentí una sensación extraña, como si alguien nos estuviera siguiendo; quizá me lo estaba imaginando por la falta de sueño. Salimos de allí y nos montamos en el coche para volver a Jaén, por el camino, Felipe me preguntó.

—¿Qué te pasa con Javi? Estás muy rara últimamente con él.

Ya no aguantaba más, se lo tenía que contar, si no, iba a explotar.

—Pues, básicamente, que la mayoría de los hombres son unos cerdos. Menos tú, claro está.

—Esa es una respuesta bastante genérica, tendrás que profundizar un poquito más.

Me iba a costar, pero tenía que abrirme.

—Pues resulta que, a partir del día que lo paramos, yo empecé a sentir algo por él, y tenía la sensación de que era mutuo... —Seguí hablando y así fue como lo solté todo, con alguna lágrima que otra me fui abriendo a mi compañero, contándole toda la historia, y cuando acabe sentí que me había quitado un peso de encima, ya estaba mucho más tranquila.

—Silvia, te entiendo, pero las cosas no son siempre como parecen. Las dos veces, ella ha llegado sin avisar; ya no es solo que le haya pillado por sorpresa, sino que puede ser que forme parte de su pasado y, al verte con él, esté intentando ponerte celosa.

Ahí, mi mente se bloqueó, intenté recordar los momentos en los que ella había aparecido y la cara que puso Javi. Tal vez Felipe tenía razón, quizá tenía que dejar que se explicara.

JAVI

Íbamos camino de Jaén en el coche de Rafa, y me iba deleitando con una serie de baladas heavies, desde Scorpions y su *Still loving you*, a Saratoga con *Si amaneciera*, pasando por Los ángeles del infierno con *Al otro lado del silencio*. Joder, todos estos temas moñas me estaban haciendo pensar en la complicada situación que tenía ahora mismo, estaba colado por Silvia totalmente, y de repente se había presentado Sonia para joderlo todo; no solo eso, sino que en mi cabeza todavía resonaba la última conversación que tuve con ella, en la que me dijo que, si no era de ella, no sería de nadie, y que me atuviera a las consecuencias. Ya sabía que era capaz de alguna locura, así que lo mejor que podía hacer es alejarme un poco de Silvia, no quería que le pasase nada, por lo menos hasta que arreglase este tema con Sonia y cazásemos al asesino. Llegamos a comisaría, pasamos la muestra al laboratorio y le dijimos que corría prisa, mientras, nos tomamos un café y comimos algunos dulces de la máquina expendedora; no nos queríamos ir muy lejos de comisaría, esto tenía que acabar ya como fuera. No había pasado ni una hora cuando el compañero de laboratorio nos pasó los resultados, mi móvil empezó a vibrar, era Silvia, así que después le escribiría para contárselos. Debía evitar a toda costa quedar con ella a solas, no quería que de repente apareciera Sonia con un cuchillo o cualquier cosa peor, no me podía fiar de ella, ya que no habíamos acabado muy bien y me podía esperar cualquier locura por su parte; quería mucho a Silvia como para permitir que le hiciera daño. En ese momento, Rafa me dijo que fuéramos a la sala de reuniones para estar más tranquilos. Cuando me senté, abrió el informe y se me quedó mirando.

—Ya tenemos la identidad de la víctima.

—¿Y? ¿Más historias de fantasmas?

—Pues sí, y una bastante espeluznante. —Hizo una pausa—. La víctima es Gabriel Jesús Martínez.

Sacó un expediente de 1992, en él ponía que la víctima había sido acusada de secuestrar a Sofía García, hija de Juana y Miguel, vecinos de Úbeda; según el expediente, la niña estaba jugando cerca de la puerta de Granada mientras la madre hablaba con una vecina. De repente, la niña empezó a gritar y, cuando la madre miró hacia donde estaba jugando, había desaparecido, solo encontraron una cáscara de granada debajo del dintel de la puerta. Se vio el coche de Gabriel saliendo a gran velocidad del lugar, fue interrogado por la Policía y, según constaba en su declaración, él no había visto nada, pero tampoco supo explicar por qué estaba allí, ni por qué se fue con tanta prisa; ante la falta de pruebas, quedó libre, y el cuerpo de la niña nunca fue encontrado.

—¿No me irás a decir que la niña ha vuelto de entre los muertos, o de dondequiera que esté, para matar a Gabriel de esta forma? —pregunté.

—No importa lo que yo piense, sino lo que piense la gente, y la cosa está cada vez peor, los bares y las tiendas están cerrando, la gente está encerrada en sus casas. Estamos a un paso de que el alcalde decrete el toque de queda o el estado de alarma, esto se nos está yendo de las manos.

«Qué movida, lo de Granada no era nada comparado con esto.»

Pensé en mi excompañero de homicidios. ¿Y si llamaba a Juan para pedirle consejo? Entonces me saltó una alarma del móvil, había puesto una notificación por si subían noticias con las palabras *crimen paranormal Jaén*; cuando lo desbloqueé y abrí la noticia, me quedé sin respiración: una foto mía cogiendo una muestra de la víctima con Rafa al lado. El titular rezaba: *La Policía investiga el asesinato de un vecino de Úbeda, en Jaén, y todo apunta a que es otro de los asesinatos paranormales que se están sucediendo en los últimos días...* No podía seguir leyendo, menuda hija de puta, nos había echado la foto a lado de la víctima en el mejor momento, todo lo que pudiera decir de ella se quedaba corto. Para eso había ido, para vengarse de mí; aunque no era el momento de pensar en ello, tenía que llamar a Silvia para contarle lo que habíamos descubierto y para decirle que, hasta que todo esto no se solucionara, lo mejor era que no nos viéramos a solas. Temía mucho por ella. Cuando Rafa vio la noticia, se me quedó mirando.

—La verdad es que antes Silvia se ha quedado muy corta con lo de zorra, cómo se atreve a hacer algo así, esto alimentará el miedo. —Tenía un cabreo monumental.

—Yo creo que se está vengando de mí.

—No conozco vuestra historia, pero yo creo que esto es mucho para una exnovia celosa. —Según dijo esto, se me encendió una bombilla en la cabeza.

—Tienes razón, así que deberíamos investigarla —dije visiblemente cansado.

Mi deber era esclarecer los asesinatos, pero a veces me sentía sobrepasado y Rafa también se dio cuenta.

—Sí, bueno, pero eso ya será mañana, tenemos que reponer fuerzas y despejarnos un poco, estamos demasiado saturados con todo esto —dijo leyéndome el pensamiento.

Salí a la calle para coger el coche y decidí llamar a Silvia desde casa; arranqué y empezó a sonar *Tiempos oscuros* de Soziedad Alkoholika. Me estaba dando un mal rollo tremendo, iba conduciendo por las calles y estaba todo cerrado, no había ningún alma. La potente voz de Rafa retumbaba en mi coche, cantando *vuelven los tiempos tenebrosos, los espectros nos están rodeando*. Quité la música y seguí hasta mi piso con el coche en silencio, aparqué y subí a mi casa corriendo; no sabía qué me estaba pasando, la histeria también se estaba apoderando de mí, tenía que mantener la calma, si no, no iba a poder pillar a ese cabrón y averiguar qué pintaba Sonia en todo esto. Mi cabeza era un hervidero en esos momentos, lo primero que tenía que hacer era llamar a Silvia, así que cogí el teléfono, marqué su número y me lo cogió al primer tono.

—Hola, Javi, ¿cómo estás? —Su voz sonaba muy dulce.

—Bastante mal, ya hemos conocido la identidad de la víctima y su relación con todo esto, y todo nos lleva a lo mismo.

—Lo había supuesto, por lo que cuentan quienes lo vivieron fue una época muy oscura en la provincia. Si quieres, podríamos quedar para avanzar en las pesquisas, dos cabezas siempre piensan más que una. —Me estaba proponiendo una cita, pero no podía ceder por su bien.

—Cuando acabe todo, ya te contaré toda la historia, pero ahora mismo es mejor que no nos veamos mucho en público.

—Como quieras, te iré manteniendo informado y, si necesitas hablar, aquí estoy.

—Muchas gracias. —Al colgar el teléfono, tuve la sensación de que el mundo se me venía encima.

Por si no tenía bastante con toda esta situación, no me podía apoyar en la persona que más quería, tan cerca y a la vez tan lejos; necesitaba distraerme un poco, así que fui a la nevera, me abrí una cerveza y me senté en el sofá. Empecé a hacer *zapping*, pero no había nada que me interesara; dejé la tele puesta de fondo y me puse a pensar en todo lo que estaba pasando. De repente, algo en la tele llamó mi atención, salía Iker Jiménez adelantando el contenido de su próximo programa: *Esta noche en* Cuarto Milenio, *los escabrosos asesinatos de Jaén. Hay un asesino suelto, y los crímenes son paranormales. Estaremos hablando en nuestra mesa con los expertos, debatiendo el tema, además de contar con Juana García, la madre de una niña que desapareció en el mismo lugar en el que ha aparecido el último cadáver.* Ahí estaba mi foto, qué hija de puta era Sonia. *Juana asegura que su hija se le apareció y le dijo que iba a vengar su muerte.* A la mierda, me iba a la cama.

No dormí mucho esa noche, cada vez que lo hacía tenía unas extrañas pesadillas y me despertaba envuelto en sudor; me levanté de la cama, fui directo a la ducha, pues necesitaba despejarme un poco, y ya estaba saliendo de casa cuando recibí un mensaje de Silvia: *tenemos que hablar, es muy importante.* ¿Qué hacía? ¿Qué le respondía? No quería que le pasara nada, pero parecía que tenía que verme y no quería perderla, así que le escribí: *nos vemos en media hora en la comisaría,* me tomé un café rápido y fui en busca del coche para ir hacia allí. ¿Qué le habría pasado? Puse contacto y empezó a sonar Miley Cyrus con Elton John y Robert Trujillo, en una versión tremenda de *Nothing else matters* que sonaba de escándalo; mientras iba pasando por las calles de Jaén con dirección a la comisaría, me volvió a golpear la realidad: todo estaba cerrado, hasta las grandes cadenas como El Corte Inglés o Mercadona, no se veía un alma por la calle; no sabíamos cómo iba a reaccionar el alcalde con todo este panorama, pero no pintaba nada bien.

Aparqué y en la puerta estaban Silvia y Felipe vestidos de calle, hablando con Rafa. Ella parecía muy afectada, no sabía qué le podría haber pasado, estaba hecha una magdalena; corrí hacia ellos y me paré al lado.

—¿Qué ha pasado?

Silvia tenía los ojos rojos de tanto llorar, no le salían las palabras.

—¿Quieres que vayamos al bar y te tomas una tila para tranquilizarte un poco?

Accedió.

Mientras Rafa y Felipe entraron en comisaría, nos sentamos en una mesa, se pidió una tila y yo una tostada; me quedé mirándola, a lo mejor me había pasado un poco al decirle lo de no vernos en público, ¿se habría sentido rechazada? Era por su bien, había llegado el momento de contarle todo, aunque primero intentaría que se desahogara un poco, así que la cogí de la mano y me quedé mirándola a los ojos; entonces, empezó a hablar.

—Lo siento mucho, Javi, me puse muy celosa con todo el tema de Sonia, no sé qué me pasó —me dijo con vergüenza esquivando mi mirada.

—Te comprendo, cariño, yo te quiero un montón, te puedo asegurar que eres la única mujer que hay en mi vida —le respondí lanzado.

—Yo también te quiero mucho, pero ayer me chocó lo que me dijiste de que no nos viéramos en público...

—De eso quería hablarte, te debo una explicación. Hace ya un año, en Granada, ya te conté lo que pasamos persiguiendo a la hermana de Alba. Una noche, en mitad de la investigación, estaba tomando una cerveza en un bar cuando se presentó Sonia, me invitó a ir a un concierto, y yo necesitaba despejarme un poco y, para qué te voy a engañar, me llamó la atención físicamente; pero lo que sentía por ella no tiene nada que ver con lo que siento por ti, pues lo que me pasa contigo no es solo una atracción física, siento que conectamos y que estamos hechos el uno para el otro.

—Qué bonito —me dijo mirándome a los ojos.

—Pues, a partir de ahí, fuimos quedando, la cosa iba bien, hasta que un día yo estaba en una escena de un crimen y ella comenzó a llamarme, pero no la pude atender hasta bien entrado el día; cuando la llamé, me mandó a la mierda, así que lo dejé pasar un poco, no tenía yo la cabeza para mucho con lo de la asesina en serie... A los dos días se presentó en mi casa, me estuvo contando que se murió su madre, que había tenido que ir a Jaén y que allí conoció a su abuelo, que tenía dinero, que le iba a costear su carrera, que podría dejar el trabajo, y yo me alegré mucho por ella, porque su jefe era un cabrón salido. A partir de que dejara el trabajo, me llamaba continuamente para controlarme, yo estaba muy liado con el caso, y cada vez que nos veíamos era un interrogatorio: ¿por qué no me coges el teléfono? ¿por qué trabajas tanto? Según pasaba el tiempo, se iba volviendo más paranoica, creía que estaba con otra; a veces estaba bien conmigo, pero otras no había quien la aguantara, solo quería discutir. Entre ella y el caso, no podía más, así que quedé con ella y le dije de darnos un tiempo; no me respondió, y ya no la volví a ver más hasta el día que se presentó aquí en comisaría. Lo que no me explico es cómo supo que estaba aquí en Jaén, ni sé qué quiere de mí. Desde que murió su madre, algo cambió en su cabeza, últimamente hasta me ha amenazado: por eso te dije de no vernos, estaba preocupado por ti.

—Siento tanto todo esto, te quiero muchísimo. —Vi un brillo en sus ojos, qué guapa era.

—¿Y a vosotros qué os ha pasado?

SILVIA

Acababa de llegar a casa desde Úbeda, Felipe me había dejado en mi puerta, y estaba sentada en el sofá, dándole vueltas a la conversación que había tenido con él, podría tener razón y que yo, en un ataque de celos, hubiese malinterpretado todo lo que había pasado con Javi, pero lo quiero mucho y, al ver a esa zorra arrimarse a él, se me ponía la sangre hirviendo. Debería quedar con él para hablar, dejarle que me explicara toda la historia; estuve toda la tarde dándole vueltas hasta que empezó a sonar mi teléfono: era él, se me puso una sonrisa en la cara.

No podía ser, ahora era él quien no quería verme, ¿qué había hecho yo? No entendía nada, me tiré en la cama llorando. A pesar de todo lo que estaba pasando, esto había acabado conmigo, seguramente se habría hartado de mis celos y mi actitud hacia él. Qué gilipollas era, cómo la había cagado, lo tenía colado por mí y yo lo había tratado como una mierda; me quedé dormida llorando.

Al otro día me desperté en la cama vestida, me levanté, me lavé la cara y me preparé para ir al cuartel; estaba con los ánimos por el suelo. Me monté en mi coche y empezó sonar *Estadio Azteca* de Calamaro; empecé a conducir dirección al cuartel y cuando llegué noté una extraña sensación: el comandante estaba con Felipe, que iba vestido de calle, y parecía que me estaban esperando. El comandante me miró.

—Quedáis suspendidos de empleo y sueldo con efecto inmediato. —Felipe y yo nos miramos perplejos—. Ya que insistís en colaborar con el enemigo, ya os podéis ir de aquí a pedirle ayuda. —Según dijo eso, nos dimos la vuelta para irnos, él se volvió a su despacho y, al abrir la puerta, me pareció ver allí a... «No me jodas, ¿de verdad?»

De repente, Iván nos abordó.

—Lo siento mucho, compañeros, que sepáis que me tenéis aquí para lo que haga falta.

Entonces, Felipe se encaró con él.

—Sí, claro, para que vayas corriendo a contárselo al comandante, como que nos vistes con la policía en Úbeda.

Iván puso cara de no entender nada.

—¿Estuvisteis en Úbeda? ¿Sabéis algo más sobre lo que pasó allí?

—A ti te lo vamos a contar, claro.

—No entiendo nada, chicos, nos podemos ayudar.

Felipe me cogió del brazo y nos fuimos del cuartel, nos subimos en mi coche y me dijo:

—Tienes que escribirle a Javi, tenemos que resolver esto ya.

Me quedé pensando en las pocas ganas que tenía de escribirle, pero no me quedaba de otra, así que hice de tripas corazón y le escribí.

En cuanto me respondió, fuimos a comisaría en su busca, y le pedí a Felipe que condujera él, yo no podía, tenía tal cacao de sentimientos en la cabeza que me iba a explotar, ya no podía más.

Cuando llegamos, nos encontramos con Rafa en la puerta, y estuvimos hablando con él hasta que llegó Javi.

Ya estaba mucho más tranquila después de hablar con él, se había sincerado conmigo y yo le conté todo lo que me había pasado; íbamos hacia comisaría muy acaramelados, cuando vimos salir a Rafa y a Felipe corriendo de allí.

—Vamos al coche, rápido, tenemos que ir a la calle Las Cumbres.

Nos montamos todos en el coche de Felipe, arrancó y empezó a sonar *El vaquilla* de Los Chichos, todos nos quedamos mirando, ¿quién se iba a imaginar a un guardia civil quinqui al que le gustaban Los Chichos o a un poli metalero o heavy? El mundo avanza y va dejando atrás los antiguos estereotipos. Llegamos a la calle indicada escuchando *Heroína* de Los Calis; me gustaba esa faceta de Felipe, lo mismo tenía un Seat 127 restaurado en su casa.

Cuando llegamos a la escena, había solo algunos curiosos; vecinos, en su mayoría. También estaban allí el comandante e Iván, y parecía que estaban discutiendo.

—¿Y ahora qué hacemos? —preguntó Javi.

—Tengo una idea, no sé si va a funcionar, pero no nos queda de otra —le respondí.

—¿Qué hacemos?

—Salid Rafa y tú, e id directos al comandante, intentad alejarlo un poco de la víctima y de Iván.

Salieron del coche y Felipe me preguntó.

—¿Qué vamos a hacer nosotros?

—Vamos a intentar que Iván nos deje coger una muestra, creo que podemos confiar en él después de lo de esta mañana; además, ¿cuántas veces lo has visto discutir con el comandante?

—Puede ser que tengas razón, pero tenemos que tener cuidado con él, que no nos vea.

Salimos del coche cuando vimos que Rafa y Javi lo habían apartado, y nos acercamos; la escena era grotesca: un hombre estaba cosido a puñaladas, sentado en el suelo en mitad de la calle. Había pasado desapercibido porque la calle no era muy concurrida y la gente no se atrevía a salir. Además, al ser calles estrechas y peatonales, los agentes que patrullaran por allí tenían que ir a pie. Nos acercamos a Iván, él nos vio y fue en busca nuestra; nos escondimos en un callejón.

—Joder, ¡qué fuerte! No puedo más con esto, el comandante está cada vez más irritable, tenemos que atrapar ya al asesino —nos dijo muy alterado.

—En eso estamos, Iván, hemos venido por si nos podías ayudar sin que se entere —le dije.

—Claro que sí, tenemos que acabar pronto con esto. ¿Qué necesitáis?

—En principio, alguna foto de la víctima para poder investigar.

—Vale, os la mando por WhatsApp, cuando estén los resultados toxicológicos también os los mandaré. Tened cuidado, que no os vea el comandante.

Volvimos hasta el coche callejeando para que no nos viera, allí estaban Javi y Rafa esperando.

—¿Qué tal ha ido todo? —preguntó Javi.

—Bien, ya tenemos las fotos, en cuanto estén los resultados toxicológicos también los tendremos.

—Pues menos mal, porque el simpático de vuestro comandante nos ha echado a patadas, no hemos podido ni acercarnos un poco. Vamos a comisaría, a ver qué averiguamos. —Nos montamos en el coche y Felipe nos deleitó con el tema *Carmen* de Los Chunguitos, y Javi le soltó:

—Llevaba ya tiempo sin escuchar estos temazos.

En ese momento, Rafa y yo nos giramos y nos quedamos mirándolo.

—¿Qué pasa? Estos grupos fueron unos pioneros en España, mi padre siempre me los ponía cuando íbamos en su 127.

Entonces, Felipe le preguntó:

—¿Todavía conserva tu padre el coche?

—Creo que lo tiene medio arrumbado en un cortijo que tenemos.

—¿Le podías preguntar a ver si me vende algunas piezas? Estoy restaurando uno.

«Lo sabía.»

—Claro que sí, mientras me lo dejes para probarlo cuando esté listo.

—Eso seguro —dijo Felipe riéndose.

Según llegamos a comisaría, nos pusimos manos a la obra. Buscamos expedientes de la calle Las Cumbres, pero no vimos nada, estábamos todos en la sala de reuniones enfrascados en la búsqueda cuando sonó la puerta: era el comisario. Javi reaccionó rápido.

—Adelante. —Según entró, se nos quedó mirando y dijo—: Voy a pasar por alto que dos agentes de la Guardia Civil estén aquí. Será por la urgencia de resolver el caso y porque todos deseamos acabar con esto cuanto antes. ¿Qué os habéis encontrado en la escena?

Javi le respondió.

—En resumen, un hombre cosido a puñaladas. Si no llega a ser por Silvia y Felipe, no hubiéramos conseguido nada.

—¿Habéis encontrado alguna conexión entre los asesinatos?

—Ninguna.

—Yo creo que debéis buscar más atrás en el tiempo, buscad por Cruz Verde.

Nos quedamos mirándolo.

—Ese era el antiguo barrio de las prostitutas de Jaén, hoy llamado Las Cumbres, y en él sucedieron multitud de asesinatos, la mayoría, crímenes machistas.

—Puede ser, comisario, pero yo creo que tiene que ser algo más reciente, ya que la mayoría son de la época entre 1983 y 1995 —señaló Javi.

—Bueno, puede ser, pero ya tenéis otro hilo del que tirar. Manos a la obra, chicos, que tenemos que atrapar al asesino.

Seguimos buscando con la pista que nos había dado el comisario, pero nada, había multitud de crímenes, muchos sin resolver, pero de la mayoría hacía ya un siglo, sin exagerar, así que no encontramos conexión. En ese momento, me llegó un mensaje de Iván: *Ya tenemos los resultados to-xicológicos.* Se lo enseñé a Javi, se quedó parado y le cambió la cara; fue corriendo a buscar entre las cajas, cogió una del año pasado y estuvo rebuscando en los informes. Sacó una carpeta, la abrió en medio de la mesa y ahí ya lo entendimos todo.

SONIA
(Algunos días antes)

Ya era hora de ir para allá, tenía que llegar antes que nadie si quería conseguir una buena foto. Cogí mi coche al ritmo de Nightwish, conduje dirección Úbeda y, cuando llegué al centro histórico, fui directa a la puerta de Granada, ya habría algún que otro curioso; supongo que ya habrían llamado a la policía. Disimuladamente, me metí en el barullo a esperar que llegaran, y a los diez minutos lo hicieron Javi y Rafa; iba a salir bien la cosa. Pasaron por mi lado a toda prisa, yo me quedé mirando a Javi y le lancé un beso para ponerlo nervioso; era muy guapo, yo lo quería mucho, pero, si no era mío, no iba a ser de nadie más. Teníamos que seguir con el plan en marcha, con la ayuda de mi abuelo conseguiría que fuera mío. Me puse en posición, y les eché algunas fotos mientras inspeccionaban a la víctima o, más bien, a lo que había quedado de ella. Esta vez sí se lo habían currado con el asesinato, les tendría que dar la enhorabuena; cuando llegó la Guardia Civil se fueron corriendo, uno muy guapo se me acercó y me dijo:

—Perdone, señorita, no puede echar fotos, me tendrá que dar el móvil.

No podía dárselo, tenía que publicar la noticia antes, ese era el plan, así que me tiré un poco de la camiseta, para que se viera bien el escote, y le puse ojitos.

—Lo siento mucho, agente, no sabía que no se podían echar fotos, pero no puedo perder el móvil. —Se le subieron los colores y casi ni le salían las palabras.

—Bueno... no pasa nada, no eche más fotos y guárdeselo, por favor. —Se puso colorado.

—Gracias. —Le guiñé el ojo y le moví un poco el escote, qué básicos son algunos hombres.

Al rato me centré en lo mío, publiqué la noticia y empecé a buscar a Javi y Rafa; estuve mirando por todos sitios y nada, pero de repente los vi salir de un callejón; decidí esperar y no seguirlos. Al rato, vi salir de allí también a Felipe y a la mosquita muerta, tenía que poner al tanto a mi abuelo, así que cogí el coche dirección a Jaén.

Cuando llegué allí, todo estaba desierto, la noticia había corrido como la pólvora. Era el momento de actuar, además, esa noche la gente estaría en su casa viendo *Cuarto Milenio*, donde iban a hablar de la situación de la ciudad. Nadie se atrevía a salir a la calle, así que tenía que ponerme en marcha. Fui a ver a mi abuelo, lo puse al corriente de todo y quedamos en vernos al día siguiente para finalizar nuestro plan; ya estaba entrada la noche cuando cogí mi teléfono y llamé. Semanas atrás contacté con mi padre, dijimos de vernos en persona, pero él, aunque educado conmigo, parecía reticente. Había llegado el momento para mí.

—Papá, siento mucho llamarte y pedirte esto, pero estoy muy asustada con lo que está ocurriendo en la ciudad ahora mismo, y quería saber si puedo pasar contigo unos días. —Al otro lado del teléfono no sonaba nada, normal, estaría en *shock* después de tantos años, no sé cómo saldría el plan, todo dependía de lo que pasara entonces—. Por favor, papá, tengo mucho miedo.

—Vale, pero, ¿dónde estás?

—Estoy en mi piso, vivo sola, en la calle Las Cumbres, número 23, 2.º A.

—Vale, voy para allá, en mi casa no te puedes quedar, pero te haré compañía esta noche.

—Gracias.

Había picado, era el momento. Preparé una botella de vino para cuando viniera, tardó unos veinte minutos en llegar. Sonó el timbre y cogí el telefonillo.

—¿Sí?

—Sonia, soy tu padre.

—Sube.

No me podían fallar los nervios, llevaba un año preparándome para esto, el abuelo me había enseñado bien.

—¿Se puede?

—Sí, adelante.

Yo estaba vestida con un pijama que no dejaba nada a la imaginación. Mi padre se quedó parado en el marco de la puerta, era la primera vez que lo veía en mi vida, le tenía mucho rencor guardado. Se quedó mirándome con ojos de salido, tenía la pinta del típico empresario de unos cincuenta años, alto, con un poco de barriga, bien arreglado y peinado a lo Mario Conde, con esa actitud de tenerlo todo en la vida y de siempre dominar la situación. Hoy no iba a ser así, hoy yo tenía el control, lo tenía totalmente a mi merced.

—Pasa y te sientas aquí a mi lado, tenemos mucho de qué hablar. —Se acercó tímidamente al sofá.

Creo que tenía miedo de afrontar la realidad, una hija a la que había abandonado nada más nacer. Él ahora tendría su familia perfecta, todo fachada, seguro, cada vez que le diera la gana, su canita al aire, como hizo con mi madre, y su mujer no abría la boca mientras el dinero no dejara de entrar. Se sentó a mi lado y yo lo abracé para que notara bien el tacto de mi cuerpo; ya era mío, lo tenía noqueado.

—¿Quieres una copa de vino?

—Vale. —Le eché la copa, con una bastaría.

Se la bebió de un trago, estaba nervioso, esperaba no haberme pasado con la dosis; se quedó frito al momento, así que lo cogí de las axilas y lo arrastré hasta la habitación; la había preparado perfectamente, como me habían enseñado, forrada toda de plástico en plan Dexter Morgan. En el centro de la habitación había puesto una camilla con unas correas, y vestí mi chubasquero, ¡cómo iba a disfrutarlo! Con un esfuerzo tremendo, lo tumbé en la camilla y lo até, todas las precauciones eran pocas, mojé un poco el algodón y se lo pasé por la nariz, al momento se despertó.

—¿Qué pasa? ¿Dónde estoy? —Podía ver el terror en sus ojos.

—Ha llegado la hora de mi venganza —le respondí riendo.

—¿Qué?

Él cada vez estaba más horrorizado, mientras yo sentía un placer indescriptible.

—Sé que mataste a mi madre, tengo pruebas.

—Eso no es verdad, tu madre se suicidó, así consta en el atestado de la Guardia Civil —se excusó.

—Ya lo sé, es lo que todo el mundo cree, pero tanto yo como mi abuelo sabemos que fuiste tú —dije muy segura.

—¿Tu abuelo?

—Sí, mi abuelo Francisco, ¿lo conoces de algo?

Entonces le cambió la cara, comprendió que no tenía escapatoria, que aquel era su fin.

—Yo quería a tu madre, es más, os quería a las dos, pero un hombre como yo tiene que guardar las apariencias, no podía dejar que me vieran con put...

No lo dudé más y hundí mi cuchillo en su estómago.

Me gustaba cómo me sentía, me ensañé con él, empecé a clavarle el cuchillo por todos sitios indiscriminadamente. De fondo sonaba *The beautiful people* de Marilyn Manson, me había ocupado de todo el hilo musical y de insonorizar la habitación. Estaba disfrutando, los demás ya habían tenido la oportunidad de hacerlo. La preparación que habíamos recibido durante un año había sido perfecta, parecía como si la electricidad recorriera mi cuerpo, ¡qué placer! Había valido la pena. Tocaba limpiar, así que hice la llamada al servicio de limpieza, lo habíamos planeado todo muy bien; a los cinco minutos llegaron rápidos y efectivos, la mujer bajita con gafas y los dos gorilas envolvieron el cadáver en plástico, quitaron todos los de la habitación y lo limpiaron todo. Después de que se fueran con el paquete, me fui a la cama y me dormí plácidamente; mañana acabaría por fin.

JAVI

Salí de comisaría, tenía que descubrir qué tenía que ver en todo esto, pero tenía que ir solo, no quería poner a nadie más en peligro. Silvia se puso nerviosa, no quería dejarme ir, pero teníamos un objetivo y había que seguirlo; tenía una corazonada, así que llamé a Sonia.

—Hola, guapo ¿qué pasa?

—Déjate de mierdas, Sonia, sé que mataste a tu padre ayer —le solté de golpe.

—¿Cómo? Pero si yo no sé ni quién era mi padre, yo no lo conocí nunca. —Notaba en su voz que estaba intentando escurrir el bulto.

—Ya no me engañas, ya sé cómo me encontraste tan rápido aquí, y cómo llegabas antes que nadie a las escenas del crimen, menos a la de tu padre. Sé quién es tu abuelo, lo que no entiendo es por qué has hecho todo esto. —Según le solté eso, se quedó en silencio unos segundos.

—Entonces no has entendido nada, todo lo he hecho por amor, porque te quiero —me replicó con tono cariñoso.

—Estás muy loca, a raíz de lo de tu madre, algo cambió en tu cabeza.

—Sí, estoy muy loca, pero por ti. Si quieres detenerme, aquí te espero, estoy donde apareció el ultimo cadáver. No tardes, te espero con muchas ganas, me he puesto algo muy especial para ti.

Qué hija de puta. Silvia estaba en la puerta esperándome, tenía el cuerpo encogido y no paraba de temblar, fui a abrazarla y la cogí entre mis brazos.

—No te preocupes, cariño, todo saldrá bien —le dije al oído.

—Tengo mucho miedo por ti, vas a por la loca esa.

—No creo que me haga daño. —Aunque tenía una seria duda, no quería que lo notara.

—Pero su abuelo es muy peligroso, yo creo que tiene que haber algo más, no creo que todo sea solo por celos.

—Tranquila, vosotros seguid el plan según lo previsto, todo saldrá bien —le dije.

Acabé dándole un beso con todas mis ganas, no sabía si iba a ser el último, pero tenía que intentar tranquilizarla. Le di otro de despedida en la frente y me fui en busca de mi coche, todo iba a acabar hoy mismo.

SONIA

Llegaba el final, después de esto me escaparía con Javi a algún sitio y seríamos felices para siempre. Mi abuelo estaba allí, sentado a mi lado en el sofá, estaba nervioso, no sabía qué le pasaba, no me quería contar nada. Le dije que Javi lo había descubierto casi todo, le cambió la cara y se quedó pensativo; en realidad, solo había descubierto la punta del iceberg, pero bueno, si decidía escaparse conmigo se lo contaría todo, si no quería, él y la mosquita muerta acabarían en la cárcel, el abuelo se encargaría de echarles la culpa. Nos había costado un año prepararlo, después de la muerte de mi madre y de que Javi me dejara, ya no quedaba nada para mí en Granada, así que me volví a Jaén, con mi abuelo, a terminar mi carrera. Él un día me llevó a una extraña reunión con gente que no conocía, él oraba y todos le escuchaban, hablaba de limpiar Jaén de escoria, y nos entrenó durante un año para ello, nos enseñó técnicas para que todo saliera perfecto; cada uno teníamos nuestro objetivo, no podíamos fallar. A todos nos consumía la venganza, así que el abuelo preparó un *dossier* para cada uno, donde explicaba quién era el culpable de la muerte de su ser querido, y explicaba también detalladamente cómo tenía que ser la venganza para que todo saliera bien. Lo preparó todo muy bien, tenía una mente prodigiosa, cada vez que teníamos una reunión notaba cómo le cambiaba el carácter, podía ver el fuego de la venganza en sus ojos. Todos teníamos un objetivo, pero ¿cuál era el suyo? Sabía que tenía uno, lo podía presentir, pero en cuanto a eso era muy cerrado, y también en cuanto a su pasado. Solía hablar de su madre, pero de su padre nunca decía nada; cuando le preguntabas, la tristeza le invadía los ojos.

En ese momento, sonó el timbre. Estaba muy nerviosa, ya estaba aquí Javi y por fin iba a acabar todo, podría ser feliz por fin. Justo cuando iba a levantarme para abrirle, sentí un pinchazo en el cuello, me entró un sopor por todo el cuerpo y me sentí muy pesada. Cada vez se me cerraban más los ojos, mi abuelo se levantó y me dijo:

—Lo siento, cariño, no quiero que veas esto.

Y me desmayé.

FRANCISCO

Era una calurosa mañana ese 11 de agosto de 1936, y mi madre sostenía mi mano. Hacía poco que había estallado la guerra, mi padre, general de los militares sublevados en Jaén contra el ejército de la república, los rojos, como los llamaba él, fue detenido en casa y encarcelado. Fuimos a despedirnos de él, lo trasladaban a Madrid, donde sería su juicio; ya estaban saliendo todos en fila, encadenados, y, cuando pasó por mi lado, se paró.

—Quiero que sepáis que, pase lo que pase, os llevaré siempre en el corazón. Si no vuelvo, hijo, tú debes acabar lo que hemos empezado, no podemos dejar que vuelvan a ganar.

En ese momento, mi padre se agachó para darme un abrazo, pero un militar que tenía al lado le dio un golpe con un fusil en el estómago y le dijo:

—Camina, fascista de mierda.

Mi padre se despidió con lágrimas en los ojos, y yo grabé a fuego en mi mente la cara de ese militar; cada noche la veía en mis sueños. Mi padre volvería, estaba seguro, ganaríamos la guerra y podríamos vivir en paz.

Un par de días después, volvía a casa después de haber estado jugando con mis amigos en la calle. La puerta estaba abierta, entré corriendo en el salón, donde había un militar que fue compañero de mi padre; mi madre estaba llorando desconsolada, se me hizo un nudo en el estómago, corrí hacia el militar y me quedé mirándolo. Él también tenía lágrimas en los ojos.

—Tu padre ha muerto.

Algo cambió en mi cabeza, una rabia me empezó a recorrer todo el cuerpo, no podía articular palabras.

—El tren en el que iba se paró a la altura de Vallecas, poco antes de llegar a su destino; algunos grupos de milicianos los han matado a sangre fría, lo siento mucho.

No podía reaccionar, solo podía pensar en lo que me había dicho mi padre, tenía que acabar lo que habían empezado, ya sabía quién iba a ser mi primer objetivo: jamás olvidaría esa cara.

Me desperté entre sudores, ese sueño me perseguía cada noche; después de hoy, por fin podría descansar, solo esperaba que Sonia me siguiera queriendo. Ella lo entendería, seguro, ya tendría tiempo de explicárselo.

SILVIA

Tenía que guardar la compostura, de ello dependía que todo saliera bien, esperaba que el plan de Javi funcionara, entré en comisaría según se fue y fui en busca de los demás.

—Ha llegado el momento.

Cogí el archivo de la mesa y me lo guardé. Salimos a la calle, nos montamos en el coche de Rafa y fuimos dirección al cuartel; la vida de Javi dependía de que todo saliera bien.

Cuando llegamos, me bajé del vehículo y me armé de valentía, tenía que ir a por todas. Entré y todos mis excompañeros me miraban sorprendidos; el comandante no estaba, debía darme prisa, me paré delante de Iván y se me quedó mirando.

—Iván, tenemos sospechas de quién puede ser el asesino, pero necesitamos tu ayuda, esto debe de ser una operación conjunta, debemos colaborar y dejarnos de antiguas rivalidades.

Él se levantó de su mesa mientras todos los compañeros nos miraban, se acercó a Rafa y le extendió su mano, este le respondió con un apretón y los compañeros empezaron aplaudir.

—Estamos a vuestro servicio, luego ya me las arreglaré con el comandante.

—Tranquilo, creemos que no vas a tener que arreglar nada con él, si todo sale bien, no tendremos que volver a darle cuentas. —Iván me miró con cara de no entender nada.

—Rápido, debemos darnos prisa, Javi está en peligro. —Según dije esto, Iván miró a Felipe.

—Señor, usted es el más veterano, debería quedarse al cargo en ausencia del comandante, y manejar la operación desde aquí por si necesitamos ayuda. —Le hizo un gesto afirmativo, y los tres salimos de allí dejando a Felipe al mando del cuartel.

Debíamos darnos prisa, cada segundo contaba. Javi me había dado la dirección de Sonia, así que nos montamos en el coche de Rafa y salimos para allá, esperando que no fuese demasiado tarde. En ese momento, Iván llamó mi atención.

—Silvia, siento mucho haberte tratado tan despectivamente desde que llegaste al cuartel, solo espero que puedas perdonarme, a partir de ahora intentaré corregir mi actitud.

No me esperaba esto de Iván, era todo un logro por su parte admitirlo, debería darle una oportunidad. Al fin y al cabo, si todo salía según lo previsto, las cosas cambiarían mucho en el cuartel. Ya estábamos llegando a la dirección que nos había dado Javi, y Rafa paró el coche en seco. Sonia estaba en mitad de la calle, apenas podía caminar, parecía que estaba borracha o drogada. Mierda, habíamos llegado tarde.

JAVI

Fui abriendo los ojos poco a poco, ¿dónde estaba? Lo veía todo muy borroso, era una especie de establo, tenía los brazos colgados del techo, estaba casi desnudo, solo llevaba los calzoncillos; cuando estaba empezando a reaccionar, sentí un potente chorro de agua contra mi cuerpo junto a un dolor tremendo. De repente, paró, y una figura empezó a andar hacia mí y se detuvo delante de mí, era el comandante Francisco. ¿Qué quería este perturbado de mí?

—Bueno, parece que te has despertado.

—¡Suélteme! ¿Qué está haciendo?

—Tranquilo, te lo explicaré y luego disfrutaré con tu muerte, llevo toda la vida esperando este momento, ¿no te han dicho nunca que tienes toda la cara de tu abuelo?

¿Qué decía este tío? No entendía nada, pero, al nombrarme a mi abuelo, volví al pasado, a cuando mi padre me contaba que mis abuelos murieron el 1 de abril de 1937 en el bombardeo a la ciudad de Jaén por parte del bando franquista. Fue una brutal matanza, llegando a compararse con el bombardeo de Guernica, acaecido días después. En ese momento, un fuerte golpe en el estómago me sacó de mis pensamientos. Ahí estaba Francisco, mirándome con una porra en la mano, mientras me contaba la historia de su padre con mi abuelo; yo me quedé mirándole, le conté que mi abuelo murió unos meses después y una sonrisa se dibujó en su cara. Estaba muy perturbado, pero no podía más y le dije:

—La venganza no trae nada bueno, la Guerra Civil fue una de las épocas más negras de la historia de nuestro país, vecinos, amigos e incluso familiares matándose entre ellos, es un hecho que nunca debemos olvidar para que no vuelva a ocurrir.

—No me vas a convencer, rojo de mierda, tus días acaban aquí, hoy. Me voy a cobrar la venganza que le juré a mi padre la última vez que lo vi.

Levantó su arma y me apuntó, cerré los ojos y un gran estallido sonó en el establo.

RAFA

El tiempo corría en nuestra contra, habíamos puesto a Iván al día con lo que sospechábamos, pero, al llegar a la dirección que nos había dado Javi, y ver a Sonia en ese estado, nos temimos lo peor. Paré en seco, ella se acercó al coche y balbuceó.

—Rápido, tenemos que salvar a Javi. —Silvia se bajó del coche y la cogió del cuello.

—Como le pase algo a Javi, no lo cuentas, zorra. —Ella apenas podía reaccionar, estaba bastante drogada. Iván corrió y las separó, le preguntó a Sonia:

—¿Dónde están?

—Me temo que sé dónde están. Hay que darse prisa. —La montó atrás y fuimos siguiendo sus indicaciones.

Según se le iba pasando el efecto de la droga, nos contó que su abuelo, el comandante Francisco, la había drogado para secuestrar a Javi, y que lo más seguro es que lo hubiera llevado a un cortijo que tenía en la zona de Sierra Mágina. También nos contó todo sobre los asesinatos, cómo su abuelo había creado la hermandad de asesinos y cómo la había usado para atraer a Javi hasta él. No podíamos creer que una mente tan perturbada estuviera en un puesto de tanto poder; según iba contando la historia, a Iván le cambiaba la cara. Nos contó que Francisco había sido como un padre para él en el cuerpo, no se lo podía creer. Sonia nos habló también de cómo su abuelo era muy diferente cuando estaba con la hermandad de asesinos, era como si algo le cambiara por dentro; ella había llegado a sentir algo parecido hacia su padre, según nos contó.

Íbamos a todo lo que daba el coche por los carriles, no nos podíamos entretener, la vida de Javi estaba en nuestras manos; el camino era un bache sobre otro, parecía que el coche se iba a desarmar, no hacíamos nada más que pasar olivos y el camino nunca se acababa, hasta que a lo lejos vimos un cortijo.

—Ahí es —dijo Sonia señalando con el dedo.

A los pocos metros vi la entrada e hice un brusco giro para coger el camino, no sabíamos qué nos íbamos a encontrar, y frené justo al lado de un todoterreno que estaba aparcado junto a una especie de establo. En ese momento, Sonia le quitó la pistola a Iván y salió corriendo hacia el establo, no tuvimos tiempo de reaccionar. Y entonces, escuchamos el disparo.

SILVIA

Todo ocurrió muy rápido, Sonia salió como una bala del coche con la pistola de Iván, yo reaccioné lo más rápido que pude y salí corriendo tras ella; cuando llegué a su altura, me quedé petrificada: Sonia sostenía el arma humeante todavía levantada, Francisco estaba de pie, apuntando con la suya a Javi, que estaba prácticamente desnudo y atado con unas cadenas a una viga del techo. Tenía el cuerpo lleno de moratones, Y entonces, una mancha roja que se hacía cada vez más visible en la espalda de Francisco, que cayó desplomado al suelo. Sonia tiró el arma y fue a abrazarlo. Acababa de matar a su abuelo para salvar al hombre al que amaba, aun sabiendo que él me había elegido a mí. Sinceramente, no deseé estar entonces en el pellejo de ella, a pesar de todo lo que había hecho, me daba mucha pena; instintivamente, fui a abrazarla, y a Javi también. Al momento llegaron Iván y Rafa, que desataron a Javi, y llamaron por radio a Felipe para que mandara rápidamente una ambulancia. Por suerte, Javi estaba consciente. Herido y con el miedo en el cuerpo, pero no debíamos temer por su vida. Ya no. Habíamos llegado a tiempo. Sentí que al final, el amor y la justicia habían triunfado frente a la venganza y el odio.

JAVI

Qué locura de días, ahora nos tocaba descansar un poquito, ya con la cabeza más relajada me podía centrar en lo verdaderamente importante en mi vida: Silvia. Había terminado de echar una tranquila mañana en comisaría y estábamos tomando una cerveza en el bar de al lado; estaba muy a gusto en la terraza, deleitándome con la belleza de Silvia, cuando, no sé por qué, me vinieron a la cabeza Juan y Alba, debía quedar con ellos para presentársela. Quién me lo iba a decir a mí, ¡una cita doble! De repente, una potente música me sacó de mis pensamientos, no entendía mucho de rap, pero era una conocida canción de Eminem, creo que *Lose yourself*. El coche del que provenía la música se paró a nuestro lado, Alba iba al volante, Juan de copiloto y yo me quedé mirándolos. ¡Menuda aparición! Estaba pensando en ellos; no tuve tiempo de reaccionar, Juan se bajó corriendo del coche y se paró a mi lado.

—Javi, rápido, tío, tenemos que ir a Alcalá la Real. —Me levanté de la silla y lo abracé.

—Joder, tío, ni un hola ni nada.

—Hay mucha prisa, te lo explico por el camino —dijo Juan.

Alba ya se había bajado del coche y estaba al lado de Silvia, que se levantó de la silla.

—Hola, soy Alba.

—Sí, Javi me ha hablado de vosotros, yo soy Silvia, su novia. —Alba se tiró hacia ella y la abrazó.

—Qué callado te lo tenías, Javi —me dijo con una sonrisa socarrona.

—Joder, si es que en estos últimos días no he podido ni respirar. —Juan se me quedó mirando.

—Pues ve cogiendo aire, que algo nos espera allí y puedo presentir que va a ser algo gordo.

Pues bueno, aquí tenía mi cita doble, los cuatro metidos en el coche de Alba, escuchando a unos que se llaman Ajax y Prox, camino de Alcalá la Real a ver qué nos encontrábamos. Ni un día sin lío.

Al final, las aguas volvieron a su cauce, y en la provincia de Jaén poco a poco la gente fue retomando sus quehaceres después de aquella ola de asesinatos. Gracias al testimonio de Sonia, fueron detenidos todos los participantes de la hermandad de asesinos; ella, después de varias evaluaciones psicológicas, ingresó en un instituto mental. A raíz de la muerte de su madre, se habían desatado en ella episodios de paranoia, en los cuales se distorsionaba su realidad. Se cree que su abuelo también padecía dicho trastorno, que en él se dio a raíz de la muerte de su padre, que esta afección mental pasó del abuelo a la nieta, manteniéndose dormida hasta los hechos antes citados.

Después de todo lo ocurrido, Felipe fue nombrado comandante de la Guardia Civil de Jaén; gracias a esto, la enemistad que tenían con la Policía Nacional quedo subsanada, Silvia fue ascendida a cabo y entabló una buena amistad con sus compañeros. Rafa volvió a su tierra, Almería, donde fue nombrado inspector jefe de la Brigada de Homicidios. Quién sabe lo que les deparará el futuro, ¿verdad?

EL TRIÁNGULO DEL SUR

PRÓLOGO

Sombríos designios recaen nuevamente en otros lares.

La suerte se olvida de la comarca.

Afilada, certera e impasible guadaña acecha los parajes de Andalucía.

Vidas que ya no lo son bajo pretexto de venganza. El púrpura atormenta la historia de cada ciudad.

Tortura, miedo, sangre y muerte aguardan con impaciencia para saltar sobre sus presas. Solo tienen que esperar el momento adecuado, el mismo que se les agota a los inconscientes damnificados.

Cuatro amigos, tres vértices, un asunto por resolver.

Dos parejas, amistad forjada en otras lides, escriben las primeras líneas con tinta de sangre y sobre un pergamino hilado por el miedo. No ha lugar al descanso ni a vacilación alguna en esta historia. La tensión se palpa desde la primera palabra, sin posible aliento tras ella. Viejos conocidos, nuevos personajes, acompañarán en esta aventura a Javi, Juan, Alba y Silvia, aun cuando no gusten.

Obra coral donde todos alcanzarán su protagonismo. La particular narración, contada desde el punto de vista personal de cada uno, permitirá al lector comprender mejor los detalles acaecidos, sin saber el resultado hasta el final. Con gran acierto en esta perspectiva, el lector podrá empatizar, y hasta comprender, con quien en un principio no debiera.

Secuestros, prisión, ejecuciones y misterios pueblan los episodios que componen este ejemplar, salpicados de historia, costumbres, sexo y buena música.

El conocido como *Triángulo del sur*, allá donde el índice de suicidios rompe toda estadística, es el lugar donde comienza a ejecutarse la venganza que aquel día fraguaron sin voluntad sus víctimas.

Javi y Juan cuentan ahora con la astucia, perspicacia e inteligencia de su lado, a manos de Alba y Silvia. Pero no todo es siempre suficiente. Recorre las calles de Alcalá la Real, Iznájar, Antequera, Huétor Tájar a ritmo metálico, mientras sientes la necesidad de acabar cuanto antes con el misterio.

Querido lector, te adentras voluntariamente en una historia en la que, quizás, hubieses no querido entrar.

Que las fuerzas y cuerpos de seguridad te acompañen en esta travesía.

DAVID BREIJO

PREFACIO

Esa noche de jueves, la afluencia de parroquianos era mayor de lo habitual.

En el pub de Tommy, el ebrio hálito de los cócteles se mezclaba con las luces verdes y púrpuras y con los distintos acentos del país; incluso con vocablos de otros idiomas.

El último fin de semana del mes de marzo estaba prevista una exhibición de parapente en las Siete Pilillas, un paraje situado en el Parque Natural de Sierra Mágina, y había llegado al pueblo una auténtica muchedumbre. Sonaba música de jazz, el *Autumn leaves* del Bill Evans Trio.

—Oye, Tommy, ¿por qué carajo no estás pinchando hoy heavy?

Lucas iba ya por la tercera Alcázar y el segundo cuenco de cacahuetes.

Tommy dejó sobre la barra el trapo con el que sacaba brillo a las copas y señaló hacia un rincón. Allí se hallaba, sentado en una especie de trono victoriano, un hombre de aspecto lúgubre; iba vestido completamente de negro salvo por una llamativa Glengarry.

—Ese tipo me ha dado doscientos euros y una *playlist*. ¿Qué querías que hiciera? ¡Más clientes así, desearía!

—¡Joder, Tommy, por qué poco te vendes! ¿Es que no tienes principios?

—¡Claro que los tengo! Se llaman Lamborghini, Saint-Tropez, operación de rodilla...

Las caricias del poeta Bill Evans tocadas en las teclas de su piano dieron paso a los acordes eléctricos, los teclados, la batería y la voz icónica de Fish en *Kayleigh*, momento que aprovechó el Hombre Oscuro para extraer de uno de los bolsillos interiores de su chaqueta un mapa de Andalucía y un diminuto reloj de arena.

Desplegó el mapa sobre la mesita situada frente a él, cayendo parte de su geografía a ambos lados de la madera como los faldones extra de un hule. Acto seguido, se quitó la Glengarry y de ella sacó cuatro pequeños ratones blancos, los situó sobre el este del mapa y, con la ayuda de un marcador amarillo, dibujó un triángulo isósceles, encerrándolos en él; los ratones empezaron a chocar unos contra otros, moviéndose dentro de la figura geométrica fuera de sí. Lo último que hizo el brujo, antes de abandonar el pub de Tommy, fue girar el reloj de arena, símbolo del tiempo.

Sus granitos comenzaran a caer en una misteriosa cuenta atrás. Al llevarlo a cabo, todos los presentes en el pub se convirtieron en inmóviles efigies arenosas y los ratones saltaron del mapa buscando los escondites que les posibilitaran abandonar ese embuste. Las notas de *Insensatez*, de Antônio Carlos Jobim, atrajeron la brisa nocturna de Sierra Mágina.

Al salir del recinto, el hombre misterioso se dirigió, a través de unas callejuelas, a los antiguos lavaderos del pueblo donde, varias décadas atrás, las rubias niñas pecosas acompañaban a sus madres a hacer la colada y a tejer, en su imaginación, un mundo recóndito al otro lado de las imponentes laderas que se expandían en busca de un supuesto infinito. Cuando, por fin, llegó a los pilones, se sentó sobre el más alejado y extendió uno de sus brazos. En ese mismo instante, una mariposa nocturna apareció con su revoloteo, como invitándolo a acompañarla en su baile espectral.

«So sorry, I never meant to break your heart... but you broke mine...»

El embaucador cogió una pequeña navaja del puño de su camisa y se la clavó en la palma de la mano izquierda, retorciéndola; debía separar los labios de la herida lo suficiente.

No sangraba. La mariposa se detuvo en la palma de su mano.

—Esta es la entrada al sendero de la mano izquierda, el camino a la redención.

El insecto se introdujo en la herida de su cabeza, el tórax, el abdomen; todo el cuerpo, hasta desaparecer. El hombre se puso en pie y se desnudó. La luz de las estrellas iluminaba el perfil de una sierra majestuosa, una sombra inicua que parecía querer engullirlo. Todo estaba preparado. Se giró y se abrazó a la pared del lavadero, una pared de piedras centenarias, asimilando los llantos y las risas del pasado, convirtiéndose en una más de ellas. En lo perpetuo.

Víctor M. Jurado

JAVI

La sangre me nubla la vista.

«¿Dónde estoy? No puedo moverme. Estoy atado.»

Apenas si recuerdo nada. Tengo el cuerpo dolorido. Intento reaccionar... giro la cabeza quedándome sin respiración al ver a Juan atado a una columna, parece estar recobrando el sentido; le veo el cuerpo lleno de moretones y de sangre.

«¿Qué está pasando?»

Haciendo un gran esfuerzo, miro hacia el otro extremo: allí está Alba, atada, con cardenales y contusiones por todos lados. La sangre le cae por los brazos y la cara. «¡Joder! ¡No puedo recordar nada!» Delante de mí, hay una figura borrosa que no puedo distinguir a causa del aturdimiento.

Está hablando, pero no entiendo nada de lo que dice. Camina hacia Alba colocándose a su lado.

Observo que tiene a otra chica atada.

El terror crece por momentos, apenas la discierno por la distancia. Creo... Creo que se está ensañando con ella. Nunca imaginé que acabaría así; aunque por la peligrosidad de mi profesión es una de las posibilidades: acabar a manos de un maníaco asesino.

Voy recuperando la consciencia; pero, aún, no puedo reconocer a la persona que nos tortura. Da la sensación de que se vuelve hacia donde estoy, la ha dejado en paz.

Despacio pero firme, se acerca a mí.

—Llegados a este punto, solo me falta decidir quién va a ser el primero en morir.

—¡Maldito seas! —escupe Juan.

—Estoy disfrutando mucho. Hace ya que te la tengo jurada, Juan... ¡Así que me voy a deleitar haciéndote sufrir un poquito! —exclama riendo con sorna.

—¡Cabrón, no te vas a salir con la tuya! Aunque nos mates, te pillarán. Acabarás entre rejas.

—Tal vez... Al menos, podré cobrar mi venganza —dice riéndose mientras se para delante de Juan. Acto seguido, coge un palo del suelo y, agarrándolo, empieza a golpearle con fuerza.

—Voy a parar —suelta con una risa sarcástica—, no quiero que te desmayes otra vez. Le toca... a tu chica.

—¡Maldito hijo de puta, esto no va a quedar así! —Puedo ver la rabia y el odio en los ojos de Juan.

Veo a ese hombre pasar silbando ante nosotros, arrastrando el palo.

«¡Qué hijo de puta, cómo le gusta regodearse! ¡¡Joder, solo quiero que esto acabe ya!!»

Se detiene delante de Alba mirándola de arriba abajo, con desfachatez.

—¡Qué desperdicio de mujer! Con lo guapa que eres y estás con el inútil de Juan. Si estuviéramos en otra situación... Te perdonaría la vida si me jurases amor.

—¡¡Eso nunca!! —grita ella escupiéndole en la chaqueta.

—Por si ya no te tenía ganas... Mira lo que acabas de hacer con mi chaqueta favorita. Te voy a tener que enseñar modales, ¡maldita zorra! —lanza por su boca a la vez que levanta el palo y empieza a golpearla. Sus gritos resuenan por doquier, su dolor es evidente, Juan está llorando de rabia e impotencia; entre tanto, nuestro torturador golpea a Alba y se ríe.

—¡Maldito cabrón, desátame si tienes lo que hay que tener! —grita Juan desesperado con la cara llena de sangre y lágrimas, la vena de su cuello a punto de estallar.

—A su debido tiempo, estoy disfrutando mucho, todo es poco por lo que me hicisteis y lo que he sufrido por vuestra culpa —dice riéndose mientras zurra brutalmente a la chica—. Bueno, creo que ha llegado el momento de ponernos serios —dice mientras deja el palo en el suelo.

Se para entre Alba y la otra secuestrada.

Entonces puedo distinguir de quién se trata: una ola de miedo me recorre mi cuerpo. Si no hubiéramos estado juntos, nada de esto pasaría... Si no hubiéramos estado juntos, nada de esto pasaría... Mientras, el canalla coge un cuchillo y comienza a pasarlo por su cuerpo.

—¡¡Pedazo de cabrón!! ¡Déjala y ven conmigo, si te atreves! —le grito lleno de rabia viendo cómo recorre su cuerpo con el arma.

—Tranquilo, ya te llegará el momento. ¡Lo que te haría!... Si no estuviéramos en esta situación —manifiesta a la vez que pasa la lengua por su cuello y le raja la camiseta con el cuchillo—. Cómo me estoy poniendo...

«¡Qué hijo de puta!» El cuerpo me arde de rabia mientras él sigue pasando ese artefacto punzante por su figura.

Empieza a bajarlo por sus brazos; a la vez, cae un hilo de sangre.

«Todo esto le está pasando por mi culpa, yo la he metido en esto.»

«Tengo que hacer algo, es ahora o nunca. Ya no puedo aguantar más. Si esto tiene que acabar, que sea conmigo.»

Pienso en dar un poco de tiempo por si alguien viene a rescatarnos y le increpo.

—¡Qué pasa, maldito cabrón, ¿se te está poniendo dura con ella?! ¡No eres más que un maldito loco hijo de puta! ¡Antes o después te van a pillar y pagarás por todo! —grito llamando su atención—. Si eres hombre, ven a por mí. Eres un mierda. —Entonces, se gira mirándome fijo. La rabia llena sus ojos dirigiéndose hacia donde yo estoy.

Lleva el cuchillo apuntándome. Es el fin...

—Pues... Tienes todas las papeletas... Te acaba de tocar ser el primero.

Justo cuando echa la mano hacia atrás para coger impulso y apuñalarme, ella llega corriendo y se interpone entre los dos: veo cómo el cuchillo se introduce en su costado. El mundo se me cae encima irremediablemente.

—¡Maldito hijo de puta! —grita Alba iracunda.

Yo contemplo cómo ella va cayendo al suelo de rodillas, agarrándose la herida que no para de sangrar.

—Lo siento mucho, Javi —dice mirándome a los ojos con las pocas fuerzas que le quedan. En el suelo se forma un charco de sangre—. Sabes que te quiero muchísimo y que siempre te llevaré en el corazón.

—¡Oh, qué bonito! Estoy a punto de llorar —expresa el criminal riéndose—. Esto no es nada con lo que me habéis hecho —indica mientras le pisa las manos con las que se está tapando la herida, ella grita de dolor. Poco a poco, pierde la conciencia ante mi impotencia: se está muriendo por mi culpa. Va a morir por mí.

BELÉN

Abrí los ojos sobresaltada.

Acababa de tener una pesadilla, como todas las noches desde que entré en la cárcel. Ya he perdido la cuenta de los días que llevamos encerradas en nuestras celdas sin poder salir, aquí por lo menos no me podían hacer nada las chicas de Anna Korlov.

Mi compañera de celda no estaba muy habladora, antes tampoco era la alegría de la huerta, pero, desde el cierre de emergencia, había entrado casi en mutismo. En ese momento, escuché un golpe en la puerta.

—¡El desayuno!

La rendija se abrió y el funcionario de prisiones nos pasó una bandeja con dos trozos de pan duro, dos cuencos de un mejunje raro y dos yogures.

Hay gente que cree que la cárcel es un hotel a pensión completa donde tienes cama y comida, pero no le deseo a nadie el infierno que estaba viviendo. Solo quería que mis días pasasen rápido.

Aún recuerdo el primer día que entré en este lugar, después de que me cazaran justo antes de culminar mi venganza en comisaría. Quité del medio a casi todos los responsables en los casos de los bebés robados en Granada, solo me faltó el cabrón del abogado, pero era muy escurridizo.

El día que entré en la cárcel, vino a verme mi exnovio, me dijo que me seguía queriendo, que me iba a apoyar a pesar de lo que había hecho.

Después de la pena que me echaron, no espero salir mínimo en veinticinco años, así que le dije que se fuera de malas maneras. No quería que desperdiciara su vida esperándome, ya había echado a perder yo la mía como para estropeársela a él.

Lo seguía queriendo, por eso lo mejor fue decirle que se fuera y que no viniera más, él cogió sus cosas y así lo hizo. Me quedé con un nudo en la garganta y como una magdalena.

Dos guardias vinieron en mi busca, me levantaron de la mesa desde la que todavía lo veía marcharse. Me empujaron hacia una puerta abierta.

Cuando entré, temblando, vi que era una habitación grande donde había una cristalera con un mostrador y una tía con cara de malas pulgas detrás.

—Deposita aquí tus pertenencias —me exigió con desdén; yo solté mi cartera y el móvil en una bandeja que ella cogió y metió en una bolsa de plástico—. Avanza.

Según fui andando, más adelante había un tío, un armario empotrado, parecía un *He-Man* de gimnasio y se me quedó mirando.

—Desnúdate —me exigió con ojos de salido mientras se ponía unos guantes de látex. Era obvio que pretendía asegurarse de que no tuviésemos droga escondida.

¡Qué hijo de puta, ese tío me iba a sobar todo lo que quisiera y no me podía negar!

—¡Rápido, no tenemos todo el día!

No tenía más remedio que obedecer. Empecé a quitarme la ropa, mientras él no paraba de comerme con la mirada. Ya estaba totalmente desnuda cuando chasqueó la lengua y dijo:

—Acércate aquí y ponte recta que te cachee. —Una sonrisa se le dibujó en los labios.

Empezó a manosearme por todo el cuerpo, sobándome bien el pecho y las nalgas, y se me acercó al oído mientras podía sentir su aliento.

—Si te portas bien, tu estancia aquí puede ser mucho más fácil —susurró; acto seguido, me dio un lametón en el cuello y continuó—. Agáchate y tose.

En cuanto lo hice, el tío empezó a meterme el dedo en el culo y por la vagina ¡Qué asco me estaba dando!

Se supone que, en una cárcel de mujeres, esto lo debe hacer una mujer pero tampoco podía quejarme. A saber qué me harían. Eso pensaba yo; solo quería que pasara pronto.

—Estás limpia, coge tu ropa y sigue este pasillo hacia las duchas. Espero verte pronto, cariño —dijo guiñándome un ojo.

Me agaché, cogí la ropa y la pastilla de jabón. En ese momento, aprovechó para darme una cachetada en el culo.

Empezó a reírse, yo callé. Comencé a andar por el frío pasillo: era muy estrecho, apenas entraba la luz. Me estaba empezando a invadir una sensación de ahogo y no podía respirar.

Al final del pasillo esperaban otros dos guardias, justo en la entrada del baño.

—Rápido, interna, no tenemos todo el día. —Me empujaron al interior.

Era un baño grande y la limpieza brillaba por su ausencia; el suelo de las duchas estaba súper asqueroso, pero no me quedaba otra. Cuando abrí el grifo, el agua salía helada.

—Mala suerte, llegaste tarde para el agua caliente —dijo uno de los guardias riéndose.

Empecé a ducharme, quién sabía cuándo sería la próxima vez que pudiera hacerlo. Entonces escuché que alguien hablaba con los guardias; me giré y vi a una chica enorme, llena de tatuajes. Su acento y su cara me resultaban familiares.

Venía con otras dos chicas, pero estas se fueron con los guardias a los baños.

¿Qué estaba pasando? La chica se fue acercando. Se paró delante de mí con una sonrisa en la cara.

—Hola, ¿eres la nueva?

—Sí —tartamudeé mientras la miraba y recordaba de qué me sonaba—. ¡Mierda!

—Veo que me has reconocido —dijo riéndose—. Tú eres la hija de puta que mató a mi hermano y yo soy Anna Korlov. Me voy a ocupar de que tu estancia aquí sea un infierno. —Estas últimas palabras prácticamente las escupió.

Justo en ese momento, sacó la mano que tenía a la espalda, en la que escondía una toalla liada con algo al final, seguramente una pastilla de jabón. Empezó a pegarme en el costado con ella. Cuando me encogí por el dolor, me dio en la rodilla y caí al suelo. Me abracé a las piernas haciéndome un ovillo mientras recibía sus golpes. Ella no paraba de reír, los guardias seguían sin aparecer y podía sentir el dolor por todo el cuerpo. De repente, paró. Se me quedó mirando y me escupió.

—Ahora me tengo que ir. Tienen que alojarte en tu suite —dijo riéndose a carcajadas—. No dejes de visitarme. —Según dijo esto, se dio la vuelta y se fue.

Al rato salieron las dos chicas del baño arreglándose el pelo. Pasaron por mi lado, me escupieron y se fueron riendo. Al momento, salieron los dos guardias abrochándose el pantalón.

—¡Vamos, no tenemos todo el día! —dijo el más alto. Me levanté dolorida y, como pude, me sequé, me puse el mono y los zapatos—. Síguenos.

Entramos por una puerta y salimos al patio central de un edificio. A los lados, celdas abiertas y un montón de chicas gritándome y tirándome cosas: rollos de papel, libros... Mientras, los guardias se reían y me iban dirigiendo a lo largo del pasillo, uno de ellos se adelantó y entró en una celda, el otro me cogió del brazo y prácticamente me empujó dentro.

—Bienvenida a tu suite —escupió riéndose el más bajo con bigote que entró primero.

La celda era muy pequeña, en ella apenas había una litera en un lado, una mesa con varios libros y un váter en una esquina. Una chica con el pelo rizado se encontraba en la cama de arriba, con un libro en la mano.

—¡No jodas, García! ¡Me vais a meter a la nueva aquí! —dijo clavándome la mirada.

—Es lo que toca—le respondió el guardia del bigote con una sonrisa cómplice. Según dijo esto, se dio la vuelta y se fue junto a su compañero, que lo esperaba en la puerta.

La presa del pelo rizado me observó y me escaneó de arriba abajo. Después de poner una mueca de desprecio, me miró a los ojos.

—¿Ves esos libros? Son míos. Nada de tocarlos. Nada de tocar mis cosas. Nada de dirigirme la palabra si no te hablo yo primero y, por supuesto, nada de meterme en tus movidas, ¿te ha quedado claro?

—Sí —afirmé asustada.

—Pues ahueca el ala, déjame un rato leer tranquila.

—No puedo salir, seguro que Anna me está buscando.

—Ese es tu problema, te he dicho que nada de meterme en tus movidas y, menos, si son con la banda del este. ¡Venga, tira!

Salí fuera de la celda, me apoyé en la pared y me dejé caer, la sensación de ahogo que antes había sentido se estaba agravando, no podía respirar casi, me faltaba el aire, las lágrimas estaban luchando por salir. Tenía que ser fuerte, si no, «me iban a comer con sopas». Me levanté decidida, empecé a andar por el pasillo y todas me miraban; unas, con odio, otras, con deseo. Algunas me tiraban besos. Estaba perdida. Al final del pasillo vi un portón grande abierto, quería salir y tomar un poco el aire; cuando salí, la luz del sol me golpeó, me dejó ciega por un momento. El patio era enorme, había una cancha de fútbol y otra de baloncesto, donde jugaban algunas internas. En un lado había unos bancos de abdominales, en los que estaban reunidas varias chicas alrededor de Anna. Esta estaba tumbada levantando dos grandes pesas con las manos. ¡Qué brazos! Como dicen en Granada: estaba más fuerte que el vinagre. Se encontraban lejos y no me vieron, así que me dirigí al lado contrario y me senté en unas gradas que rodeaban el patio, apoyé la espalda en la pared y eché la cabeza hacia atrás mientras no paraba de vigilar que no viniera Anna o alguna de sus chicas.

Al rato, se me acercó una chica delgada, morena y con un tatuaje en el antebrazo; era la rueda gitana.

—Hola, chocho, soy Juani. ¿Tú eres la nueva? —me interrogó ofreciéndome la mano.

—Sí, me llamo Belén —le confirmé estrechándosela.

—¿Me puedo sentar? —preguntó señalando el banco donde estaba sentada.

—Claro... —respondí un poco desorientada, no sabía si venía en son de paz.

—Verás, sé quién eres y lo que has hecho. Te lo agradezco muchísimo. Esos hijos de puta me robaron a mi hermana —contó acomodándose a mi lado, eso no me lo esperaba—. Así que aquí tienes una amiga, daré la cara por ti con mis compañeras para protegerte; aunque no te prometo nada porque alguna vez te pillarán a solas. En lo que pueda, te ayudaré —prometió dándome un abrazo que no pude olvidar en todo el tiempo que pasé en la cárcel. Era la primera muestra de calor que sentía en mucho tiempo, un pequeño rayo de luz en mitad de ese infierno.

—Luego te presentaré a las chicas. Están jugando al fútbol, ¿quieres jugar con nosotras?

—Ahora no, gracias —respondí todavía dolorida por la paliza.

—Vale, no te preocupes. Yo voy ahora a jugar con ellas y a hablarles de ti. Búscanos en la cena, te guardaré un sitio.

—Gracias —le dije con una sonrisa.

Se levantó y se fue corriendo al campo de fútbol a jugar con las demás. Pasé la tarde inmersa en mis pensamientos.

¿Valió la pena lo que había hecho? Sí, había quitado del medio a unos pocos canallas que traficaban con bebés, pero el mundo estaba lleno de gente como ellos... Y peores... Y no había cambiado nada. Bueno, sí. Mi libertad.

Ya estaba empezando a hacer fresco, se estaba yendo el sol. Juani y sus amigas ya habían terminado el partido y entraron. Decidí seguirlas antes de volver a encontrarme con Anna. Estaba a punto de cruzar el portón cuando miré hacia donde se encontraban Anna y su panda, Anna me devolvió la mirada e hizo un gesto con el dedo a través de su cuello. Estaba aterrada.

Entré corriendo y vi que la mayoría de las internas estaban haciendo cola para entrar al comedor. Así que me puse al final del todo y, de repente, sentí un puñetazo en el costado.

—¡Ups, perdón! —se burló Anna y empezó a andar seguida de varias chicas, se pusieron al principio de la cola. Nadie dijo nada.

La larga fila avanzaba muy lentamente, había muchas chicas. Por fin, llegué a la entrada del comedor: era una sala amplia, con un montón de mesas largas en el centro y unas vitrinas al lado.

Íbamos pasando por orden de cola. Finalmente, me tocó.

Cogí una bandeja, fui siguiendo la fila, me paré delante de la cocinera, era otra interna, y me echó un par de cazos de una especie de puré con guisantes, un bollo de pan de hacía unos pocos de días y un yogur.

La comida no me llamaba la atención ni tampoco tenía mucha hambre después del día que había pasado; pero busqué a Juani con la mirada. La encontré al fondo, me hizo un gesto para que fuera, y lo hice mirando a las chicas que estaban con ella. Tropecé y caí, me llené toda la cara de aquel puré raro.

Levanté la vista y vi a Anna riéndose.

—¡Qué torpe eres, mira por dónde vas! —me dijo entre risas.

Me senté al lado de Juani temblando. Tampoco podía hacer mucho más, ellas eran más que yo y más fuertes; aunque yo era más lista que ellas. Cuando me senté con ellas, la chica que había a mi otro lado me ofreció un pañuelo para limpiarme la cara, Juani se giró y me miró a los ojos.

—Tranquila, antes o después tendrán su merecido.

—¡Ni que lo digas! —afirmé. Pronto maquinaría mi venganza contra ella.

—Toma —dijo ofreciéndome una chocolatina, otra chica me dio una bolsa de patatas y otra un zumo.

Empecé a comer lo que me dieron, no quería hacerles el feo. Según comencé a masticar, recuperé el apetito. Juani me presentó a sus amigas, todas muy simpáticas, que me aceptaron enseguida. Por lo menos ya tenía a alguien con quien hablar y poder jugar al fútbol cuando se me pasara un poco el dolor. Echamos un buen rato comiendo y hablando como si nos conociéramos de toda la vida. Por un momento, olvidé que estaba en la cárcel. De repente, Estela, la líder, se dirigió a mí.

—¡Paya! La Juani da la cara por ti. Además, me ha contado lo que hiciste, estamos en deuda contigo. Por ella, te vamos a proteger de las tías estas. Serán más que nosotras, pero las gitanas tenemos muchos más cojones —afirmó con mucho orgullo, hinchando el pecho.

Todas la vitorearon según dijo esto. Era la mayor, de ahí su rango, y, supongo, sería la que más tiempo llevaba dentro.

Acabamos de cenar y salimos todas en corrillo del comedor, me acompañaron a mi celda.

Mi compañera estaba tumbada en la cama leyendo. Cuando me vio llegar con la Juani y sus amigas, se le cambió la cara.

Me despedí y quedamos al día siguiente para estar de nuevo juntas; si no, no me iban a dejar tranquila. Me tumbé en mi cama para intentar descansar.

Mi compañera de celda rompió el silencio diciendo:

—¿Qué haces con las gitanas? No son de fiar.

—¿Qué pasa? ¿Eres racista? —le pregunté—. Son las únicas de toda la cárcel que me han tratado como a una persona desde que he llegado. ¿No decías que no te metiera en mis asuntos?

—Haz lo que te dé la gana, pero no me gustan un pelo.

Según dijo esto, se calló. Juani y sus amigas parecían majas, eran las únicas amigas que tenía en la cárcel. Y me protegerían de Anna y sus chicas. ¿Qué más podía pedir?

Cerré los ojos e intenté dormir. Las pesadillas acudieron a mí conforme empecé a quedarme dormida.

Entonces, se escuchó un golpe en la puerta.

—Se acabó el encierro, id pasando de una en una a la sala de cacheos.

«¿De verdad acababa de decir eso? No había pasado tanto tiempo desde que me cachearon a la entrada de la cárcel, ¿a que vendría esto?»

Salí detrás de mi compañera que iba muy asustada; según dijo eso el guardia, se le cambió la cara. Fuimos a la cola, allí estaban ya la Juani y su banda y me puse detrás de ella. Le conté lo que me hizo el malnacido cuando me cacheó y, cuando estuve a su lado, me dijo al oído lo que tenía que hacer cuando fueran a cachearme. Empecé a reírme.

Nos iba llegando el turno. Cuando le tocaba entrar a Juani, me paró:

—Ya sabes lo que tienes que hacer —dijo partiéndose de risa.

Entré en la habitación y allí estaba el mismo cabrito de la otra vez, esperándome con su cara de salido y relamiéndose. Me desnudé, me puse a su lado y me dejé hacer.

—Agáchate y abre bien las piernas. —Ahora haría lo que me dijo Juani, iba a ser mi pequeña venganza de este listillo. Justo cuando me iba a meter el dedo, me tiré un pedo ninja, silencioso, pero mortífero—. ¡Ay, qué hija de puta, tira donde no te vea!

Me fui de allí riéndome en silencio. Juani, que estaba ya dentro, me miró y se rio; yo me dirigí a mi celda, pero había dos guardias apostados en la puerta y, cuando fui a entrar, uno me detuvo.

—Estamos de registro, vete a dar una vuelta.

Ya lo pillaba, por eso habíamos estado días sin salir de la celda. Estaban buscando algo. Yo, en eso, estaba tranquila. Me fui un rato al patio hasta poder entrar, pero, según crucé el portón, no vi venir una patada en el estómago que me dejó allí tirada sin respiración. Anna y sus chicas no paraban de golpearme. Al momento, llegaron Juani y las chicas. Anna y su clan no querían peleas, pues salieron corriendo, no sin antes amenazarme.

—¡Ya te pillaremos a solas! —inquirió Anna.

Juani y las demás me ayudaron a levantarme.

—¡Qué hijas de puta! —escupió mi amiga.

—Tranquila, el tiempo pone a cada una en su sitio, ya verás.

Después del percance, nos sentamos todas en las gradas. Estuvimos cantando y fumando. La verdad es que, en el tiempo que llevaba aquí, había hecho muy buenas migas con las gitanas, me sentía protegida por ellas.. Eran lo único a lo que agarrarme. Caía la tarde cuando fuimos a cenar y a dormir. De cena, lo mismo de siempre: ese puré extraño al que, después de tanto tiempo, todavía no le había pillado el sabor... Aunque mejor no saberlo. Afortunadamente, nosotras teníamos nuestra reserva del economato. Cuando acabamos de cenar, Juani me acompañó a mi celda, me quedé mirando hacia dentro y mi compañera no estaba, también faltaban sus cosas. Juani empezó a reírse.

—¿De qué te ríes? —le pregunté extrañada.

—Ya te lo contaré cuando lo sepa seguro, pero creo que ya sé por qué hemos estado tantos días en aislamiento. Buenas noches, chocho.

—Buenas noches.

Entré en mi celda solitaria y me eché en la cama. «¿Qué le habría pasado a mi compañera?»

ALBA

—¡Esto no puede ser... Llego tarde! ¡Mira qué hora es...! Juan, por favor, a ver si me puedes llevar, que no llego.

—Alba, de verdad, eres como nadie... Mira que llevo avisándote tres horas; tú ni caso.

»Te pones a arreglarte a última hora ¡Ay, qué paciencia tengo que tener contigo! Venga, tranquila. Yo te acerco. Vas bien de hora todavía.

—¡Desde luego, tienes el cielo ganado conmigo por toda la paciencia que tienes! —le dije al pobre sonriendo. La verdad... yo también tenía paciencia con él, mucha.

—Te espero en el coche. No tardes, te quiero decir una cosilla.

—Ya estoy lista, vámonos. Por cierto, ¿qué me querías decir?

—Espera. Cuando lleguemos, aparco y te cuento. ¡Es graciosísimo, te va a encantar!

—Tú y tus gracias. Me dan un poco de miedo, no sé yo qué estarás tramando ahora —contesté con desconfianza.

—Calma. Ya estamos. Mira... Cómo te lo digo... No llegas tarde, tranquila. Anoche adelanté los relojes un par de horas, por si pasaba esto y te entretenías algo más de la cuenta. Míralo por el lado bueno: eres la primera en llegar. ¡Que no se diga que no eres puntual!

—¡Yo te mato! ¡Te juro que te mato! ¿Cómo me puedes hacer algo así? —«¡Señor, dame paciencia porque como me des fuerzas me lo cargo!», pensé—. ¿¡Y esto era lo gracioso!? Me voy. Luego te cuento cómo me ha ido.

El sitio se estaba llenando de gente. Al final Juan tenía razón, como siempre. «Bueno... Vamos a por ello.»

Habíamos empezado todos a la par, pero esto se iba poniendo cada vez más complicado. Quedábamos pocos ya.

Por fin habíamos acabado las tres pruebas, no había ido mal. Acababan de nombrar a los que habían pasado el examen y estaba entre ellos.

«Uf, ¡qué descanso! Ya solo quedan las pruebas teóricas y estoy dentro.»

—¡Juan, me han dado la nota! ¡Estoy dentro! Solo me falta el último. ¡No me creo que esto me esté pasando!

—¡Enhorabuena, cariño! Sabía que ibas a pasar sin ningún problema. Verás que el teórico es coser y cantar, vas a ser la mejor policía que pueda existir.

—No te equivoques, cielo. Sabes que terminaré siendo criminóloga en cuanto pasen tres años; no voy a ser una poli que esté poniendo multas. Tendrás que acostumbrarte a trabajar conmigo.

—Por cierto, tenemos que ir pensando dónde nos vamos a ir de vacaciones. Si no reservamos pronto, los precios subirán por las nubes y no podremos permitírnoslo.

«Lo dejaré tranquilo porque, si no, luego no hay quien lo aguante con su humor de perros.

»Tengo muchas preocupaciones en la cabeza. Entre ellas, Javi. Creo que debería llamarle para ver cómo le va por Jaén. A ver si podemos cuadrar y vamos los tres de vacaciones, sería una agradable sorpresa para él. Así me despejo un poco también.

»Vamos a ver dónde tengo el número de teléfono. Desde que se me cayó el móvil en el baño no acierto a encontrar nada en este nuevo teléfono, por muy de nueva generación que sea», pensé mientras me despedía de él.

—Javi, ¿qué pasa? Soy Alba ¿Cómo estás? No sabemos nada de ti —comencé algo nerviosa después de tanto tiempo sin hablar.

—Hola, preciosa. ¡Ya sabía que no podías vivir sin mí! —contestó sarcástico.

—Cuéntame, ¿cómo te tratan los jienenses? ¿Te dan mucho trabajo?

—¡Ni lo menciones! —Su voz transmitía una resignación profunda—. Me tienen todo el día estresado. Apenas duermo. Esto es una locura. Aquí hay trabajo para mí y para veinte más.

—Ya nos enteramos de los homicidios. Qué horror.

—Lo peor es que tenemos que colaborar con la Guardia Civil y ellos son de los que no quieren cuentas, quieren ir a su aire. Un desastre, vamos.

—¡Madre mía! Tienes que estar pasándolo fatal, pero habrá algún guardia civil que no te lo ponga tan difícil, ¿no? —le pregunté.

—Bueno, aquí cada uno va a lo suyo. Quien me lo pone peor es una guardia civil que me saca de quicio. No está de acuerdo con nada de lo que digo —confesó algo alicaído y casi olvidando su aflicción.

—Esto me huele raro, Javi. ¿Hay alguien que te saca de quicio? ¿Una guardia? Me parece que acabas de encontrar la horma de tu zapato, amigo. —«Esto es muy bueno, cuando se lo diga a Juan va a flipar, lo que me pienso reír de Javi cuando lo tenga delante», me dije divertida.

—¿Y vosotros, qué tal vais? Ya me contó Juan que estás bastante ocupada con eso de ser criminóloga.

—Yo lo llevo genial. También estoy con las oposiciones a policía, pero no me intentes distraer de lo que me acabas de contar.

—Así que hay alguien que no te baila el agua. Interesante. Creo que me voy a llevar muy bien con ella... Bueno, guapo, te tengo que dejar. Tengo unas cosillas que hacer.

—Alba, por favor, de lo que hemos hablado no le digas nada a Juan. Ya le iré contando —me pidió muy apurado. ¡Cómo si no supiera que llamaría a Juan en cuanto colgase! Pobrecito, qué inocente era.

—En fin, ya hablamos otro día. Tranquilo. Tu secreto está a salvo conmigo —le mentí.

—Te dejo entonces, que estoy liado.

—Besos, guapo.

—Besos, chivatilla —se despidió recordando viejos tiempos.

«¡Qué malo es conocerse!», sonreí.

De repente, el móvil vibró descontrolado. «¡Qué raro! Es un número muy largo, puede que sea algo importante.»

—¿Diga?

—¿Señorita Alba García?

—Sí, soy yo. ¿Con quién hablo?

—Le llamamos de la Institución Penitenciaria de Albolote, en referencia a la reclusa Belén García, su hermana.

«Me habría gustado decirle que no tengo ninguna hermana. No pude hacerlo. Hay que reconocer que solo una llamada de menos de un minuto puede fastidiarte un día que estaba siendo glorioso.»

Estaba llegando a casa cuando volvió a sonar el maldito móvil. Era Juan.

—¿Cariño, estás en casa?

—Entrando estoy, ¿qué pasa?

—Prepara la maleta, nos vamos a Jaén.

SONIA

No sabía qué me pasaba.

Estaba aturdida, no recordaba nada.

Abrí los ojos un poco mareada, iba en el asiento trasero de una furgoneta y estaba apretujada en medio de dos moles, uno a cada lado, y tenían algo raro en la mirada.

—Perdón, ¿me puedes decir qué hago aquí? —pregunté al que tenía a mi derecha.

Este no reaccionó, pero el copiloto se giró y me miró. Tenía el pelo y la barba muy desaliñados, parecía un vagabundo.

—¡Qué bien! Te has despertado, Sonia —me respondió—. No te esfuerces. No te van a responder. ¿Quieres un poco de agua? —me ofreció alargando una botella.

La acepté y pegué un buen trago, tenía la boca seca.

—¿Qué hago aquí?

—No te preocupes, te lo explicaré más adelante —respondió—. Ahora lo que tienes que hacer es alegrarte de estar fuera del sitio donde te metió ese cabrón de Javi.

Recordé que, después de todo lo ocurrido, estaba en un psiquiátrico... Pero ¿cómo había escapado? ¿Y de qué conocía este tipo a Javi?

Sentí un frenazo, la furgoneta había parado y apagado las luces. La oscuridad lo cubría todo como un manto. El conductor se giró hacia mí, llevaba una máscara de payaso, estilo al cantante de Slipknot.

—Venga, todos abajo.

Según dijo esto, las dos moles se bajaron cada uno por un lado de la furgoneta. El que parecía un mendigo me apremió.

—Vamos, Sonia, tenemos que ser rápidos. Va a comenzar el show.

Bajé de la furgoneta. El hombre de la máscara de payaso estaba dando órdenes a las dos mastodontes, quienes descargaban unos grandes listones de madera. Parecían zombis, no decían nada, solo obedecían. Mientras, el vagabundo me hizo señales para que lo siguiera: en la negrura de la noche apenas si se divisaba. Entramos en un castillo antiguo. Le seguí admirando la construcción y, cuando crucé la entrada, fui a dar a un amplio patio de armas. Allí estaban los dos grandullones montando una especie de estructura extraña. Entre tanto, el hombre de la máscara de payaso y el hombre canoso charlaban y reían. Este último me invitó a acercarme a ellos. Cuando estuve a su lado, pude escuchar lo que hablaban.

—Después de tanto tiempo, me vengaré de ese par y de la pija que va con ellos —dijo el desaliñado riéndose.

—Todos tendremos nuestra venganza —le respondió el hombre de la máscara de payaso—, ¿verdad, Sonia?

No sabía de qué estaban hablando. Por lo que estuvieron diciendo en la furgoneta, supuse que uno de los que hablaban era Javi. Pero ¿quiénes eran los otros? ¿Y qué pintaba yo en todo esto? No me quería vengar de nadie y menos de Javi, él había elegido a Silvia y no me parecía mala chica... En ese momento, una sensación de desasosiego me recorrió el cuerpo y recordé cómo acabó todo: mi abuelo estaba torturando a Javi en su cortijo de Pegalajar. Cuando entré y vi que estaba a punto de dispararle, no lo pensé y disparé a mi abuelo. Se me hizo un nudo en la garganta, las lágrimas luchaban por salir. No entendía nada. Yo no tenía que estar allí.

—¡Vamos rápido, Sonia! ¡Te vas a perder el espectáculo! —apremió el payaso.

Al llegar al centro del patio, las dos moles habían montado un patíbulo con dos cuerdas colgando. Uno de ellos comenzó a subir las escaleras y el otro le seguía. ¿Qué estaba pasando? ¿Estaría delirando? El vagabundo se reía.

—¡Qué escena más bonita, voy a correrme! —dijo entre carcajadas.

—¡Menudo *show*! —le respondió el otro.

Era un espectáculo horrendo. Había dos hombres apresados, tenían la mirada perdida. Me fijé en unas cuerdas que había en el suelo. Los captores las agarraron y las pusieron alrededor del cuello de ambos. A continuación, el hombre de la máscara de payaso se colocó al lado de una palanca que se encontraba en el lateral del patíbulo. Hizo un gesto al desaliñado para hablar con él. Le dio las gracias y accionó la palanca. Los cuerpos de los dos hombres quedaron en el aire moviéndose entre espasmos y gritos de ahogo. Sus caras iban cambiando de color, se iban volviendo moradas. Escuché un *crack*, uno de ellos quedó con la lengua fuera, la cara amoratada y los ojos en blanco. Acto seguido, sonó otro *crack*. El otro hombre quedó inmóvil con la boca abierta.

Los otros dos individuos se acercaron a mí.

—Venga, Sonia, vámonos —me dijo apresuradamente el de la máscara.

Los seguí hasta la furgoneta. Estaba abriendo la puerta lateral de atrás cuando este llamó mi atención.

—No, Sonia. Ahora conduces tú.

No podía negarme a pesar de intentarlo.

JUAN

Según me había dicho en la llamada el subdelegado del gobierno de Andalucía, teníamos que subir al Castillo de la Mota que coronaba Alcalá la Real. Por su nerviosismo, tenía que ser algo gordo. Me extrañaba que nos pidiera explícitamente que fuéramos Javi y yo, algo no cuadraba.

Durante todo el camino, Alba nos hizo escuchar canciones como *Fumar cagando* o *Bailes de salón*, de SFDK.

Iba a ser una buena detective, era única en eso como demostró en el interrogatorio que le hizo a Silvia. Javi, mientras tanto, me puso al día de lo ocurrido en Jaén.

Cuando llegamos a la entrada del castillo, todo estaba cerrado con cinta policial. Había algunos curiosos intentando averiguar qué había pasado. Después de aparcar el coche, nos dirigimos hacia la entrada. Había un par de policías custodiando la cinta para que nadie pasara a la escena del crimen. Me adelanté.

—Buenos días, soy Juan, el inspector de homicidios de la Policía Nacional de Granada. He recibido una llamada del subdelegado del gobierno de Andalucía.

—Sí, pase. Le espera en la entrada.

—Gracias.

Cruzamos la cinta policial y nos fuimos acercando al imponente Castillo de la Mota. Allí nos esperaba un hombre alto, bien vestido, que se acercó y me ofreció la mano.

—Buenos días, ¿Juan?

—El mismo —le dije ofreciéndole mi mano también.

—Soy Julián Gómez, subdelegado del gobierno de Andalucía. Veo que viene acompañado por Javi, como le pedí.

—Sí, además de Silvia Martín, de la Guardia Civil de Jaén, y Alba González, en calidad de colaboradora de la Policía Nacional.

—Muy bien, vamos a entrar y verá por qué le he llamado con tanta urgencia.

Entramos en la fortaleza, Silvia se quedó mirando impresionada el castillo.

—Disculpe, Julián. ¿De qué siglo es este castillo? Está muy bien conservado —preguntó.

—Pues tiene varias partes. El trazado original data de los siglos XI y XII, de los que apenas quedan restos; la gran mayoría de lo que se conserva es de los siglos XIII y XIV —le respondió Julián.

—Los castillos son una de mis pasiones, sobre todo de la época nazarí que abundan en nuestra zona, fueron el último bastión del reino.

Llegamos al patio central y nos quedamos de piedra. Un sudor frío me recorrió el cuerpo, miré a Javi y a Alba quienes estaban igual que yo.

No nos podíamos creer el cuadro que teníamos delante, más típico de la Edad Media: un patíbulo donde estaban ahorcados dos hombres idénticos. Los reconocimos al instante.

—Ya ven por lo que los he llamado —expresó Julián, sacándome de mi ensimismamiento.

—Sí —logré decir—, pero ¿por qué ellos?, y ¿por qué en este lugar?

—Eso es lo que deben averiguar.

—Tiene que haber sido más de uno —dijo Javi—. Para poder con los hermanos Korlov que, aparte de grandes, eran bastante fuertes, creo que deben haber sido mínimo dos a los cuales pillaron desprevenidos.

—De eso les quería hablar. También les afecta. Miren las imágenes que captaron anoche las cámaras, las de antes de acceder al camino del castillo. —En las imágenes se veía una furgoneta grande.

El conductor me sonaba de algo, pero no el otro hombre que les acompañaba ni la mujer rubia que iba a su lado.

—¡No me jodas! —gritó Javi.

—¿Qué pasa, tío? —le pregunté extrañado.

—¿Te acuerdas de la loca de la que te hablé, la del lío en Jaén?

—Sí —respondí.

—Ahí la tienes. Sonia, mi exnovia.

—¿Cómo? —preguntó Alba, pues no escuchó la historia que Javi había estado relatando durante todo el camino.

—Ya te contaremos —dijo Silvia adelantándose para ver la imagen—. Es ella, pero... no sé... Su mirada es inusual... Rara...

—Sí, de perturbada —soltó Javi.

—¡No seas cruel, Javi! Te salvó la vida matando a su abuelo. Le diagnosticaron paranoia, pero no sé... esa mirada... Además, ¿no se supone que está en el psiquiátrico de Jaén?

—Cierto. Sin embargo, hace un par de días recibí la noticia de su fuga —respondió Julián.

—¿Y por qué no se me informó? —preguntó Javi cabreado.

—Básicamente porque es un asunto extraoficial que no se debe saber. Le estoy informando ahora —dijo el subdelegado sin inmutarse.

—Vamos a dejarnos de cháchara, hay que inspeccionar la escena del crimen —zanjé.

Lo que vimos era despiadado. Se podía ver a los dos gigantes colgados uno al lado del otro, con el cuello desencajado y la lengua fuera. *A priori*, no se veía mucho más. Habían simulado la ejecución más típica del medievo.

Tenía que haber una conexión con lo ocurrido en Granada la otra vez. Por eso pensé que, después del levantamiento de los cadáveres, fuéramos a la comisaría a revisar los archivos de ese caso. Estaba casi seguro de que se nos pasaba algo por alto.

Tras llegar los forenses, quedé en que me llamarían. Les dije a Julián y a los demás la línea de investigación con la que podríamos empezar. Así que nos subimos en el coche de Alba con dirección a la comisaría de Granada, un largo viaje pero necesario.

Entre los cadáveres y Sonia, mi conexión con Javi estaba clara. No obstante, ¿quién era el hombre misterioso? ¿Por qué en Alcalá la Real?

Por el camino, Silvia puso al día a Alba con todo lo ocurrido en Jaén. Cuando llegó a la parte de Sonia, hubo diferencia de opiniones sobre ella. A Silvia le daba pena por el final que había tenido; a mí me parecía que todo fue culpa de su abuelo.

Sin embargo, Javi no pensaba igual: le echaba la culpa de todo a ella. Poco a poco, Javi perdía los nervios con Silvia, así que Alba decidió zanjar el tema a su manera: subió a tope el volumen de la música, con la potente base de *Mentiras* y las rimas de Metralleta del Tote. Parecía funcionar. ¡Qué arte tenía Alba para zanjar las discusiones!

Llegamos a comisaría. Iba pensando la mejor forma de investigar el suceso sin ahondar demasiado en el pasado. Decidí repasar con Javi el tema de los bebés robados, Alba y Silvia se dedicarían a indagar qué tenía de especial Alcalá la Real. Fueron al archivo a mirar cualquier cosa que hubiera de esa localidad y Javi y yo fuimos a repasar el caso a mi oficina.

Nos sentamos en mi mesa y, mientras arrancaba el ordenador, me quedé mirando a mi compañero.

—¡Tío! ¿Qué ha sido lo del coche? Tú no sueles perder los nervios de esa forma.

—Ya, pero es que lo de Jaén me afectó mucho psicológicamente. Para Silvia es como si no hubiera pasado, no lo entiendo.

—No te equivoques. Cada uno lleva a su manera los hechos traumáticos, te lo digo por experiencia. Después de lo de Granada, Alba lo pasó muy mal; pero yo estaba ahí para apoyarla. No vale de nada cerrarte en banda, debes saber pedir ayuda a tus amigos.

—Ya... Es complicado —me respondió, con cara de no querer hablar mucho.

—Sabes que estoy aquí para lo que te haga falta.

—Sí, lo sé. Vamos a lo que vamos —me cortó.

Empezamos a revisar el archivo de todo lo ocurrido en Granada. Aparte de Belén, la hermana de Alba que estaba en la cárcel, no había más implicados en el caso.

—¡Hostia! Mira, Javi. ¿Te suena esa... cara? —le pregunté sorprendido, acababa de descubrir quién era el otro sospechoso.

—¡Es verdad! Ya decíamos que nos sonaba —me secundó Javi, asombrado también—. Creo que tenemos medio caso resuelto.

—¡Qué rápido, Sherlock Holmes! —dije irónicamente, sin pillar lo que me quería decir.

—¡Elemental, mi querido Juan! —me contestó con guasa—. Esto, simplemente, es una venganza por lo que les hicimos a ambos en el pasado.

—No sé, Javi. Yo no lo veo tan simple. Tiene que haber algo más detrás. ¿Por qué en Alcalá la Real?

—No hay que darle tantas vueltas, Juan. Los asesinados son los Korlov, aquellos que formaron parte de lo de Granada. Esos que se han juntado con Sonia vienen a por nosotros. Además, no olvides que se la tenía jurada a los hermanos.

—¡Hasta ahí llego! Pero algo se nos está escapando.

—Algo me olía mal en todo eso—. Vamos a ver qué han

descubierto las chicas. Por favor, cálmate un poco con Silvia, piensa que ella también lo ha pasado mal en Jaén.

—Lo sé —me respondió arrepentido de ese arranque que tuvo en el coche.

Bajamos al archivo a ver cómo iban Alba y Silvia, estaban las dos enfrascadas en la gran mesa central, mirando ficheros.

—¿Qué pasa? ¿Cómo vais?

—Creo que tenemos una pista. No sé si nos servirá, pero es extraño —dijo Alba mirándome.

No lo podía evitar, me tenía loco esa mujer con su mirada. Una mirada imposible de borrar. Realmente esperaba que nos diera una pista que seguir.

—A ver. Cualquier cosa que nos proporcione un indicio para empezar a investigar nos sirve. Por cierto, ya sabemos quién es el otro sospechoso.

—¿Quién? —preguntó Alba intrigada.

—José, el abogado.

—¡Ya decía yo que me sonaba! Por las pintas no lo reconocí, pero supongo que no levantaría cabeza después de lo que pasó y su supuesta implicación.

—Fue su padre el implicado —aclaré—. Él lo que hizo fue intentar taparlo todo.

—El caso es el mismo, estaba implicado —me respondió convencida. No le podía replicar. Era muy terca. Siempre tenía que llevar la razón, lo peor es que la tenía. Iba a ser una buena detective—. A lo que íbamos. Lo que hemos encontrado de Alcalá la Real es escalofriante.

Javi y yo nos miramos, cómo le gustaba a esa mujer crear tensión.

—Según algunos estudios, Alcalá la Real es el pueblo de España con mayor índice de suicidios; sumemos a esto que las víctimas fueron encontradas ahorcadas. Me da que han intentado simular una muerte voluntaria.

—Sí, es bastante extraño. —¡Qué rapidez mental tenía Alba!

—*Además, el hecho de que fuera en la provincia de Jaén, en un castillo, simulando una leyenda que hay sobre él, lo conecta con nuestro último caso —afirmó Silvia. ¡Qué buen equipo hacían las dos! Con ellas a nuestro lado, todo sería más fácil.*

—Bueno, parece que tenemos una conexión con el lugar, los asesinos y nosotros, ya solo nos falta saber por qué ahora. Es a lo que más vueltas le doy.

—Son unos locos perturbados, no le busquemos lógica —dijo Javi convencido.

—No sé, lo de Sonia no me cuadra —respondió Silvia convincente; yo, disimuladamente, le di un pellizco en el brazo a mi amigo para que no dijera nada.

Por la cara que puso, se tuvo que morder la lengua. ¡Cómo le gustaba a Silvia sacarlo de quicio!

—Vamos a comer algo y a aclararnos un poco. Quizá, cuando estemos más frescos, encontremos algo más —interrumpí intentando reducir la tensión.

—¡Buena idea! —añadió Alba cogiendo a Silvia del brazo para salir de la habitación.

Cuando nos fuimos, le dijo algo al oído y las dos se rieron.

Javi, al verlas, se enfurruñó.

—¡No te queda nada que pasar, amigo! —bromeé riéndome y dándole una palmada en la espalda—. Seguro que no traman nada bueno.

—Ya... —respondió resignado y empezamos reírnos.

En ese momento, empezó a sonar *Wish you were here*, clásico de entre los clásicos; mi tono de llamada de número oculto.

—¿Sí?

—¿Juan?

—El mismo.

—Le llamo del anatómico forense.

—¡Qué rápido! Dígame.

—Basándonos en un primer informe preliminar, hemos encontrado restos de escopolamina en la sangre de los dos cadáveres.

—¿Se podría decir entonces que los doblegaron con esa droga? —La pregunta sonó más alarmante de lo que deseaba; no obstante, la respuesta no tardó en llegar.

—En un principio, así parece. Se han detectado grandes dosis. En gran cantidad, esta droga puede hacer muy sugestionable a la persona que la toma.

—Vale, muchas gracias por llamar.

—De nada, le tendré al tanto si encontramos algo más.

Entonces, decidí esperar a que estuviéramos todos sentados tomando un tentempié para contarles el hallazgo.

Daba la sensación de que todo cogía forma.

—Vamos a tomar algo —dije abriendo el coche.

—¡Tú sí que sabes, Juan! —respondió Javi riéndose—. ¡Lo que he echado yo esto de menos en Jaén, una Alhambra fresquita con una buena tapa! ¿Te puedes creer que allí a la Cruzcampo la llaman cerveza? —maldijo riéndose mientras miraba a Alba.

Esta no dijo nada, pero yo sí.

—Donde esté la Estrella Galicia, que se quiten todas —sentencié.

Arranqué el coche, empezó a sonar *Bohemian rhapsody* y cogí dirección a Plaza Nueva. Lo mejor era relajarnos en un ambiente distendido para poner las cosas en claro y pensar mejor.

Nos sentamos en una terracita al sol con una buena cerveza y una buena tapa. Eso sí, yo sin alcohol, que me tocaba conducir. Pero aun así, estaba rica la Estrella Galicia.

Les puse al día de lo que me había contado el forense y todos opinamos igual, pues últimamente esa droga estaba muy de moda en casos de violación para doblegar a las víctimas: la utilizaron para someter a los hermanos Korlov.

De repente, volvió a sonar mi móvil. Era Julián Gómez.

—Juan, ¿dónde estáis? —me preguntó atropelladamente.

—En Granada.

—Tenéis que venir rápido a Iznájar, Córdoba —me pidió apresuradamente.

—¿Y eso? —inquirí extrañado.

—Ahora os cuento cuando vengáis. No tardéis.

—De acuerdo.

Según colgué, me quedé parado. Todos me miraban esperando a que reaccionara. Suponía lo que habría pasado; pero ¿por qué todo tan rápido, sin darnos un respiro? ¿Por qué tan lejos?

Me aclaré la voz intentando reaccionar.

—Chicos, me acaba de llamar Julián.

—¿Y eso? —preguntaron todos a la vez.

—Dice que tenemos que ir urgentemente a Iznájar, Córdoba.

Según dije esto, a Alba le cambió la cara.

—¿Qué pasa, cariño? —pregunté preocupado.

—Ahora os cuento por camino. Si hay allí otro cadáver, creo que ya sé la conexión de los lugares y quizá podamos adelantarnos.

BELÉN

Era la primera noche que conseguía dormir algo en la cárcel. Estaba sola en la celda, mis amigas me protegían y parecía que iba mejorando mi estancia aquí. Sin embargo, seguía intrigada: ¿qué le había pasado a mi compañera de celda?

Estaba desperezándome cuando apareció la Juani en la puerta.

—¡Vamos a desayunar, chocho!

—¡Vamos! —le respondí con los ánimos muy altos.

—Por cierto, ya sé qué le pasó a tu compañera de cuarto.

—¡Cuenta, cuenta! —le animé entusiasmada por saber el chisme.

—Te va a costar algo, pero luego te lo cuento en el patio.

—¿Me vas a dejar con la intriga?

—Pues sí —respondió riéndose, entonces fuimos a la cola del comedor por el pasillo. Allí nos esperaban las otras chicas.

Al iniciar la conversación, Anna y sus chicas se acercaron. Mis amigas se pusieron delante de mí a modo de escudo y pasaron de largo. Anna lanzó una mirada asesina antes de marcharse.

En el comedor nos esperaba el mismo desayuno: una especie de arroz con leche y dos rodajas de pan más duras que un ripio. Cogimos nuestra mesa de siempre y nos sentamos. Había muy buen rollo entre las chicas, no paraban de reír y una de ellas no paraba de mirarme. Creo que se llamaba Yesi o algo así.

Después de desayunar, fuimos al patio preparándonos para jugar al fútbol, todas menos Juani y Yesi. La primera me cogió del brazo y me llevó a las gradas. Nos sentamos allí mientras me observaba detenidamente.

—Vamos a hacer un trato —dijo arrogante.

—¿Y eso? Dime —pregunté intrigada.

—Tú quieres saber qué le pasó a tu compañera de celda, ¿verdad?

—Sí.

—Pues te va a costar... —comentó pensativa— que le des un morreo a la Yesi.

Eso me cogió por sorpresa. «¡Ya sabía yo que algo tramaba esta!» La chica era mona. Sin embargo, siempre me gustaron los hombres. Aunque... Nunca lo había probado con una chica. Sentí curiosidad tanto por saber lo que pasó como por probar la invitación obligada. ¿Por qué no? Después de tanto tiempo... Así que, firme, me abalancé hacia la Yesi y le ofrecí mi boca. Ella me respondió con un cálido beso de sus labios húmedos, jugueteando con su lengua. Me quedé en *shock*, era la primera vez que había probado la experiencia y me gustaba. Acto seguido, Juani empezó a reírse.

—Frena, frena, que solo era un morreo y le vas a limpiar los empastes —soltó riéndose.

Conforme lo escuché, me puse colorada. La verdad, a pesar de todo, no me veía liándome con ella. Solo era un morreo por curiosidad... Y por enterarme del chisme.

—Bueno, un trato es un trato, así que ahí va —me dijo entre risas—. ¿Tú no veías extraño que siempre estuviera leyendo y que tuviera tantos libros?

—Tampoco es tan raro, es una buena forma de pasar el tiempo aquí dentro.

—Ya. Pero, normalmente, solo te dejan sacar un libro a la vez de la biblioteca y ella tenía varios, ¿no te preguntaste nunca por qué?

—La verdad... Sí. Además, no me dejaba tocarlos.

—Ahí está la cuestión. Por lo que dicen las malas lenguas en la cárcel, que pocas veces se equivocan, tenía un trato con algunos guardias. Pasaba hachís escondido en el lomo de los libros y les daba las ganancias a los guardias. A cambio, ella tenía privilegios y le dejaban tener todos los libros que quisiera.

»El problema vino cuando Anna y sus chicas se enteraron y le robaron el hachís; así que los guardias la han delatado culpándola de todo. Ahora mismo está en el hoyo donde pasará una buena temporada; eso sí, el hachís no ha aparecido y los guardias implicados están nerviosos. Uno de ellos es tu amigo, el musculitos.

—¡Qué fuerte me parece!

—Así mismo, como te lo cuento.

—Bueno, y lo del beso a la Yesi, ¿a qué ha venido? —la aludida me miró conforme lo comenté e intervino.

—Es que me daba vergüenza decirte que me gustas —comentó acalorada— y le pedí a la Juani que te lo dijera, a ver si yo te gustaba también.

«¡Qué marrón!» Así que me aclaré la garganta y continué.

—A ver, me pareces una chica muy mona. El beso me ha gustado mucho —no sabía cómo decírselo—, pero, hasta el momento, me gustan los hombres. Si cambio de opinión, serás la primera en saberlo.

Una sonrisa socarrona se le escapó.

—Vale. Lo tenía que intentar —dijo riéndose volviendo con las demás a jugar al fútbol.

—Lo siento mucho —se disculpó Juani.

—No pasa nada.

—La pobre me lo dijo tan ilusionada que pensé que había que probarlo.

—No pasa nada, de verdad.

A partir de ahí, no volvimos a hablar del tema. Al final del día todo volvía a estar como al principio.

Después de cenar, Juani me acompañó a mi celda. Al llegar, observamos que dentro había una chica con el pelo castaño y unos enigmáticos ojos verdes; no paraba de temblar.

—Ya tienes compañera de cuarto —soltó Juani con una sonrisa sibilina.

—Eso parece, no han tardado mucho.

—Te dejo que ya mismo hacen recuento. ¡Buenas noches, chocho!

Entré en la celda mirando a la chica que temblaba como un flan.

Todavía recordaba el día que llegué, estaba igual que ella o peor. Y mi compañera tampoco fue la alegría de la huerta, pero yo no era como ella.

—Hola, ¿qué tal? Soy Belén —me presenté.

—Yo Estefanía —respondió.

Le di dos besos y le dije que intentara tranquilizarse.

—¿Es tu primera vez? —«¡Qué pregunta más estúpida!», pensé mientras la realizaba.

—Sí —me respondió—. ¿Cuánto llevas tú aquí?

—¡Puf! ¡Ya perdí la cuenta! Todavía me queda mucho.

—¿Y eso? —preguntó titubeando.

—Simplificando, torturé, maté e hice obras de arte con unos cuantos cabrones. —Al decirlo, me di cuenta de cómo sonaron mis palabras.

Ella suelta una risa nerviosa e intenta apartarse de mí.

—Tranquila, no tengo nada contra ti —escupí irónicamente.

Ella comenzó a reír de nuevo. Tenía una risa tan contagiosa que reí a carcajadas con ella.

Por lo menos, había conseguido que se le pasaran un poco los nervios. Ya más calmada, me quedé mirándola.

—¿Y tú por qué estás aquí?

—Lo mío es complicado.

—¡Seguro que más que lo mío, no! —dije sonriendo.

—No sé por dónde empezar...

—Estando aquí, tenemos todo el tiempo del mundo —le dije para que continuase.

—Me casé hará cinco años... Durante la época de novios todo fue muy bien, era muy feliz.

»Una vez que nos casamos, mi marido me propuso tener un hijo pero, por más que lo intentamos, yo no me podía quedar embarazada. Fuimos a varios médicos sin resultados.

»Al final, yo era estéril. A mi marido no le sentó muy bien no poder tener hijos. Cada vez venía más tarde del trabajo, casi siempre, bastante bebido y pasado de vueltas de a saber qué. Se pulía todo el dinero que pillaba y yo sobrevivía como podía con ayuda de mi madre.

»Él no hacía más que echarme la culpa de lo desgraciado que era; yo tenía la moral por los suelos, aceptaba todo lo que me decía, incluso que yo era la culpable de todo por no poder darle un hijo.

»Un día llegó a casa más bebido de la cuenta y me pidió dinero. Le dije que no tenía, lo cual era verdad, ya que lo poco que conseguía limpiando alguna casa o cuidando a algún abuelo no me daba para mucho. Pero él no se lo creyó. Loco de rabia, me dio un puñetazo en el estómago y caí al suelo. Entonces empezó a pegarme patadas en el costado. —La abracé para tranquilizarla—. Al día siguiente me pidió perdón. Dijo que se había equivocado, que iba a dejar de beber y yo, como una tonta, le creí.

»Al cabo de dos semanas, volvió tarde otra vez. Esta vez la paliza fue mayor. Yo no dije nada.

»Los días siguientes me quedé en casa, solo salía a trabajar y siempre intentando taparme los moratones.

»La palizas se volvieron continuas. Cada vez que venía borracho, me pegaba. Una noche, cuando llegó, yo estaba en el balcón de mi casa, fumando, esperando que pasara esa pesadilla... Él vino corriendo hacia mí y empezamos a forcejear, tropezó y cayó por el balcón.

—¡Encima! Después de aguantar a un cabrón así...

—Ya... Bueno... Es lo que toca. Al no haber testigos, todo dependía de que creyeran mi palabra. No me pude costear un buen abogado, el de Oficio no fue suficiente...

»La madre de él sí pudo pagar a uno de los mejores... Y aquí me veo. Alegaron que nos habíamos peleado... Una simple discusión con un mal final... Homicidio Imprudente. En fin, es lo que tiene no saber elegir en el amor.

—¡Qué pena! —Intenté consolarla—. Que yo esté aquí por lo que hice, vale. Pero que hayas entrado tú, no es justo.

—¿Y qué es justo hoy en día? El que tiene dinero se puede defender... el que no, se jode.

La abracé de nuevo. Sentí el deseo de poder ayudarla.

FERNANDO

Estaba rendido. Había sido un día muy duro en la consulta, tenía ganas de llegar a casa y tomarme una cerveza fresquita mientras veía un capítulo de *From*.

Aligeré el paso para llegar pronto. Hoy tendría un poco de paz, pues Julia se había ido unos días a casa de su madre con las niñas.

Cuando llegué al portal y saqué la llave para abrir, sentí un pinchazo en el cuello.

¡Qué dolor de cabeza! Tenía la vista borrosa y una sensación extraña en el cuerpo. Empecé a ver algo: estaba sentado en una furgoneta con los cristales tintados y al lado había un hombre con una máscara de payaso. Parecía sacado de una novela de Stephen King.

En el asiento del copiloto iba un tío que parecía un vagabundo y conducía una rubia despampanante. «¿Qué hago aquí?»

Por la luna delantera solo podía ver que íbamos por la A92 dirección a Málaga. No sabía adónde nos dirigíamos y tampoco me importaba; era de noche, nadie decía nada y, de repente, el hombre que iba a mi lado comentó:

—Esta es la salida, Sonia. Coge la carretera A33, ya estamos cerca de nuestro siguiente destino.

Unos veinte minutos después, el hombre dio la orden de salirse de la carretera. A lo lejos se veía un bonito pueblo rodeado de un pantano, aparentaba una isla. Fue indicando a la rubia el camino a seguir. Subimos hasta la parte más alta del pueblo, pasando por un castillo que tenía pinta de llevar mucho tiempo en pie.

Después de atravesar un arco, fuimos a dar a un patio que tenía pinta de ser de la época nazarí, lleno de macetas que se veían preciosas a la luz de la luna. De allí fuimos hacia una iglesia de tiempos lejanos. Parecía un buen sitio para visitar con Julia. No dejaba de preguntarme qué hacía yo aquí. «¿Qué me pasa?»

Tenía una sensación extraña, demasiado relajado.

Al fin, salimos del pueblo y paramos en mitad de un puente encima del pantano. El hombre que estaba sentado a mi lado se giró.

—Ya hemos llegado, bájate.

Obedecí de inmediato. No sabía qué le pasaba a mi cuerpo, no lo controlaba.

Salí de la furgoneta. Hacía fresco. Encima del puente, el hombre de la máscara dio una orden al vagabundo y este fue a la parte trasera de la furgoneta. Volvió con una bolsa negra que soltó abierta en el suelo.

—Métete dentro —ordenó.

Acaté el mandato y me tumbé encima de la bolsa. El desaliñado se agachó y la cerró. No podía ver nada y me agobiaba; pero mi cuerpo se negaba a hacerme caso. Estaba aterrado. Podía escuchar al hombre de la máscara dando órdenes.

—Tiradlo al pantano.

En ese momento, percibí cómo me levantaban y mucho vértigo junto a la velocidad de caer en picado. Cada vez lo hacía más rápido, hasta que sentí un fuerte golpe y el agua empezó a entrar en la bolsa. El terror me subía por el cuerpo, sabía que iba a morir pero no podía hacer nada. Empecé a tragar agua por la boca y la nariz, no podía respirar.

Poco a poco fui perdiendo el sentido hasta que me desmayé.

SILVIA

Camino de Iznájar, los humos de Javi se calmaron; aunque yo seguía creyendo que la implicación de Sonia podía ser un montaje. Sin embargo, aún no teníamos pistas de nada. Mientras llegábamos, Juan nos deleitó con algunos clásicos del rock, desde el *Paint it black* de los Rolling Stone, *Hey Jude* de los Beatles y sin olvidar el *More than a feeling* de Boston.

Ya estamos llegando a nuestro destino y es un pueblo precioso. Desde el coche se ve el pueblo encima de una loma, rodeado de olivos. Y ese magnífico pantano que le da un aire de isla.

Alba nos habló de su teoría y tenía bastante lógica. Según su investigación, Alcalá la Real es el pueblo donde más suicidios se han dado en España, pero solo era uno de los vórtices del llamado triángulo de los suicidios. Iznájar era el otro de los vórtices. Por eso, ella creía saber dónde volverían a actuar: sería en el tercer vórtice del triángulo. Englobaba las localidades de España con mayor índice de suicidios. Era muy escalofriante porque, según nos había contado, se habían hecho varios estudios sociológicos y no se encontraba explicación alguna.

Habíamos llegado a la entrada del pueblo. Aquí teníamos que dejar el coche, ya que la gente, sobre todo la gente mayor, se estaba arremolinando cerca de uno de los puentes que cruzan el pantano. Podíamos ver los buzos de la Guardia Civil buscando algo en el pantano, en la orilla está Julián siguiéndolo todo. Así que, tras identificarnos y pasar el perímetro de seguridad, nos fuimos acercando a él. Mientras íbamos avanzando, Alba nos detuvo.

—Chicos, lo que os he contado es mejor guardarlo para nosotros, por el momento. Debemos constatar la información, no sabemos quién más puede escucharla o si está metido en el ajo. A mí me pasa como a Silvia, hay algo que no me cuadra en todo esto.

Todos decidimos que era lo mejor, mantenerlo en secreto hasta tener algo más.

Llegábamos a la altura de Julián, este se acercó a nosotros.

—Os he llamado en cuanto han dado la alarma. Unos chavales que estaban paseando por la zona han visto arrojar algo desde el puente. La descripción de los sospechosos coincide con Sonia Moreno y José García. El vehículo también. Han actuado a plena luz del día, esto se nos está yendo de las manos.

Parecía que los buzos habían encontrado algo. Sacaron una especie de lona negra del agua, era una bolsa para cadáveres.

Nos encaminamos hacia el lugar y, cuando la abrieron, vimos a un joven de unos treinta años. Estaba bien conservado. Según Julián, no llevaría mucho en el agua. Al mirar hacia los chicos y verlos con las caras desencajadas, me percaté de que conocían a la víctima. La situación se estaba poniendo muy fea. Entonces, habló Julián:

—Parece que es nuestra víctima. Cuando el forense le haga los análisis de ADN tendremos una identidad.

—No va a hacer falta —suelta Juan apesadumbrado.

—¿Y eso? ¿Conoces a la víctima?

—Efectivamente, es Fernando Martín, hijo del médico implicado en el caso de los bebés robados. La segunda víctima de Belén. Nosotros mismos fuimos a verlo para saber de su padre. Era un buen muchacho, no tenía nada que ver con todo esto.

—¿¡Toda esta gente está muriendo por nuestra culpa!? —gritó Javi cabreado—. ¡Solo nos quieren a nosotros!

Según dijo esto, lo abracé para tranquilizarlo un poco. Estaba muy nervioso. Este caso le estaba tocando muy de cerca: una de las sospechosas era su exnovia y estaba muriendo gente inocente para llamar nuestra atención. Julián se alejó para hacer una llamada.

En ese instante, Alba nos llamó para que la siguiésemos. Nos alejamos un poco del grupo y empezó a hablar.

—Esto ha sido muy duro. No esperábamos que la víctima fuera él. Ya sé que todos nos sentimos culpables.

»Al ir a interrogarlo en Granada, lo metimos en todo esto pero debemos intentar centrarnos y pensar con la cabeza fría. Creo que, aunque hay más de un asesino, solo hay una mente pensante que maneja los hilos. Nos conoce bastante bien y solo busca minarnos la moral.

»Tenemos que ser fuertes y estar unidos. De ese modo, tendremos una posibilidad de resolver el caso. Aquí ya no podemos hacer nada más. Si os parece, vamos a la siguiente localización sin decirle nada a nadie, como habíamos quedado.

—Me parece bien —dijo Juan algo más animado—. Aunque, ahora mismo, no estoy muy bien para conducir: estoy agotado y muy confuso.

—No pasa nada, conduzco yo —repliqué convencida—. Bueno, si me dejas tu coche.

—Claro que sí.

—Eso sí —dijo Alba—, ¿qué le vamos a decir a Julián si nos pregunta?

—Déjamelo a mí —respondió rápido Juan.

Viendo que había terminado de hablar por teléfono nos acercamos a él y Juan habló.

—Julián, aquí poco más podemos hacer. Esto nos ha tocado muy de cerca.

»Vamos a regresar a Granada para seguir investigando desde allí. Tenemos nuevos hilos de los que tirar. Y la víctima era de la ciudad.

—Me parece bien. Con cualquier novedad, os aviso.

Nos alejamos del lugar y fuimos al coche, nadie dijo una palabra hasta que estuvimos en él. Una vez allí, habló Juan.

—¿Cómo vamos a proceder? Tenemos una posible localización pero no sabemos si van a actuar allí con seguridad ni cuándo.

—A ver qué os parece —dijo Alba—: podemos pasar allí la noche. He estado investigando sobre el pueblo. Hasta ahora, sabemos que a los asesinos les gusta llamar la atención y el sitio está construido alrededor de un castillo. Estoy segura de que será su próxima escena.

—Tiene mucha lógica —expresó Javi.

—Cerca del castillo hay un hostal donde podremos pasar desapercibidos —afirmó Alba.

—Vamos, pues —accedió Juan—. Aunque conduzcas mi coche, yo voy de copiloto y DJ. —Una risita socarrona salió de sus labios.

—¡De eso nada! —dije con guasa—. Copiloto sí. Pero DJ, yo.

—¡De verdad! —soltó Javi—. Yo creo que voy a dormir por el camino.

Una vez montados en el vehículo y trastear la música que tenía Juan en el MP3, los primeros acordes de *So lonely* de Police sonaron.

Al momento, cuando empecé a cantar, Juan me continuó seguido de Alba y Javi, teníamos que animarnos un poco. Los pueblos no estaban lejos entre sí. Sin embargo, al ser carretera nacional, tenía algún bache que otro, por lo que intenté animarlos un poco con la música durante el trayecto.

Mientras llegamos a Priego de Córdoba, Alba hizo la reserva en el hostal.

La idea era aparcar cerca de él, hacer una pequeña ruta por el pueblo para reconocer la zona y ver dónde podían actuar los presuntos asesinos fuera del castillo. Queríamos cubrir todas las posibilidades y ver todos los puntos de acceso.

Al llegar y dejar las maletas, bajamos al restaurante del hostal porque estábamos muertos de hambre, ¡yo ya estaba soñando con un plato de salmorejo fresquito y un fla-menquín!

Después emprendimos una ruta por el pueblo: estuvi-mos en la Plaza del Ayuntamiento, construido sobre un antiguo convento rodeado por una plaza muy concurrida. Descartamos el lugar, pues sería demasiado difícil actuar sin ser vistos.

De ahí, nos fuimos al barrio de la Villa en el corazón de Priego, callecitas muy estrechas estilo a la judería cor-dobesa, inundadas de macetas y geranios. También lo des-cartamos por la estrechez de las calles y por su imposible acceso en vehículo. Determinamos ir al Balcón del Adar-ve, al borde del barrio de la Villa, desde donde teníamos una vista espectacular de toda la subbética cordobesa.

A continuación, decidimos acercarnos por el castillo, resultó que estaba en proceso de restauración.

—¡No me lo creo! —soltó Alba sorprendida—. Era el sitio perfecto para que actuaran pero con las obras lo van a tener difícil para acceder.

—La verdad es que sí... —le dije un poco abatida por la sorpresa—. Vamos a seguir investigando el lugar para ver dónde podrían actuar.

Continuamos nuestra ruta: el siguiente lugar fue Las Carnicerías Reales, el patio del antiguo matadero, con una fuente central rodeada de soportales con unos arcos pre-ciosos.

—Creo que este sitio es donde van a actuar, no sé por qué —informé convencida de mi intuición.

—Tal vez, tengas razón —me sorprendió Javi.

—Lo mejor que podemos hacer es descansar para poder estar alerta esta noche —aseveró Juan.

Volvimos al hostal y subimos a descansar un poco. Cuando llegamos a la habitación, Javi me dijo que me sentara al lado de él en la cama En todos estos días, era la primera vez que estábamos a solas.

—Silvia, cariño, no sé cómo empezar. —Comenzó a hablar avergonzado—. Me siento mal por cómo te hablé, por habernos peleado. Pero no sé... desde lo de Jaén no soy el mismo. Algo está cambiando en mí, no sé cómo asimilarlo.

—Yo también lo siento mucho, cielo —le dije abrazándolo—. Lo que vivimos allí nos está pasando factura. Es algo de lo que debemos hablar. No podemos guardárnoslo dentro.

Según le dije eso, lo abracé más fuerte y nuestras miradas se encontraron. Pude ver en sus ojos esa pureza que tanto me gustaba, no resistí ir directa a por su boca. Empezamos a juguetear con nuestras lenguas mientras lo tumbaba en la cama. Me senté encima de él, notaba su bulto debajo del pantalón. Le subí la camiseta mientras iba pasando las manos por sus abdominales y su pecho, se la quité. Volví a comerle la boca, esta vez más lujuriosamente, y fui bajando por el cuello y por el pecho con la boca mientras con las manos le desabrochaba el pantalón.

JAVI

Me tenía allí tumbado, totalmente a su merced. Me había arrancado la camiseta y los pantalones, estaba sentada a horcajadas sobre mí y empecé a pasarle las manos por las piernas hasta llegar al vestido. Se lo fui retirando mientras le pasaba las manos por su cuerpo, deleitándome con su belleza que me tenía hechizado. Llevaba solo unas braguitas y un sujetador de encaje. Se lo quité dejando sus pechos perfectos a la vista y empezó a moverse frotándose con mi entrepierna.

«¡Joder! ¡Voy a reventar! ¡Ya no puedo aguantar más!»

La cogí suavemente, la tumbé en la cama y allí volví a atacar su boca, esta vez llevaba yo la iniciativa. Fui bajando con mi lengua por su cuello mientras le iba acariciando los pechos con una mano; la otra la fui introduciendo debajo de sus bragas. Empezó a moverse al ritmo de mis caricias, fui bajando con mi lengua recorriendo su cuerpo lentamente, sintiendo cómo se derretía de placer. Continué bajando por su vientre y su ombligo hasta llegar a sus bragas, se las quité suavemente y, acto seguido, empecé a darle pequeños besos por la entrepierna mientras con dos dedos le iba masajeando el clítoris.

Fui subiendo y cambié los dedos por la lengua. Empezó a moverse más rápido, la temperatura en la habitación estaba subiendo.

Me quité los calzoncillos, me acomodé entre sus piernas y, mientras la comía a besos pasando de su boca a su cuello y a sus senos, le fui introduciendo mi miembro con suaves movimientos, volviéndose más rápidos. Cuando estaba a punto de llegar, paré y me cambié de posición con ella: era el momento de dejarla tomar las riendas.

SILVIA

Ahora lo tenía mi merced. Me fui acercando a él sensualmente y le besé con intensidad mientras iba bajando por sus abdominales, me centré en su cuello. ¡Cómo me gusta alternar mordiscos con besos, pasándole suavemente la lengua!

Entre tanto, tenía agarrado su miembro, empecé a masajearlo poco a poco; su cara se transformaba por momentos. Fui bajando con mi lengua por su pecho y abdominales hasta llegar a su ombligo; me centré en su miembro.

Continué, primero, con pequeños besos y con mi lengua, ardientemente, haciendo que se muriese de placer, para poco a poco meterlo en la boca y hacerle disfrutar al máximo. Estaba chorreando, así que me senté a horcajadas encima de él y noté como iba entrando dentro mí.

Empecé a moverme con movimientos lentos al ritmo que me iba marcando, cada vez más rápido hasta que nos corrimos y quedamos exhaustos en la cama, abrazados.

Nos despertaron unos golpes en la puerta.

—¡Vamos, dormilones! Está anocheciendo. Es hora de ponernos en marcha.

BELÉN

Abrí los ojos. Estaba abrazada a Estefanía en la misma cama. Desde que llegué a la cárcel, había dormido como nunca, fue la mejor noche.

En ese momento, me pareció que alguien nos espiaba. Fue como una sombra fugaz en el umbral de la puerta. Tras unos segundos, no le di más importancia.

Al tener tan cerca a Estefanía podía notar su olor. Era curioso, me transmitía paz.

«¿Qué me está pasando?»

Los pensamientos iban y venían, estaba confusa. Entonces ella empezó a moverse y se giró.

—Buenos días —le dije mirándole a esos enigmáticos ojos verdes.

—Bue... Bue... Buenos días —alcanzó a decir tartamudeando.

—Tranquila, no ha pasado nada entre nosotras. Solo nos quedamos dormidas.

—He dormido muy bien, con lo nerviosa que entré ayer...

—Siempre viene bien desahogarse —le dije cariñosamente mientras le acariciaba el pelo.

Pegué un salto de la cama y fui a lavarme un poco la cara, aún más sorprendida por la reacción que había tenido.

Y continué diciendo:

—Vamos a asearnos un poco, que ya mismo está aquí la Juani para ir a desayunar. Te tengo que presentar a las chicas, seguro que te caen bien.

—Vale —me respondió desde la cama.

«No sabía qué me estaba pasando. Su mirada, su olor, su pelo... ¡Joder! ¿Me estaba enamorando? ¡No podía ser! Esto no me iba traer nada bueno; a ella tampoco. La pondría en el punto de mira de Anna y su clan.»

—Buenos días, ¿cómo habéis dormido, chochos? —soltó alegremente Juani desde la puerta.

—Buenos días —le respondí saliendo de mis pensamientos. Nuestras compañeras esperaban impacientes.

—Las chicas están esperando en la cola, la Yesi ha cogido los primeros sitios para todas.

—Les quiero presentar a Estefanía... Es buena chica.

—No te preocupes, ya me encargo yo.

Salimos las tres para la cola del desayuno. Pasamos por el lado de Anna y su clan y ella me echó una mirada asesina.

Después, miró a Estefanía pasándose la lengua por los labios pensativa. Sentí cierto nerviosismo incómodo.

Llegamos a la altura de las chicas de la Juani y esta se adelantó.

—Chochos, os presento a Estefanía. Es la nueva compi de celda de la Belén.

Todas la saludaron efusivamente, menos la Yesi quien la fulminó con la mirada. Entonces, habló Estela.

—Creo que hablo por todas al darle la bienvenida a la Estefanía a nuestro grupo.

Todas gritaron y la vitorearon. Yesi permanecía callada. No sabía qué le pasaba, quizá tenía celos de ella. Al fin y al cabo, no había pasado nada entre nosotras y no tenía que darle explicaciones a nadie.

Entramos al comedor, cogimos nuestra bandeja y nos sentamos en la mesa de siempre. Ya nos íbamos cuando pasmos al lado de las chicas de Anna y esta se giró.

—¡Eh, nueva! ¡Si quieres pasar un buen rato con una chica de verdad, búscame! Haré que te derritas —gritó guiñándole un ojo y riendo a carcajadas.

Estela se adelantó y se encaró con ella.

—Mucho *cuidaíto* con mis chicas, que saco la chirla, te rajo y echo las tripas en un canasto. *Avisá quéas.* —A Anna le cambió la cara y siguió a lo suyo.

Seguimos nuestro camino hacia el patio para ser las primeras en pillar el campo de fútbol. Todo iba bien hasta que, sin venir a cuento, la Yesi se tiró a por el tobillo de Estefanía que corría con el balón y la dejó en el suelo retorciéndose de dolor.

—¡Qué haces, tía! —le grité encolerizada.

—No ha *sío pá* tanto. ¡Levántate, teatrera!

Estefanía se retorcía de dolor mientras se agarraba el pie. La ayudé a levantarse y la llevé a la enfermería. Las chicas se quedaron en corrillo y, cuando me iba, vi que Estela regañaba a la Yesi, pero esta sonreía.

En la enfermería le vendaron el pie. No tenía nada roto. Le mandaron ibuprofeno para el dolor y le dieron una muleta tras vendarle la pierna.

—¿Qué hacemos, volvemos a la celda? —pregunté preocupada por si quería descansar.

—No, vamos al patio, mejor. Prefiero aprovechar los ratos de aire libre. Además, ha sido sin querer, no pasa nada.

—No sé yo qué decirte. Ahora te cuento en el patio cuando nos sentemos.

Fuimos allí y nos sentamos en una esquina de las gradas. Las chicas seguían jugando al fútbol.

—¿Qué me ibas a contar?

—Lo de la Yesi. Creo que ha sido queriendo.

—¿Y eso por qué? Si apenas me conoce.

—Ya... Pero es que ayer me dijo que yo le gustaba y le contesté que no me gustaban las mujeres. Creo que está celosa de ti.

—¿Por qué? Solo somos compañeras.

—Ya lo sé.

—Por cierto, ¿quién es la chica con la que se ha encarado esta mañana Estela?

—Es Anna Korlov. Debes tener mucho cuidado con ella. Es muy peligrosa y me la tiene jurada.

En ese instante, vimos que Estela se ponía al lado de la Yesi y le decía algo. Esta vino corriendo hasta nosotras.

—Siento mucho lo que ha pasado —se disculpó mirando a Estefanía y ofreciéndole la mano.

—Tranquila, no pasa nada —aceptó ella estrechándosela—. Son cosas que pasan. Por lo menos no hay nada roto.

—Voy a seguir el partido, hasta luego —se despidió cortante. No me gustó nada que viniera obligada por Estela, eso suponía que algo tramaba. Estaba segura.

Tendría que tener mucho cuidado con ella.

El resto del día fue muy bien con el grupo. Anna parecía que empezaba a dejarme tranquila.

Nos despedimos de Juani después de la cena, entramos en nuestra celda y nos sentamos en la cama.

—No me fío nada de la Yesi —le dije preocupada.

—Cálmate, no pasa nada.

—Ya, pero no sé... Algo no me cuadra en ella desde que te vio.

—No creo que tenga celos de mí. Simplemente, le dijiste que no te gustaban las mujeres cuando se te declaró.

—Bueno, también le di un morreo...

—Fue una tontería. Un trato que hice con la Juani para que me contara una cosa.

»Le tenía que dar un morreo a la Yesi a cambio. Todavía no sabía que le gustaba —le expliqué, ella me observó atentamente, acercándose poco a poco, casi pegada a mi cara.

—¿Y el morreo cómo fue? —inquirió con los ojos entornados.

—No sé. Es algo difícil de explicar. No tiene nada que ver con comerle la boca a un tío, es mucho más...

No me dio tiempo a explicarme. Según estaba hablando, se abalanzó sobre mí y me besó; al notar su lengua contra la mía, sentí una sensación extraña, no tenía nada que ver con la otra vez.

—¡Uf! —exclamó acalorada—. ¡Está muy bien! Como tú dices, no tiene nada que ver con un tío.

Me dejó totalmente descolocada, estaba sin palabras, sin poder reaccionar.

—Belén, ¿qué te ha parecido? ¿Beso mejor que la Yesi?

—Ni punto de comparación. —Me había dejado de piedra.

No sabía qué más decirle. Ese beso me confirmó mi enamoramiento hacia ella. Pero eso era ponerle una diana en la espalda. No solo por la Yesi, sino por Anna.

—Verás, Belén, hoy le he estado dando muchas vueltas... Ayer llegué muy nerviosa, solo me quería morir y, al verte, algo cambió. Algo que no sé explicar. Conseguiste que me desahogara y que durmiera como un bebé —me dijo con nerviosismo.

—Me pasó igual que a ti.

—La cosa es que me pareces bastante mona, me transmites paz —confesó.

—Con todo lo que he hecho... Precisamente, pacífica no soy.

—Eso fue en el pasado, todos tenemos derecho a redimirnos.

—Creo que no tengo mucho derecho a la redención.

—Todos lo tenemos. Esa gente te hizo sufrir mucho, lo que hizo que volcaras en ellos todo tu odio y venganza.

—No me siento orgullosa de lo que hice, ni del daño que causé; simplemente, la venganza y la impotencia me consumieron.

—La cosa es que te arrepientas. Yo no te voy a confesar, ni te voy a dar una hostia ni nada de eso. Eres tú la que tiene que sentirse bien consigo misma.

—Ya lo sé, pero es muy difícil vivir con lo que hice. Por eso, debo pagar por mis actos.

Según decía esto, se me abalanzó y me echó en la cama. Se sentó encima de mí y me dio un caliente beso atacándome con su lengua. En ese momento, se cortocircuitó mi cerebro.

—Espera, para.

Se me quedó mirando a los ojos incrédula.

—¿Por qué? ¿No te gusto?

—Sí. Mucho. Verás… Tengo miedo de lo que te pueda pasar si seguimos adelante.

—No te preocupes, sé cuidarme —dijo mientras volvía a atacar mi boca, esta vez, con más ganas.

No podía resistir a sus encantos. Así que le respondí de igual modo empezando a dar rienda suelta a los sentimientos. Ella fue acariciándome por debajo de la camiseta y me la quitó con mucha suavidad. No llevaba nada debajo, así que mis tetas saltaron y empezó a masajearlas mientras iba pasando de mi boca a mi cuello. Fue bajando con su lengua hasta pararse en mis pechos e introdujo la otra mano bajo mi pantalón; estaba chorreando. Siguió besando y lamiéndome a la par que jugaba con dos dedos por debajo de las bragas. A continuación, bajó hasta llegar a mi ombligo, me quitó el pantalón y las bragas y me tumbó en la cama, desnuda, totalmente a su merced. Bajó con su lengua poniéndome cada vez más caliente hasta que se paró en mi clítoris y empezó a besarlo suavemente para, acto seguido, meter su lengua y juguetear con él. Me estaba derritiendo de placer e hice un gesto para cambiar de posición. Se levantó y le quité la camiseta, tampoco llevaba nada debajo y tenía unas tetas perfectas, eso me parecieron. Empecé a besarlas y acariciarlas mientras la tumbé en la cama suavemente. Le quité el pantalón y las bragas empezando a masturbarla poco a poco mientras le lamía los pechos jugueteando con sus pezones en mi boca. Ella me fue introduciendo los dedos a mí. Al final, nos quedamos abrazadas satisfechas.

Abrí los ojos, estaba abrazada desnuda a Estefanía. ¡Qué locura lo de la noche anterior! Pero qué bien había dormido; la desperté delicadamente con un beso.

—Buenos días, guapa. Tenemos que vestirnos antes de que nos vean.

—Buenos días. Sí, vamos.

Nos levantamos y nos vestimos, me pareció ver que alguien nos vigilaba; seguro que era la Yesi, debíamos andar con ojo.

KATTIA

Terminé de ajustarme el escote dejando a la vista los pechos porque había quedado con Lilian, el novelista. Eché un último vistazo a mi agenda de amantes, no quería meter la pata otra vez como con Jaime.

Ese día terminó fatal cuando le pregunté cómo le había ido en la oficina, se puso de muy mal humor y me montó un pollo tremendo. Él trabajaba en un laboratorio con demasiado estrés y era muy serio. Allan era el consultor. ¡Qué lío me hago! Cuando pasó todo lo de Granada, me tuve que ir de la ciudad después del intento de asesinato del baboso de Julián. Los Korlov hicieron un trato con la policía y yo me quedé con el culo al aire.

Decidí marcharme a Madrid. Allí, había encontrado una nueva forma de vida: coleccionaba amantes que me costeasen todo. Me encantaba. Además, lo pasaba de escándalo. Acababa en éxtasis todos los días en una cama diferente y no tenía que dar un palo al agua.

Tenía que darme prisa. Había quedado con Lilian en uno de los restaurantes más *chic* de Madrid. Me monté en el coche y puse el contacto. Empezó a sonar *Corabia cu pânze* de Iris.

¡Qué bien sonaba esta gente, aunque fueran unos abuelos del rock! A su ritmo, crucé medio Madrid para llegar a mi cita. Me planté en la puerta del restaurante cinco minutos tarde, me gustaba hacerlos esperar un poquito. Bajé de mi BMW y le di las llaves al aparcacoches. Entré en el restaurante con actitud soberbia, ¡cómo me gustaba mi nueva vida! Allí estaba Lilian esperándome en la mesa con cara de impaciencia. Le hice ojitos y le moví un poco el escote. Se le cambió la cara al instante.

¡Tenía que haberse puesto un babero! Llegué a la mesa y se levantó rápidamente. Cuando estuvo a mi altura, le zampé un beso caliente atacando con mi lengua su boca y noté el bulto debajo de su pantalón. Le pasé sutilmente la mano; él, nervioso, hizo un rápido movimiento y me retiró la silla en la que me senté restregando mi escote por su bulto al acomodarme en la silla. Se sentó, velozmente, colorado como un tomate. Al momento, llegó el camarero a nuestra mesa.

—¿Qué van a tomar los señores? —preguntó, acaloradamente, intentando no mirar mi escote.

—A mí me vas a poner una ensalada de verduras orgánicas y tofu crujiente, pero sin nueces —le pedí mirando la carta, era mi comida favorita y debía guardar la línea. Tenía que tener mucho cuidado con las nueces, era alérgica a las de Brasil. Según me había dicho el médico, el ingerir solo una podría causarme una muerte agónica.

Estuve todo el tiempo mirando a Lilian y pasando mi pie por su entrepierna por debajo de la mesa, casi se atraganta un par de veces, me encantaba ponerlo a cien. Terminé comiéndome mi postre de galleta de chocolate pasando bien la lengua por la cuchara mientras se la seguía masajeando con el pie. Él ya no podía aguantar más, así que llamó al camarero para pedir la cuenta. Salimos del restaurante en dirección al hotel de siempre, uno que nos gustaba por su discreción.

En cuanto entramos, el recepcionista buscó la tarjeta de nuestra habitación habitual y se la dio a Lilian. ¡Yo había probado ya las camas de más de la mitad de los hoteles de Madrid! Entramos en el ascensor y, cuando se cerró la puerta, lo arrinconé contra la pared y empecé a besarle ferozmente mientras metía la mano debajo de su pantalón. ¡Qué dura la tenía! Él, acto seguido, enterró su cara en mi escote y empezó a pasarme la lengua por el pecho.

Sonó el clic del ascensor. Se abrieron las puertas y empecé a caminar en dirección a la habitación con mi mano metida debajo de su pantalón sin soltar su miembro, él me seguía como un perrito faldero. Según entramos en el dormitorio, que ya conocía de memoria, le quité la chaqueta y la camisa dejando su torso al aire y empecé a pasarle la lengua por los pezones mientras le iba quitando el pantalón y los calzoncillos. Su miembro saltó como un resorte y la boca se me hizo agua. Lo tumbé en la cama y me senté a horcajadas sobre él con sus manos en mi culo, debajo del minivestido que me quitó como un loco dejándome solo con un tanga y un sujetador muy sugerentes que llevaba puestos. Tardó muy poco en quitármelo todo, dejando mis grandes tetas al aire. En un rápido movimiento, me giré y le puse mi tanga en la boca agarrando su miembro con las dos manos. Con dos dedos, me apartó el hilillo de la prenda y empezó a jugar con mi sexo. Al momento, empecé a sentir la humedad de su lengua intentando penetrar en mí mientras yo me metía su miembro en la boca. «¡Joder, no puedo más!» Presurosa, me levanté y me senté encima de él sintiendo cómo entraba dentro mí. Me moví frenéticamente mientras mis tetas saltaban. Sentía la humedad en mi sexo, estaba a punto de correrme. Cada vez los movimientos eran más rápidos hasta que nos corrimos y caí agotada encima de él.

Me dolía la cabeza.

No podía recordar nada de lo que había pasado.

Estaba totalmente desnuda metida en una bolsa de cadáveres, solo tenía fuera la cabeza para respirar e iba sentada en una furgoneta con el cinturón puesto.

«¿Qué está pasando?»

A mi lado iba sentado un hombre alto con máscara de payaso, conducía una rubia que no me importaría llevarme a la cama y en el asiento del copiloto había un vagabundo.

No era capaz de reaccionar ni sabía qué hacía allí.

—Hemos llegado —dijo el hombre que tenía al lado—. ¡Vamos!

El hombre de mi lado abrió la puerta lateral y se bajó de la furgoneta, el vagabundo estaba a su lado.

—Vamos, Kattia.

«¿Quién es este tío y por qué conoce mi nombre?», pensé temerosa. Empecé a levantarme, como pude, metida en esa bolsa. ¿Qué estaba haciendo? Entonces, escuché unas voces en la calle.

—Vámonos, apresuraos —apremió el hombre de la máscara saltando a la furgoneta.

Acto seguido, cogió un AK47. La conductora subió el volumen de la radio mientras sonaba Def Con Dos y su *Odio y venganza al excombatiente*: «Un arma en cada mano, granadas en el pecho y en la cara pintados los colores del infierno».

Pasamos justo al lado de dos parejas que nos apuntaban. El hombre de mi lado no paraba de descargar fuego sobre ellos. Después, cerró la puerta y el vagabundo saltó por encima de mí. No podía ver nada por los lados, los cristales traseros estaban tintados y, por la luna de delante, veía cómo corríamos a gran velocidad por las calles. El vagabundo y mi compañero de asiento se colocaron detrás de mí y abrieron las puertas traseras y, empuñando cada uno una AK47, empezaron a escupir fuego mientras la rubia conducía como una loca por una carretera en la que apenas se veía nada. Un coche nos perseguía acelerando la marcha.

—Toma, cómete esto —me dijo el vagabundo.

Tenía un hambre voraz. Empecé a notar las nueces bajando por mi garganta como lava, cada vez me costaba más respirar. Me faltaba el aire pero no podía dejar de comer. Mi garganta estaba cada vez más hinchada, el aire no podía pasar por ella. Todo se volvió borroso, me estaba ahogando, mi cerebro no podía reaccionar. En ese momento, vi pasar, delante de nosotros, a Jaime, Alan, Lilian, Maya, Sabrina y Mohamed, todos estaban desnudos en una gran orgía que yo estaba grabando; sentí mi último hálito de vida.

JAVI

Oscurecía. Estábamos los cuatro escondidos en un lugar desde donde podíamos vigilar el acceso a las Carnicerías Reales.

A veces tengo un humor de perros; por eso me molestó mucho que Silvia defendiera a Sonia con todo el daño que nos había hecho. Sin embargo, la cosa con ella estaba mejor.

La espera sería larga y no sabíamos si iban a actuar, pues bien podía ser en otro sitio. Pero confiábamos en el instinto de Alba, no era la primera vez que nos salvaba.

De madrugada vimos acercarse unas luces. Todo estaba muy oscuro. Pronto vimos aparecer una furgoneta, teníamos que ingeniar un plan de acción.

—Lo mejor es esperar a que se bajen del vehículo y darles el alto —propuse.

La furgoneta se paró a la entrada de las Carnicerías Reales. José iba de copiloto, conduciendo iba Sonia. Él se bajó, ella seguía al volante con la furgoneta arrancada. «¿Qué estarán haciendo?»

Se abrió la puerta lateral del vehículo y pudimos ver a un hombre alto con una máscara de payaso, José se acercó a él.

—Es el momento —les comuniqué mientras sacaba mi pistola.

Los cuatro nos pusimos al descubierto delante de la furgoneta.

—¡Alto, policía! —gritamos Juan y yo al unísono empuñando nuestras armas.

No se lo esperaban. El hombre de la máscara saltó dentro de la furgoneta, José hizo lo mismo. Iban a escapar. Sonia pisó el acelerador. Había algo raro en su mirada, quizá rabia o sed de venganza, no lo supe. Nos apartamos apresuradamente evitando que nos atropellasen. Pasaron por nuestro lado quemando rueda. El hombre de la máscara empuñaba una AK47 y nos disparaba sin contemplación desde la puerta lateral. Nos cubrimos para evitar las balas y, según pasaron, fuimos corriendo al coche de Juan. Me puse al volante y arranqué, empezó a sonar *Do what I say* de los Clawfinger. Subí el volumen. Salí a la velocidad del rayo detrás de ellos. Los perseguimos por las calles del pueblo hasta llegar a la carretera, era una carretera nacional de doble sentido. Por suerte no había mucho tráfico.

Estaba cerca, casi pegado a ellos, tenía que intentar adelantarlos para sacarlos de la carretera. Con la adrenalina a cien, justo cuando iba a hacer un movimiento para intentar llevar a cabo mis intenciones, abrieron también las puertas traseras de la furgoneta: ahí estaban de pie los dos empuñando una AK47 cada uno.

—¡Me cago en la puta! ¡¡Agachaos!! —dije actuando rápido.

Nos cayó una lluvia de balas que logramos evitar de milagro. Mientras, iba intentando conducir como podía para no perderlos. De repente, soltaron las armas y se metieron dentro de la furgoneta. Era mi momento. Pisé de nuevo el acelerador mientras sonaba *B.Y.O.B* de System of a Down, una nueva canción del repertorio.

—¡Mierda! —apenas tuve tiempo de reaccionar.

Un bulto negro saltó de la furgoneta, era grande y alargado. Frené en seco, nos quedamos mirando los cuatro. El bulto estaba en mitad de la carretera, no hacía falta ser un lumbreras para saber lo que contenía; nos quedamos allí mirándonos sin poder reaccionar, se nos habían escapado por muy poco.

—¿Estáis todos bien? —alcancé a decir.

—Sí —respondieron.

¡Qué locura! Salimos y fuimos directos al bulto, las luces del coche lo iluminaban.

—¿Alguien tiene guantes?

—Sí, toma —ofreció Silvia, tenía un par de látex en el bolso.

Nos acercamos al bulto. Era muy grande, del tamaño de una persona. Lo abrí con cuidado y, cuando vimos quién era, nos quedamos helados: era la sirvienta del médico que lo manejaba todo en el caso de los bebés robados, la amiga de los hermanos Korlov. Tenía la cara morada y la garganta hinchada, el cuerpo todavía estaba caliente.

«¡Mierda! Esto se está acercando demasiado a nosotros. Solo es cuestión de tiempo que maten a algún amigo implicado en el caso... La situación se está poniendo muy jodida», pensé sin atreverme a compartirlo.

Mientras tanto, Juan sacó su teléfono y llamó a Julián. No lo cogió. Seguramente, estaría durmiendo. Los altos mandos son los que mejor viven, sin preocuparse de nada. Ya estábamos los demás para hacerles el trabajo. Entonces decidimos llamar a la forense y a los compañeros para que acordonaran la zona y cortaran la carretera. A continuación, dimos alerta del vehículo y de los sospechosos, quizá los pillaran en algún control. Avisamos a los equipos policiales de Granada, Jaén y Córdoba, esos sinvergüenzas no se podían escapar.

Estaba amaneciendo, ya se había procedido al levantamiento del cadáver cuando llegó un taxi y se paró a nuestro lado, de él se bajó Julián. Esta vez no iba de traje, no le sentaba bien madrugar.

—Buenos días —saludó acercándose a nosotros con un humor de perros—. ¿Qué ha pasado?

—Pues que hemos estado a punto de pillarlos —respondió Juan—. Tuvimos una corazonada y estuvimos esperando a que actuaran, pero se escaparon por muy poco.

—¡Me teníais que haber avisado de vuestro plan de actuación! Hasta ahora hemos ido intentando pasar a la prensa los asesinatos como suicidios pero como se descubra que hay tres asesinos sueltos por la zona, se puede desatar el caos.

—Creo que estamos muy cerca —soltó Juan.

—No me vale el «creo», tenéis que atraparlos e informarme de todo. No quiero que actuéis por vuestra cuenta, somos un equipo. Estoy aquí para ayudaros.

Nos dirigimos al coche y nos subimos todos, esta vez se puso Alba al volante.

—¿Qué hacemos? —pregunté esperando alguna idea.

—Es complicado. Ahora debemos descansar un poco e intentar averiguar dónde actuarán de nuevo esos malnacidos. Tenemos que instalarnos por la zona. En algún pueblo que tenga buena conexión con la autovía para poder movernos más rápido —respondió Alba con toda la razón.

—Creo que sé cuál es el lugar perfecto —dijo Silvia.

—Vamos —añadió Alba arrancando el coche—Tú haces de GPS. Después de más de una hora de carretera nacional, de curva sobre curva, que Alba nos fue amenizando con temas desde *Let's rock it* de Endikah con Tote King con que, por cierto, sonaba de escándalo, a *Vivir para contarlo* de Doble V. Mientras nos iba cantando y contando la historia del grupo, parecía que se estaban acabando las curvas, me iba dar algo

¡Qué mareo!

Entramos en un barrio que cruzaba la carretera con chalets y casas antiguas donde convivían en armonía.

—Ya queda poco para llegar. Esta pedanía se llama La Fábrica, pertenece a Loja.

—Loja me suena de pasar cuando voy o vengo de Sevilla, ¿ahí es donde nos vamos a quedar? —dice Juan.

—No, vamos a Huétor Tájar. Es el pueblo más cercano y tiene buena conexión con la autovía. Loja está a unos quince kilómetros de aquí —aclaró Silvia.

—¡Qué cosa más rara! ¿Tienen una pedanía? —pregunté.

—Sí —dijo Silvia entre risas—. Felipe me lo contaba cuando me hablaba de su época trabajando en Huétor Tájar.

»... Pero, lo más gracioso es que, antes de entrar a Loja, hay otra pedanía que pertenece a Huétor Tájar.

Ya se veía cerca el pueblo, tenía ganas de mear y estirar las piernas. Estábamos pasando por lo que parecía una fábrica de algo: *Centro Sur* ponía en letras grandes. Al otro lado, había una gasolinera y otra fábrica que parecía formar parte de la misma.

—Esta es una de las fábricas de espárragos verdes del pueblo. Es un producto autóctono de aquí, según me contó Felipe. Junto a la aceituna, son una de las bases de la economía del pueblo —comentó Silvia.

—¡Pues nos podíamos llevar unos pocos, ya que estamos aquí! —le respondí—. Están muy buenos, pero a precio de oro.

Seguimos por una especie de circunvalación rodeando el pueblo.

Se veía un sitio bastante bonito, moderno y llano, ni una sola cuesta tenía. Atravesamos un puente y salimos de la población.

—¿No nos íbamos a quedar aquí? —pregunté extrañado.

—Vamos a un hotel que está al lado de la autovía —me respondió Silvia.

Ya iba la cosa bien con ella y solo nos faltaba pillar a los malnacidos estos. A ver qué se nos ocurría.

Entramos en el aparcamiento del hotel. Había un letrero grande donde ponía «Cortijo de Tájar», parecía tranquilo.

Conforme bajamos del coche, vi que un barullo de mujeres se arremolinaban en un lateral del aparcamiento. Alba y Silvia se bajaron del coche, se cogieron una del brazo de la otra y fueron a ver qué era. Entonces, Juan se quedó mirándome.

—¿Vamos a churretear un poco a ver qué es?

—¿Tú también? —le pregunté resignado.

—Solo por ver.

Al final, acepté. Nos adentramos en el barullo y, allí, estaba Alba con una colonia de hombre en la mano.

—¿Quieres una, Juan? —preguntó divertida.

En ese momento, vi a Silvia con unos calzoncillos.

—¡Mira, Javi! ¡Hay de tu talla! ¿Te gustan? —dijo también divertida mientras me sacaba los colores.

—¡Venga, chicas! ¡Las cositas baratas de Avon! —gritaba una de las dependientas, bajita con gafas.

—¡Vamos, compis, que me lo quitan de las manos! —voceaba la otra, más delgada, pero de la misma altura.

Alba ya había enganchado a Juan probándole colonias. Silvia tardó poco en pillarme a mí para enseñarme calzoncillos; bueno, venía bien distraerse un poco en medio de la locura.

Al día siguiente, después de descansar y comer algunas recetas innovadoras con espárragos, nos pusimos en marcha. Teníamos que pensar dónde podían volver a actuar nuestros asesinos y adelantarnos a ellos. Alba sacó su portátil; tardó poco en llamar nuestra atención.

—Chicos, creo que he encontrado algo, pero... —dudó.

—¿Qué pasa? —pregunté intrigado.

—Resulta que, en los últimos años, el triángulo de los suicidios se ha ido agrandando. La zona donde han sucedido los asesinatos es el triángulo original, pero ahora es uno mucho más grande.

»Nos será mucho más difícil abarcar toda la zona. La buena noticia es que estamos relativamente cerca de los tres vórtices; la mala, que no sabemos en cuál de ellos van a actuar, si es que ese es su patrón de actuación. Yo estoy segura de que sí lo es.

—Debemos pensar un plan de actuación, rápido —dijo Juan intentando animarnos.

En ese momento, sonó el móvil de Juan.

—Dime... ¿Cómo? —la pesadumbre cubrió el rostro de Juan.

Blanco como la nieve, se le cayó el móvil al suelo sentándose en la cama y dejó caer la cabeza hacia delante.

—¡¡Juan, joder!! ¿¡Qué pasa!? —le grité asustado mientras intentaba que reaccionara.

El móvil de Juan empezó a vibrar en el suelo de nuevo, lo cogí.

—¿Juan?

—No, soy Javi. Dime.

—¿Dónde estáis?

—En Huétor Tájar.

—Tenéis que venir a Antequera, rápido —ordenó apresurado nuestro superior—. Más específicamente, a El Torcal de Antequera. Aquí os espero.

—Vamos para allá.

Según colgué el teléfono, me quedé mirando a Alba.

—¿Antequera es uno de los vórtices?

—Sí.

—Se nos han adelantado, tenemos que ir enseguida para allá —comuniqué apresurado.

—Ya... A ver si Juan reacciona... Cariño, ¿estás bien?

—Para nada —logró decir.

—¿¡Qué pasa, tío!? Me estás asustando —pregunté alterado.

—Creo que ya sé lo que nos vamos a encontrar en Antequera —respondió abatido—. Vamos, os cuento por el camino.

Bajamos en busca del coche y Juan dijo que no estaba para conducir, achacando que no tenía ánimos para nada. Me preocupé.

BELÉN

Como cada mañana, nos sentamos a desayunar con la Juani y las demás. Habían pasado unos días desde que me empecé a liar con Estefanía y la relación iba en serio. Nos gustábamos mucho, era muy feliz con ella. La Yesi seguía viniendo con el grupo, pero apenas nos dirigía la palabra.

Algo me escamaba en ella últimamente. Además, alguien nos espiaba, pero cuando se lo conté a Estefanía me dijo que eran imaginaciones mías, que disfrutase del momento. Sin embargo, no podía dejar de estar alerta. No me fiaba nada de Anna.

—¡Pues sí que tarda Estefanía en el baño! —le dije a la Juani mientras la esperábamos en el comedor para ir al patio.

—¡Qué va! Lo mismo está plantando un pino y no quiere salir.

—¡Joder, qué bruta eres, Juani! —le respondí riéndome.

—Si ya lo decía ese gran poeta: «el cagal es tan natural como el follal», o al revés, ya no me acuerdo.

—¿Quién decía eso? —pregunté intrigada.

—*Er Maki*, ¿no has visto las pelis del *Makinavaja, el último choriso*? —comentó a carcajadas.

En ese momento, eché una ojeada a la mesa, estaban la mayoría de las chicas, pero faltaba la Yesi. ¡Qué raro!

Me giré y me quedé de piedra, tampoco estaban Anna ni sus chicas.

—Juani, hay algo que me huele mal —dije alarmada.

—Aquí, normal.

—No, tía, en serio. Estefanía no viene del baño y faltan la Yesi y Anna y sus chicas.

—¿Qué tiene que ver la Yesi con esas? —preguntó Estela que nos estaba escuchando.

—No sé. Hasta ahora son solo suposiciones, pero está celosa de Estefanía porque está conmigo y es raro que no vuelva del baño y falten todas.

—Es imposible que la Yesi esté con esas. No digas tonterías, ella es una de las nuestras —dijo cabreada—. ¡Vamos al patio a jugar al fútbol!

Todas la siguieron, menos la Juani que se quedó conmigo.

—Yo sí te creo, chocho. Vamos al baño a ver qué pasa.

Fuimos corriendo hacia allí, estaba lleno.

Estuvimos registrando las duchas y todos los váteres estaban vacíos; me estaba asustando y Juani intentó tranquilizarme.

—¡Rápido, vamos al patio! Yo hablaré con Estela —dijo la Juani apresurada.

Llegamos corriendo, me faltaba el aliento.

Mientras Juani iba a hablar con Estela, estuve buscando en el patio a la Yesi y a Anna pero no había rastro de ninguna, ni tampoco de las chicas de Anna.

El tiempo apremiaba y estaba nerviosa por Estefanía, ¿qué le estarían haciendo por mi culpa?

Ya venían todas las chicas corriendo, con Juani y Estela a la cabeza.

—Venga, vamos a buscar a Estefanía —propuso Estela con rabia en sus ojos—. Me parece raro todo esto.

—¿Por dónde empezamos a buscar? —pregunté nerviosa.

—Creo que sé dónde pueden estar. Seguidme y preparaos por si acaso —respondió Estela convencida.

Todas la seguimos por los pasillos. Se me estaba haciendo eterno. Llegamos al sótano de la cárcel, donde estaba la lavandería. Dos sábanas grandes nos tapaban la vista, pero se escuchaban los gritos ahogados.

—¡Por favor, dejadme ya! —suplicaba Estefanía.

Iba a salir corriendo cuando Estela me cogió del brazo. Agarró un palo del suelo y me lo dio. Animó con gestos a las chicas para que cogieran lo que pillaran. Cuando todas estuvimos armadas, Estela corrió las sábanas y entonces lo vimos.

Algunas de las chicas le pegaban patadas a la Yesi, que estaba en el suelo con la cabeza sangrando en posición fetal, intentando protegerse. Anna estaba intentando introducir una barra de hierro entre las piernas de Estefanía mientras le pasaba la lengua por el cuello.

«¡Qué hija de puta!» No nos esperaban. Esa era nuestra mejor baza: el factor sorpresa. Yo corrí hacia Anna, se giró con una sonrisa en la cara que se le quitó al verme con el palo en la mano. Lo agarré bien fuerte y le di con él en las costillas, cayó al suelo sin respiración. Empecé a pegarle patadas y a alejarla de Estefanía, mientras las otras chicas hacían lo mismo con las secuaces de Anna y socorrían a la Yesi. Todas salieron corriendo dejando sola a Anna; yo la seguí golpeando hasta que llegó Estela y me sujetó.

—¡Déjala, ya la pillaremos en otro momento! —dijo. Yo estaba ciega de rabia, no podía parar—. Venga, ve a ver cómo está Estefanía, tenemos que llevarlas a la enfermería.

Le hice caso y me tiré al suelo para ver cómo se encontraba; en el momento, con la adrenalina a tope y viendo lo que le estaba haciendo Anna, me salió la rabia asesina y no pude ver nada más. Empecé a llamarla.

—¡¡Estefanía!! —grité sin parar.

Ella entornó los ojos.

—Sabía que vendrías a rescatarme —logró decir.

Estaba bastante malherida. Tenía moretones por todo el cuerpo. La sangre le chorreaba por la frente y entre las piernas.

La rabia me comía.

—¿Qué ha pasado? —no hacía más que preguntarle. Pero ella apenas podía balbucear algunas palabras.

La levanté del suelo con la ayuda de Juani. Las chicas levantaron a la Yesi. Estaba, también, bastante malherida, pero a ella no la habían violado.

Las llevamos como pudimos a la enfermería y, una vez las dejamos allí, dos guardias nos cogieron a Estela y a mí.

—Venid por aquí —nos dijo el más alto.

Lo seguimos hasta una habitación donde nos invitó a sentarnos y se nos quedó mirando.

—¿Qué les ha pasado a las chicas?

—No lo sabemos, las encontramos así en la lavandería —dijo Estela tajante.

—¿Y cómo las habéis encontrado?

—Pues esta mañana las eché en falta después del desayuno y fui a avisar a las chicas para buscarlas —contesté.

—¿Y por qué no avisasteis a un funcionario?

—No sé, no lo pensamos.

—Averiguaremos qué ha pasado. No hagáis nada más, ¿estamos? —advirtió el guardia contrariado y nos hizo un gesto para que nos fuéramos de la habitación.

Al salir, fuimos con las chicas quienes esperaban en la puerta de la enfermería. Juani se adelantó.

—Parece que hemos llegado a tiempo, se recuperarán. No podemos hacer nada más por ellas y aquí no nos dejan estar. Lo mejor es ir al patio a tomar un poco el aire y estar todas juntas.

—Es lo mejor —dijo Estela invitando a que la siguiéramos.

Resignada, fui con las demás al patio y no sentamos en las gradas.

Tenía que pensar un plan para acabar con Anna, esto no podía quedar así. «Hoy habíamos llegado a tiempo; pero, quizá, otro día, no.» Todas estábamos sentadas en corro sin decir nada, a lo lejos estaban Anna y sus chicas. Ella les gritaba algo. Seguramente, les estaba recriminando y diciendo que la dejaran sola. Si no hubiera sido por Estela, me la hubiera cargado allí mismo. ¡Qué más daba algún año más con los que ya tenía encima!

—¡¡Podía haber acabado allí con esa hija de puta!! —grité.

—¡Qué va, chocho, no seas tonta! —me dijo la Juani.

—¡Qué más da algún año más!

—No es solo eso, chocho. Hace tiempo una de las nuestras se peleó con una de las chicas de Anna y todo acabó con la muerte de la otra a manos de nuestra amiga. Cuando se aclaró el asunto, se la llevaron de aquí y no la hemos vuelto a ver. Por los rumores que hemos oído, parece ser que la llevaron a una prisión de máxima seguridad.

Me quedé pensativa. Si no hubiera sido por Estela, habría corrido la misma suerte. Pero esto no se iba quedar así.

Pasamos la mañana apesadumbradas, sin hablar mucho tras lo que había pasado.

Después de comer, le dije a las chicas de ir a la enfermería a ver cómo estaban nuestras compañeras. Cuando llegamos, la enfermera nos dijo que estaban mejor, pero que solo las podíamos visitar de una en una para no agobiarlas. Así, decidieron que entrara yo.

Estaban despiertas en la cama, llenas de vendas por la cabeza, los brazos y las piernas y la vía enganchada con algún calmante. Me acerque a Estefanía.

—¿Cómo estás, cariño? —le pregunté mirándola a sus bonitos ojos.

—Estoy mejor —me respondió más animada—. Muchas gracias por salvarme, cielo.

—¡Si ha sido todo culpa mía! —recriminé—. ¡Yo sabía que te ponía en el punto de mira de esas locas!

—No. Todo ha sido mi culpa —dijo la Yesi desde la otra cama—. Estaba loca de celos por ti y, después de espiaros varias veces, no se me ocurrió otra cosa que chivarme a Anna.

Me llené de ira al oírla.

—No pasa nada, al final nos han salvado —dijo Estefanía intentando mediar.

—Ya, pero me siento muy mal después de todo. Además, yo te dije que me siguieras. ¡Cuánto me arrepiento! —dijo la Yesi.

—¡¡¡Seguro!!! —grité encolerizada, Estefanía me cogió del brazo.

—No te preocupes, ha pasado y ya está —me tranquilizó.

Yo no podía aguantar más allí, era capaz de hacerle algo a la Yesi tras la que había liado; aunque al final a ella también la habían engañado, se lo tenía merecido. Le di un beso a Estefanía y salí de allí. Las otras chicas entraron a continuación. Cuando Estela se enteró de lo que había pasado, se cabreó bastante con la Yesi por haber traicionado nuestra confianza. Después de estar allí toda la tarde y cenar, fui a mi celda y me quedé allí sola, en la cama. ¡Qué vacía estaba la celda sin Estefanía! Estaba muy acostumbrada a su presencia, su piel, su aroma...

Me tumbé en la cama, pero no podía dormir. No hacía más que darle vueltas al tema, a cómo podría vengarme de Anna y quitármela de encima. ¡Entonces que, por fin, había vuelto a ser feliz después de lo que había hecho justo antes de volverme loca de rabia y empezar a asesinar a todos esos malnacidos!

El pasado regresaba, aquello me dolió mucho y me cambió por completo, algo en la cabeza dio un giro. Solo esperaba que no volviese a pasar cuando que estaba más tranquila y feliz con Estefanía.

Me pasé toda la noche, maquinando. Mi cabeza no paraba. Tenía que vengarme, pero no me gustaba la sensación. No era desconocida para mí: me sentí igual que cuando planeé los asesinatos que me habían llevado a prisión.

PEDRO

Hoy me he levantado de buen humor. Algo raro había en mí desde la muerte de mi esposa, María. Sufrió muchísimo, lo que me agrió el carácter y me influyó en el trabajo.

Hace un año conocí a Antonia. Las heridas se habían ido curando, apenas me faltaban unas semanas para la jubilación y poder descansar de tantos asesinatos y tanta miseria. Podría disfrutar de la vida junto a Antonia.

Estaba apurando mi café y un *bagel* cuando todo se volvió negro. Sentí un aliento en la nuca, se me erizó el vello y escuché al oído:

—Buenos días, cariño —susurró dulcemente Antonia.

—Buenos días, cielo —le dije cariñosamente mientras le daba un beso—. Es tarde, tengo que marcharme.

Y salí corriendo, no sin antes darle otro caliente beso, despidiéndome de ella hasta la tarde.

Últimamente, las cosas estaban muy revueltas en comisaría con lo del asesino en serie. Menos mal que contaba con Juan y Javi en el caso. Ensimismado en mis pensamientos, puse el contacto del coche y empezó a sonar en la radio

«Que todas las noches sean noches de bodas, que no se ponga la luna de miel» a ritmo de Sabina. Cogí dirección a comisaría, tenía un montón de ganas de acabar con este caso y por fin tomarme un respiro.

Nada más entrar, Hilario me abordó.

—Capitán, hay noticias. Anoche Juan y Javi estuvieron a punto de pillar a los asesinos. Ahora mismo están bloqueadas todas las salidas de la zona con controles.

—Muy bien, me personaré en alguno de ellos.

—Nuestros compañeros están en la carretera de Pinos Puente, hay posibilidades de que intenten escapar por allí.

—Perfecto, voy para allá.

Salí raudo de comisaría, tanto como me dejaban la edad y los kilos que tenía de más. Subí al coche, puse el contacto y escuché eso de «Por cantar... hasta que salga el sol por Antequera, por cantar... con mi primo Rosendo a su manera», a ritmo de Sabina con Rosendo Mercado.

Cuando llegué al control, el sol estaba ya pegando con fuerza; me presenté ante los agentes.

—Buenos días, agente Gutiérrez.

—Buenos días, capitán Fernández —me respondió—. Está todo muy tranquilo por aquí.

—Muy bien. Vengo a unirme a vosotros. Tengo ganas de estirar un poco las piernas fuera de comisaría.

—Muy bien, capitán —sonrió ofreciéndome un chaleco refractante. Me quité la americana y me lo puse, estaba sudando como un cerdo y me esperaba un día tremendo de calor.

Llevábamos media mañana allí y no había ni rastro de

ellos, pero no podían escapar. Entre nosotros y la Guardia Civil los teníamos cercados, este sería su fin.

—Capitán, se acerca un coche con matrícula oficial.

¿Quién andaría ahora por esos lares? Cuando llegó a la altura del control, se abrió la ventana del acompañante.

—Buenos días, capitán Fernández. Soy Julián Gómez.

—Buenos días. Sí, sé quién es —dije al subdelegado del Gobierno.

—Acabo de estar con los inspectores Juan y Javi, han estado a punto de pillar a los asesinos.

—Sí, eso me han dicho.

—¿Le importaría que nos viéramos en comisaría? Voy para allá.

—Claro —respondí.

Cuando pasó, cogí mi coche y le seguí. ¿Qué querría? ¡Era un puto grano en el culo!

Al llegar a comisaría, vi su coche aparcado. Me bajé del mío y, de repente, sentí un pinchazo en el cuello.

Desperté mareado y con ganas de vomitar. Tenía el cuerpo revuelto.

Cuando conseguí abrir los ojos, pude distinguir que iba sentado en una furgoneta con los cristales tintados.

A mi lado había un hombre con máscara de payaso, se parecía al de la película que tanto le gustaba a mi nieta: *It*. Le encantaban las películas de miedo.

De pronto, el copiloto se volvió hacia donde yo estaba mirándome. El miedo me sobrecogió al ver esa cara.

—Buenos días, capitán. Vamos a hacer una bonita excursión —exclamó entre risas.

¿Cómo había caído en manos de estos psicópatas? ¿Qué me pasaba? No podía reaccionar.

Por la luna delantera podía ver que íbamos por la A-92, pronto encontraríamos algún control y tendría oportunidad de ser rescatado.

—Sé lo que estás pensando —espetó riéndose con sorna—, pero nadie te va a rescatar. Nos hemos ocupado de que quiten los controles. Ahora mismo, están todos pendientes de una masacre en un control en Pinos Puente —dijo con sorna.

Este era mi fin. Mi vida se había acabado. No sé qué planes tendrían, pero no tenía miedo. Mi hora llegaba. Solo lo sentía por Antonia y todo lo que me había dado. La única esperanza que quedaba era esperar que Juan y Javi lograsen que los culpables terminasen entre rejas.

Era de noche cuando la furgoneta salió de la autovía y cogió una carretera con demasiados baches y alguna curva que otra. Al fin, llegamos a nuestro destino.

El hombre de la máscara de payaso se bajó de la furgoneta y se quedó mirándome.

—¡Vamos, retaco, arreando!

«¿Quién coño se cree que es para llamarme así?», pensé.

En vez de quejarme, me levanté y le seguí. El maldito abogado iba delante junto a una mujer rubia que llevaba una linterna. Empezamos a caminar por un sendero bastante peligroso. Sentía el aire en mi cara y me reconfortaba. Tenía que disfrutar de mis últimos momentos, aunque cada vez hacía más frío y el viento arreciaba más fuerte. Después de más de una hora andando, detuvimos la mar-

EL TRIÁNGULO DEL SUR

cha. El payaso se unió al abogado y a la chica; esta tenía algo extraño en la mirada y el primero comenzó a hablar.

—Mi querido capitán, ha llegado la hora de su final —me dijo regodeándose—. ¿Ve este precipicio? Salte por él.

Me asomé al borde. A pesar de todo, aparté mis miedos. Pensé en mi mujer y su recuerdo me alivió. Pronto me reuniría con ella. Lamenté no haberme podido despedir de Antonia, pero le agradecí que cambiase mi vida. Sin pensarlo, abrí mis brazos cual águila y salté al vacío. La velocidad era impresionante, el frío golpeaba mi cuerpo, la fuerza de la gravedad cada vez era más latente y el suelo cada vez estaba más cerca. Cerré los ojos y llegó la ansiada paz.

JUAN

No paraba de darle vueltas a la última llamada que había recibido. No sabía si contárselo a los demás o esperar a llegar y encontrarnos con mis peores temores. Estaba inmerso en mis pensamientos cuando Alba me sacó de ellos.

—Juan, cariño, ¿qué te pasa? ¿Estás bien? —preguntó bastante preocupada.

—No sé cómo abordar el tema, pero quiero poneros en lo peor antes de llegar.

Silvia conducía y, según dije esto, apagó la radio del coche, donde sonaba *1999* de Love of Lesbian. Todos se quedaron callados.

—La llamada que he recibido antes era de la comisaría de Granada. —En ese momento, a Javi le cambió la cara—. Cuando dimos la alerta, el mismo capitán se personó en uno de los controles.

—¡No me jodas! —dijo Javi asustado.

—Mataron a todos los compañeros y secuestraron al capitán. —Según dije esto, una mueca de terror se dibujó en la cara de todos. Creo que temían lo mismo que yo.

Nadie habló en todo el camino, ni siquiera cuando cambiamos de autovía a carretera nacional, por la que apenas pasaban dos coches a la vez.

Cuando llegamos al aparcamiento, estaba cortado con cinta policial y varios compañeros se ocupaban de que todo el que llegara se diera la vuelta. Nos bajamos buscando al subdelegado, pero no estaba por ningún sitio. Así que fui a preguntar a un compañero.

—Buenas, soy el inspector...

—Buenas, inspector —cortó nervioso—. Gómez les está esperando en la escena, sigan la ruta verde. No tiene pérdida.

Nos adentramos por la ruta. Era un sitio impresionante, un paraje natural lleno de figuras rocosas. Si no hubiese sido por la situación, hubiéramos disfrutado mucho del paisaje. Había muchos pasadizos entre las rocas donde abundaba la vegetación y se podían ver también los dólmenes, pero eso quedaría para otro día.

Después de una larga caminata, llegamos a un extenso prado donde nos esperaba Julián acompañado por algunos compañeros. A su lado, tapado con una lona, estaba el cadáver. Me puse en lo peor.

Me acerqué a Julián, estaba bastante afectado.

—¿Es quien yo creo que es? —le pregunté apresuradamente.

—El mismo —dijo apesadumbrado—. Era un buen hombre.

—¿Cómo ha sido? —fue lo único que me salió.

Los demás estaban justo detrás de mí, nadie reaccionaba.

—Al parecer, cayó al vacío desde lo alto de aquellas rocas —dijo señalando hacia arriba; intenté mirar pero la vista se me perdía.

«¿Cómo habrían sido sus últimos momentos? ¿Cómo se las habían apañado para subirlo allí y arrojarlo al vacío?»

—Lo encontraron unos excursionistas esta mañana. Seguramente aprovecharían el amparo de la noche para subir con la furgoneta al aparcamiento.

»Lo que no entiendo es cómo lo obligaron a subir hasta allí, esa ruta se tiene que hacer andando. A buen paso, se puede tardar una hora, según me han dicho en el centro. ¡Es todo tan extraño!

—Lo más seguro es que lo drogaran como a los hermanos Korlov, con escopolamina, para poder manejarle a voluntad. De todas formas, ya nos dirán los forenses cuando le hagan la autopsia.

—Pues sí, es una de las posibilidades —respondió Julián—. ¿Queréis ver el cadáver? Ha quedado bastante desfigurado por el golpe.

—No. Mejor no. Todavía lo estamos asimilando —dije aún más consternado.

¿Qué íbamos a hacer ahora? Teníamos que actuar rápido, esto nos estaba tocando demasiado cerca, siempre iban un paso por delante nuestra.

—Ni que decir tiene que esto tiene que acabar, Juan. Ya no pueden pasar por simples suicidios, la amenaza de unos asesinos que campan a sus anchas por la zona va a provocar mucha ansiedad entre la población. Por no hablar de la prensa...

—Lo sabemos.

No quise dar muchas más pistas, había por allí muchos compañeros y ya no sabíamos en quién confiar. Teníamos a dos localizados, pero ¿quién era el tercero, el de la máscara de payaso?

Estuvimos allí casi toda la mañana mientras llegaban los forenses para proceder al levantamiento del cadáver. Nadie más habló.

El ambiente estaba enrarecido y envuelto por un silencio sepulcral que se vio roto por el sonido estridente de un helicóptero que se estaba acercando. Aterrizó a unos metros de nosotros y, de él, se bajaron unos forenses que trasladaron el cadáver al interior.

Cuando se fueron, emprendimos el camino de vuelta al coche sin decir ni una palabra hasta que Javi ya no pudo más.

—¡¡Me cago en la hostia!! —gritó lleno de rabia—. ¡La hija de puta de Sonia ha cruzado el límite!

—Yo sigo pensando que hay algo raro —murmuró Silvia.

—¡¡¡Qué raro, ni qué hostias!!! Es una loca psicópata, acaba de matar al capitán. ¡Joder, Silvia! —gritó todavía más fuerte—. Ha sido ella y punto.

La cara de Silvia cambió, se le notaba la consternación. El momento era muy duro, pero no era forma de hablarle. Más tarde charlaría con él, yo también pensaba que había algo más detrás; aunque Javi estaba obcecado con Sonia.

Nadie dijo nada más después del arranque de ira de Javi, la situación no era fácil y nuestro compañero tenía que calmar los ánimos.

—¿Qué os parece si vamos a comer y reponer fuerzas? Más descansados pensaremos un plan de acción.

—Es la mejor idea, cariño —respondió Alba, pasándome la mano por el brazo para animarme un poco—. ¿Vas bien para conducir?

—Sí, tranquila.

Nos subimos al coche, arranqué y empezó a sonar *Where is my mind* de Pixies; sumido en mis pensamientos y dándole vueltas a lo que estaba pasando, puse rumbo a Antequera.

Por lo que tenía entendido, era una de las ciudades más ricas en patrimonio y monumentos de la provincia de Málaga. Mientras buscaba algún sitio donde parar a comer, íbamos admirando las numerosas calles de arquitectura señorial y algunos palacetes de la aristocracia que se asentó en este enclave del centro de Andalucía, antaño propietarios de grandes extensiones de tierra o empresas textiles. Nos lo comentó Silvia, era una fanática de la historia y, sobre todo, de Andalucía.

Llegamos al centro y aparqué, íbamos admirando cada rincón donde podías encontrar una fuente, alguna plazuela singular o algún recoveco con macetas. Esta ciudad era preciosa. Quizá debería volver con Alba en otro momento.

Llegamos a la Plaza del Coso Viejo donde había varios restaurantes en los que reponer fuerzas; ya sentados y tomando algo fresco, nos relajamos un poco.

—¿Qué proponéis? —pregunté buscando algo de inspiración.

—Recapitulando un poco —respondió Alba con rapidez—, los asesinos se están centrando en el triángulo mayor, como comenté.

»Hay varias posibilidades; una de ellas es que vuelvan a actuar en alguno de los dos vórtices, con lo cual nos la tendríamos que jugar; también puede ser que, después de que estuviéramos a punto de pillarlos en Priego, cambien de sitio y, en vez de actuar en alguno de los vórtices, actúen en la zona comprendida por esa parte. Lo tenemos bastante difícil. Debemos preguntarnos por qué están actuando precisamente en esa zona simulando suicidios. ¿Qué tiene que ver con nosotros? Personalmente, me decantaría por hacer como hicimos en Priego: esperar a que actúen en alguno de los dos vórtices.

—Es buena idea. Pero ¿en cuál? —pregunté.

—Creo que es más factible que actúen en Jaén —respondió Silvia—; aunque me podría equivocar, hasta ahora solo han matado a gente relacionada con el caso de Granada. Si Sonia está con ellos, aunque no sabemos hasta dónde está implicada, podría ser que su siguiente objetivo tenga que ver con nuestro caso de Jaén.

—Ten por seguro que está implicada —le respondió Javi despectivamente.

No sabía qué hacer. Teníamos dos opciones. Y la actitud de Javi con Silvia volvía a empeorar, tenía que cogerlo a solas y hablar con él.

—¡Ya sé qué hacer! —dije intentando calmar las aguas—. En cuanto acabemos aquí, vamos a Granada a por el coche de Alba y nos dividimos. Cada uno podemos ir a un vórtice y así los tendremos los dos cubiertos.

—No sé, no me gusta la idea de separarnos —dijo Javi—. Nos pueden pillar desprevenidos.

—Es la mejor opción para cubrir más terreno.

—Llevas razón —concedió—, pero no sé si ellas estarán bien si se quedan solas.

—¿Qué pasa? ¿Ahora te preocupas por mí? —le preguntó inquisitiva Silvia—. Me sé cuidar solita —le dejó caer. Se lo había ganado.

—Venga, va, vamos a tranquilizarnos —intervino Alba poniendo paz—. Sabes que nosotras somos igual o más capaces que vosotros.

Ya teníamos un plan de acción. Era la hora de ponernos en marcha. Nos subimos en el coche y cogimos dirección a Granada.

Cuando llegamos allí, me despedí de Alba.

—Gastad mucho cuidado, cariño —le dije dándole un beso.

—Tranquilo, lo tendremos.

Se montó junto a Silvia en su coche. Yo me monté en el mío y miré cabreado a Javi.

—¿Se puede saber qué te pasa con Silvia?

—Nada, no es asunto tuyo —me dijo mosqueado.

—¿Cómo que no es asunto mío? Te conozco desde que vine de Galicia. Eres mi mejor amigo, ¡claro que es asunto mío!

Al oír esto, se derrumbó, no lo había visto así en la vida.

—¡Joder, tío, todo esto me supera! Después de lo de Jaén... ¡Con lo mal que lo pasé! Ahora está muriendo mucha gente relacionada con nosotros y, para colmo, Silvia lo único que hace es llevarme la contraria y retarme.

—No te has parado a pensar que igual lleva algo de razón.

—¡Yo qué sé!

—Piensa un poco —le dije—. Es demasiado fácil desde el principio, como si quisieran incriminar a Sonia y a José para desviar nuestra atención.

»A mí me costó llegar a esta conclusión. Sin embargo, sabes que Alba es un lince y, desde el principio, sospecha algo.

—Puede ser —dijo más convencido.

—Pues haz el favor, deja de comportarte como un gilipollas con Silvia. Tienes que dejar que te ayude. Ella te quiere.

—Ya lo sé... —reconoció arrepentido.

—Pues eso. Bueno, vamos a Pinos Puente a ver qué pasa allí.

Arranqué el coche y empezó a sonar *La senda del tiempo* de Celtas Cortos y nos dirigimos hacia el pueblo. Nunca había estado allí, solo sabía que estaba cerca de Granada.

—¿Crees que pueden actuar aquí? Aparte de escuchar en comisaría que es un lugar asiduo para el tráfico de marihuana, no sé mucho más.

—Por lo que es más conocido es por el Cerro de los Infantes, un yacimiento arqueológico, o quizá el puente de origen califa.

—Ya tenemos por dónde empezar.

Estábamos llegando. Atravesamos el Puente de la Virgen pasando por los tres arcos que lo componían. Entre ellos, había una serie de tajamares redondos, antigua pieza correspondiente a la pila del puente que corta y reparte a ambos lados el agua de la corriente del río. Eran muy parecidos a los del Puente Romano de Granada. En ese momento, recordé la segunda escena que ocurrió en esa ciudad, la del potro de tortura.

—Creo que tiene que ser aquí, Javi.

—¿Has pensado lo mismo que yo? ¿En el segundo asesinato de Granada?

—Mismamente. Vamos a ver el pueblo. Estoy casi seguro de que tiene que ser aquí —afirmé.

Estuvimos dando una vuelta por el pueblo. Aparte del monumento a Colón y el yacimiento arqueológico, no vimos ningún lugar que nos llamara la atención en el que pudieran actuar. Así, decidimos hacer guardia en el puente, desde donde no nos pudieran detectar.

Pasamos la tarde y la noche de vigilancia, bastante aburridos; aparte de ver pasear a los lugareños, no vimos nada extraño. De repente, empezó a sonar mi móvil: era Alba.

—Juan, estamos en el hospital de Jaén.

—¿Qué ha pasado? —pregunté alarmado.

IVÁN

—¡Métele diez más! —le dije a Jimi al soltar la barra. Estaba ya reventado, llevaba dos horas de gimnasio.

Después de lo que pasó, Jimi fue mi único apoyo hasta que conocí a Lidia.

Morgan y Malik se suponía que eran mis amigos, pero mi mentalidad cambió y ellos se lo tomaron muy mal. Se sentían bien creyéndose superiores a los demás por su estatus y la actitud de machos Alfa que yo estaba intentando corregir. Cuando me los cruzaba, me solían decir calzonazos, maricona y cosas así.

Jimi me ayudó mucho en este cambio. Así fue como conocí a Lidia también, en la elíptica, mientras hacía cardio después de que pasaran por mi lado y me insultaran. Yo los ignoré y ella vio algo en mí. Me metí en la ducha, había quedado con Lidia y no quería llegar tarde. Mientras el agua templada caía sobre mis músculos, liberándolos de tanta tensión, y bajaba por mis omóplatos y el tatuaje que tenía en la espalda del *Dragón Shenron*, mis pensamientos volaban hacia otros lares: cómo todo lo ocurrido con mi compañera Silvia había cambiado mi vida y mi actitud para bien. Ya no era aquel idiota machista.

Una vez duchado y más relajado, me sequé, me vestí y fui al aparcamiento en busca de mi BMW para ir a recoger a Lidia. Puse el contacto y empezó a sonar «Mejor desde cero que decir desde nunca...». Comencé a cantar con Beret cuando sentí un leve pinchazo en el cuello.

Tenía grillos en la cabeza, me iba a estallar. Los laterales me apretaban fuertemente, como si la tuviera metida en una olla a presión. Cuando conseguí ver algo, estaba sentado en la parte trasera de una furgoneta con los cristales tintados. Al lado había un hombre con una máscara de payaso. «¡Joder! ¡Qué miedo!» La máscara era igual a la del cantante del grupo ese que le gustaba a Javi, Slipknot, demasiado ruidosos para mi gusto. Delante, en el asiento del copiloto, iba un tío con pinta de vagabundo y, cuando miré a la conductora, se me heló la sangre.

«¿Qué hace ella aquí? ¿No se suponía que estaba en el psiquiátrico?», pensé aterrado. ¡Esto tenía que ser una pesadilla!

—Hola, Iván —me saludó el mendigo girándose—. Te preguntarás quiénes somos. Imagino que a Sonia ya la conoces, ¿no? —me dijo entre carcajadas.

No sé qué mierda me habían pinchado, pero no me podía mover de allí. Mi cuerpo no me respondía.

—Verás, no tenemos nada en contra tuya —siguió hablando—, pero eres parte de nuestra venganza contra Juan, Javi y Alba. Así que te ha tocado la china o la pajita más corta, como quieras llamarlo. Esta noche, tu paso por esta vida llegará a su fin. Espero que no resucites para matarnos —dijo desencajado de la risa.

«¡Me iban a matar! ¿Había escuchado bien? ¿Ahora? ¡Con lo feliz que era con Lidia! ¡Y había empezado a encauzar mi vida!»

Aunque la noche era bien entrada, conocía bien la carretera por la que me llevaban; solo por la cantidad de baches, sabía que era la carretera nacional que conectaba Jaén con Córdoba. De repente, el hombre de la máscara de payaso dio una orden.

—Aquí es. Sonia, bájate por esta salida.

¿Qué íbamos a hacer aquí? ¿Por qué se salían en Martos?

Después de callejear, llegamos al parque Manuel Carrasco. El payaso se bajó y cogió una cuerda. Se dirigió al escenario que estaba al lado de la furgoneta y empezó a colgarla en el centro. Un sudor frío me empezó a recorrer el cuerpo, me estaba temiendo lo peor. El vagabundo se plantó delante de mí, en la puerta que había dejado al otro individuo.

—Vamos, ha llegado la hora del espectáculo —dijo entre risas—. ¿Ves esa cuerda? Tienes que ir allí y atarla alrededor de tu cuello.

En cuanto dijo eso, me bajé de la furgoneta y fui con paso firme hacia el escenario; cuando estaba llegando, empezaron los gritos. No podía reconocer a quienes gritaban, suponía que por la droga que me hubieran inyectado. El hombre de la máscara salió corriendo hacia la furgoneta y el vagabundo también, pero antes se paró a mi lado.

—¡Hazlo ya!

ALBA

Esperaba que Juan hablara con Javi y le hiciera recapacitar. Se estaba portando como un necio con Silvia, cuando ella lo único que intentaba era ayudar en el caso. Mi compañera estaba muy callada en el coche camino de Martos mientras íbamos escuchando *Amor libre* de Nach, tenía que intentar animarla.

—¿Cómo estás?

—Bastante mal. Entre el caso que llevamos, esos asesinatos y, ahora, la relación con Javi... cuando creí que todo iba bien... —susurró abatida.

—No se lo tengas en cuenta. Está muy nervioso con todo esto.

—Lo sé. Él, normalmente, no es así; pero, no voy a aguantar que me hable como le dé la gana.

—Tranquila, dale un poco de tiempo para que lo asimile y se tranquilice. A él le cuesta mucho abrirse, se guarda. Por eso, cuando explota tiene ese carácter.

—Pero ¿qué puedo hacer?

—Cuando estés a solas con él intenta que se abra poco a poco. Le va a costar porque, desde que lo conozco, es así. Pero no hay nada que el amor no pueda.

—Muchas gracias —respondió más animada—. Lo intentaré. Agradezco tus consejos.

Estuvimos hablando todo el camino. Silvia me contó todo lo que pasaron en Jaén con Sonia. Comprendí la actitud de Javi. No obstante, cuando me contó cómo le salvó la vida matando a su abuelo, comprendí que Silvia tenía razón: pasaba algo con Sonia.

El camino se hizo corto. Apenas me di cuenta de que estábamos cerca de Martos. Silvia me contó que este pueblo estaba considerado como la cuna del olivar y tenía su propia variedad de aceituna.

Al pasar Jaén, se podía divisar Martos sobre una peña; también me contó Silvia que la llamaban ciudad de la peña. Bajo la atenta vigilancia de su castillo, ya teníamos un posible lugar donde podrían actuar. Llegamos al pueblo.

—¿Cómo procedemos? —pregunté a Silvia.

—Si quieres, te puedo hacer una pequeña ruta. Así podremos decidir dónde pueden actuar.

—Me parece bien.

Aparcamos el coche, la cogí del brazo y emprendimos la ruta. Primero fuimos al parque Manuel Carrasco. Me contó que era el pulmón de Martos y que llevaba el nombre de uno de sus alcaldes, quien impulsó el auditorio, el instituto y la plaza de toros, siendo uno de los artífices del avance industrial de la ciudad. Saliendo del parque, hicimos una parada en el Pilar monumental de la Fuente Nueva, un conjunto del siglo XVI donde dos leones escupían agua bajo la pompa del escudo de Felipe II. Estaba disfrutando muchísimo y Silvia resplandecía explicándomelo todo al detalle. Después, fuimos al ayuntamiento, otra joya del manierismo del siglo XVI, que mostraba la Cruz de Caravaca y que, en su día, fue la cárcel. Desde ahí, estuvimos recorriendo Martos haciendo paradas en los muchos restos que quedan en pie del Barroco.

Cerca de la Iglesia de Santa Marta se encontraba el Castillo de la Villa, una fortaleza del siglo XVI. En su interior hallamos el centro de interpretación de la historia de Martos. Era espectacular y el estado de conservación de los muros y las torres, excepcional. Este no era el único castillo que vigilaba la ciudad, en lo alto del cerro estaba el Castillo de la Peña, una imponente estructura del siglo XIII. Tuvimos que salir de Martos para subir a él. Allí había unas vistas increíbles del pueblo. Pensé que sería el mejor lugar para tenerlo todo vigilado. Desde ahí, con el coche, podríamos acceder rápido a cualquier parte de la ciudad.

Después de pasear por la zona, estuvimos comiendo y subimos con el coche al castillo para poder vigilar toda la ciudad, solo esperaba que en el amparo de la noche los viéramos llegar.

Compramos aprovisionamiento de café y dulces para la noche; era lo que tenía la vigilancia. Era ya de madrugada cuando vi algo que llamó mi atención.

—Pásame los prismáticos, Silvia —así lo hizo—. Creo que son ellos, están entrando en la ciudad.

Estuve observando un rato.

—¡Rápido, vamos! —le dije dándole las llaves del coche.

Ella conocía mejor las calles, iba a tardar menos en llegar. Cuando llegamos donde estaban los supuestos asesinos, en el parque Manuel Carrasco, dejamos el coche sin ser vistas. Tenían la furgoneta parada allí. El hombre de la máscara de payaso estaba atando una cuerda en el centro de un pequeño escenario mientras José bajaba a alguien de la furgoneta.

No pude reconocer quién era, pero les seguía sin rechistar. De repente, el terror se dibujó en la cara de Silvia.

—¡No puede ser! —gritó asustada.

—¿Qué pasa?

—Es un compañero mío: Iván. —Él se iba acercando al escenario—. ¡Rápido! ¡Tenemos que actuar!

No nos lo pensamos dos veces y salimos a luz, Silvia empuñando su arma.

—¡Alto, guardia civil! —gritó.

En ese momento, José y el payaso se giraron.

—¡¡Joder, vámonos!! ¡Corred! —gritaron los dos.

A pesar de disparar un par de veces, Silvia no consiguió acertar a ninguno de los dos a causa de la poca luz que había. Mientras ellos se montaban en la furgoneta, Sonia encendía el vehículo. Daba la sensación de no reconocer a Silvia. Iván, mientras tanto, se ataba una soga alrededor del cuello.

—¿Qué hacemos? —atinó a decir Silvia bastante alterada.

—Vamos a salvar a tu compañero, luego ya vemos.

Corrimos hacia él. Estuvimos un buen rato forcejeando, era muy fuerte y hacía caso omiso a lo que decíamos.

—¡Por dios, Iván! ¿Qué haces? ¡Déjalo ya!

Él respondía con gruñidos. Intentaba terminar de atarse la soga. Recordé que llevaba una navaja suiza en el bolso y la saqué. Como pude, corté la cuerda.

Él, acto seguido, intentó quitarme la navaja.

Silvia no se lo pensó, le pegó un golpe en la cabeza con la culata de la pistola y cayó al suelo redondo.

—Se han vuelto a escapar —dije recuperando el aliento.

—Pero eran ellos o Iván. No hubiéramos podido con los tres... recuerda lo que pasó en Priego.

—Cierto —dije más calmada—. ¿Cómo está Iván?

—Inconsciente, pero bien. Tenemos que llevarlo al hospital.

—Venga, vamos.

Acerqué el coche, lo cogimos y lo subimos como pudimos. ¡Cómo pesaba! Silvia le decía, cariñosamente, el *He-Man* de gimnasio.

La dejé conducir y no tardamos en llegar al hospital, mostró la placa y no tuvimos que esperar demasiado. Lo tumbaron en una camilla y lo subieron a una habitación donde le hicieron un análisis de sangre.

Acto seguido, le atamos las manos a la cama con las esposas, pues no sabíamos cómo iba a reaccionar cuando se despertara.

Mientras tanto, llamé por teléfono a Juan. Le conté que estábamos en el hospital; al principio se alarmó, hasta que le conté toda la historia.

—Si le hubiéramos hecho caso a Silvia cuando dijo que creía que iban a actuar en Jaén, los hubiéramos pillado —le dije a Juan.

—Ya no podemos hacer nada, por lo menos tuve tiempo de hablar con Javi.

—Sí —respondí más aliviada—. Vamos a esperar a que se despierte, a ver qué nos puede decir. Luego ya te llamo.

—Vale, cariño. Un beso.

Entré a la habitación. Silvia estaba sentada al lado de la cama y me preguntó cómo estaban los chicos; al rato, sentimos el forcejeo de la mano con las esposas.

—¿Dónde estoy? —gritó nervioso Iván abriendo mucho los ojos—. ¿Por qué estoy esposado?

—Soy yo, Iván.

—Ya... Sé quién eres... Silvia —dijo más tranquilo.

Silvia le quitó las esposas, parecía que ya había vuelto en sí.

—¿Recuerdas algo, Iván?

—Está todo muy borroso. Recuerdo a un tío que parecía un indigente, me pinchó algo... Al lado, había otro con una máscara de payaso. ¡Ah, sí! Y una tía que se parecía a Sonia.

—¿Cómo que se parecía?

—Eso mismo. Se parecía a ella, pero estoy seguro de que no lo era. Actuaba muy raro.

Al final, Silvia iba a tener razón, tenían a Sonia contra su voluntad. Al momento, llegó el médico con los análisis de sangre y me los entregó: lo que creíamos, altos niveles de escopolamina en sangre. La misma droga que usaba nuestro sujeto. Teníamos que reunirnos rápido con Juan y Javi para pensar cuál sería nuestro siguiente paso.

Después de despedirnos de Iván, salir del hospital y montarnos en el coche, Silvia se me quedó mirando.

—Alba, tenemos que hacer una cosa antes de irnos de Jaén.

—Tú dirás.

—Vamos a ir al cuartel. Tengo que hablar con el que fue mi compañero y ahora es comandante, Felipe; quizá, nos pueda ayudar. Tiene contactos en la Guardia Civil de Huétor Tájar y Loja.

La dejé conducir. Arrancó y empezó a sonar Bunbury con «me calaste hondo...».

Pusimos rumbo al cuartel para hablar con Felipe, me lo presentó y le estuvimos contando toda la historia. A continuación, él llamó a sus antiguos compañeros de Huétor Tájar para decirles que estuvieran alerta y que, posiblemente, necesitaríamos ayuda. Cuando nos despedimos, llamé a Juan y quedé con él en Granada.

El camino de vuelta se hizo muy corto por las ganas que tenía de ver a Juan. Desde que nos conocimos y pasó todo lo de Granada, nunca habíamos estado tanto tiempo separados. Se me hacía raro.

Quedamos con ellos para desayunar, estábamos famélicas. Después de contarle lo ocurrido y lo que nos dijo Iván, todos llegamos a la misma conclusión sobre Sonia. Javi estaba bastante avergonzado por su comportamiento con Sonia y decidieron retirarse para hablar los dos solos.

Por lo que parecía, habían hecho las paces. De pronto, sonó el móvil de Silvia.

—Dime —dijo un poco alterada—. Muchas gracias, Felipe. —Se giró hacia nosotros apresurada.

—¡Chicos, rápido, nos tenemos que ir! Han visto a los sospechosos.

BELÉN

Le había dado muchas vueltas al plan que tenía pensado. Sobre todo, no quería involucrarla, solo esperaba que todo saliera bien.

Días después de salvarlas, todo volvió a ser como antes. La tensión entre nosotras y las chicas de Anna estaba al límite, pero ambos grupos nos respetábamos. La Yesi me pidió perdón por lo ocurrido, pero... No hay mal que por bien no venga.

Al haber estado con las chicas de Anna, me pudo dar una información privilegiada para poder comenzar con mi venganza. Se ofreció a ayudarme, se sentía culpable. No tenía intención de meter a nadie en mis planes; sin embargo, no me vendría mal un poco de ayuda.

Por fin había llegado el día. Después de desayunar con las chicas, estas fueron a jugar su partido matutino y yo me excusé diciendo que me dolía la barriga para quedarme en mi celda. Estefanía se quiso quedar conmigo, pero le dije que no. Quería mantenerla al margen. Lo estaba haciendo por ella, era mi forma de redimirme. Al momento, llegó la Yesi.

—¿Estás lista? —preguntó al entrar.

—Totalmente —le respondí con la adrenalina a tope, con la misma sensación de cuando cometí los asesinatos.

—Vamos, entonces.

Bajamos a la lavandería, la Yesi se quedó vigilando, mientras me centraba en mi propósito. Era un trabajo laborioso, pero esperaba que saliera bien. La información de la Yesi me vino muy bien, acepté su ayuda para la primera parte de mi plan; aunque no le había contado el final. Si lo supiese, no habría querido ayudarme. Lo hacía por Estefanía, la Juani y por todas las demás.

—Ya he acabado, vamos —le dije apresuradamente. Volvimos a subir sin ser vistas, el plan estaba en marcha.

Salimos al patio y nos unimos a las chicas en el partido, eché un vistazo a la zona de Anna y estaban todas. ¡Bien, no me habían visto!

Estábamos haciendo cola para la cena cuando las chicas de Anna pasaron por nuestro lado. Ella me miró desafiante, como siempre. Solo esperaba que hubiera picado y, lo más importante, supiese que había sido yo. En ese momento, una de sus chicas empezó a tener convulsiones y cayó al suelo. Acto seguido, le sangró la nariz y echó espuma por la boca. Todas sus chicas se arremolinaron alrededor y gritaron a los guardias. Luego cayó otra y otra y otra más, hasta que cayeron todas, incluida Anna. ¡Qué locura! Allí estaban todas, en el suelo, con convulsiones, sangrando por la nariz y echando espuma por la boca. Las chicas de la cola no paraban de gritar, asustadas, mientras la Yesi y yo manteníamos la tranquilidad.

Empezó a sonar la estridente alarma. Los guardias llegaron corriendo y nos mandaron entrar en el comedor a todas mientras socorrían a Anna y sus chicas y las llevaban a la enfermería.

Dentro del comedor, había un gran alboroto. Nosotras nos sentamos con calma en nuestra mesa a comer. Nadie decía nada; pero, de repente, Estela se levantó.

—No sé qué ha pasado, ni tampoco quiero saberlo —dijo alarmada—. Lo que sí os digo es que, después de esto, tenemos que andar con pies de plomo. Si Anna sale de esta, vendrá a por nosotras seguro.

—¡Pues que venga! —exclamó Juani.

—Hay que tener cuidado, ya sabéis lo que pasó hace unos años —añadió muy preocupada, sentándose—. No quiero perderos a ninguna.

Los siguientes días en la cárcel fueron más tranquilos. Sin Anna y sus chicas por allí, nadie nos molestaba. Aproveché para dar rienda suelta a mi amor con Estefanía, no sabía cuánto podría durar aquella paz. Por lo que sabía, las chicas de Anna seguían ingresadas con pronóstico reservado. De un momento a otro, todo estallaría.

Estábamos en el patio cuando empezó a sonar la estruendosa alarma; los guardias salieron para invitarnos amablemente a ocupar nuestras suites, todo iba según lo previsto.

JOSÉ

«¡Mierda! El intento de eliminar a Iván ha salido mal. Tenemos que tomar medidas desesperadas y urgentes», pensó nervioso.

El jefe estaba muy cabreado. No había podido ver todavía quién era, solo recordaba el momento en que llegó.

Yo estaba intentando dormir en un cajero de Camino de Ronda; después de todo lo que pasó en Granada, me arruiné, mi nombre quedó por los suelos, me embargaron todo y tuve que empezar a vivir en la calle.

La rabia me corroía todo el cuerpo. Si pudiera pillar a ese par de polis cabrones que me jodieron la vida...

La venganza era una llama que latía con fuerza y lo único que me mantenía con vida.

De repente, una extraña sombra se acercó a la puerta del cajero.

«¡Mierda, voy a morir como tantos sintecho. Seguro que es algún maníaco de los que matan de una paliza o prenden fuego a gente como yo!»

Se trataba de un hombre alto, bien vestido. Llevaba una máscara para ocultar su identidad.

—Sé quién eres —me dijo con una potente voz— y te puedo ofrecer lo que más deseas.

Esas palabras empezaron a resonar en mi mente, su voz me sonaba de algo, pero no sabía de qué.

—¿Y cómo sabes tú lo que yo quiero?

—Quieres ver sufrir a los culpables de tu desgracia, ¿verdad?

—Sí —dije levantándome.

—Si vienes conmigo, lo podrás conseguir. Además de... comer y poder ducharte. Hueles a oso —dijo riéndose.

—Vale.

No tenía nada que perder, qué más me podría pasar.

Estábamos en el almacén que teníamos de guarida, nadie hablaba. El jefe no paraba de dar vueltas, nervioso. Yo me disponía a beberme una cerveza y comerme un bocata de jamón. Sonia miraba al infinito sentada en una silla.

No sé cómo acabaría el cerebro de esa tía con tanta escopolamina como le estábamos metiendo, sería una pena que muriera antes de que me la pudiera tirar. Aunque no era el momento de decir nada, el jefe estaba muy cabreado.

Llevaba ya medio bocata cuando empecé a sentir una sensación de sopor.

Cuando desperté, no sabía lo que me pasaba, me dolía la cabeza; iba en el asiento de copiloto de la furgoneta cuando íbamos a la altura de Loja.

—Sal por esta salida, Sonia.

¿Qué había pasado?

Me dormí y no me enteré de nada. Después de que estuvieran a punto de pillarnos en Martos, todo cambió. Cruzamos un polígono, estaba bien iluminado, pero la noche era cerrada.

—Cuando llegues a la glorieta, coge la segunda salida.

¿Qué estaba pasando? Subimos por una calle en la que se veían algunos restaurantes.

—Aquí gira a la izquierda, por este puente, y aparca en la explanada.

Todo me resultaba muy raro.

El jefe solo habló para dar instrucciones a Sonia, no me había dirigido la palabra y no sabía cuál era la siguiente fase del plan. El dolor de cabeza había desaparecido pero tenía una sensación muy extraña.

Llegamos a una explanada al lado de una montaña donde el jefe dio la orden a Sonia de que parara. Tenía mucha prisa, no era el de siempre.

—¡Rápido, no nos podemos entretener! —nos espetó empezando a subir por un camino por la ladera de la montaña.

Conforme ascendíamos, la temperatura iba bajando. El frío empezaba a calar en los huesos pero no me podía quejar. Mi cuerpo solo hacía caso de lo que decía el jefe.

«¡Mierda! ¿Me ha drogado? ¿Por qué?»

Cuando llegamos arriba, le dijo a Sonia que esperara en una explanada y a mí me invitó a que lo siguiera. Tenía los brazos entumecidos por el frío.

Llegamos al lado de un mirador con una cruz y el jefe se quitó la máscara y me miró fijamente.

—¡Ya decía yo que me sonabas! ¿Pero qué tienes tú que ver con todo esto?

—Tú fuiste el culpable de que a Belén se le fuera la cabeza e hiciera lo que hizo. Ha llegado la hora de mi venganza —dijo con frialdad—. ¡Asómate al mirador y salta a la carretera!

Sin poder impedirlo, mi cuerpo empezó a subir y, una vez estuve allí, me subí a la baranda. Tenía una sensación de estar en paz conmigo mismo, extraño en alguien como yo. Estiré los brazos y salté al vacío sintiendo cada vez más la velocidad y el frío. Caí en picado.

JAVI

Esta vez me tocaba conducir a mí. Íbamos los cuatro en mi coche con Ángelus Apátrida a todo lo que daba la radio. Los deleité con temas como *Indoctrínate* y *The Antichrist*. ¡Cómo suenan esta gente! Aunque, por la cara de los demás, creo que no opinaban igual que yo. Me gustaba martirizarlos un poco cuando podía.

—¿No tienes algo más tranquilo? —preguntó Silvia ironizando, en el fondo le gustaba.

—¡Claro que sí! —dije cambiando de disco a *Matando güeros* de Brujería; empezó a sonar «venid, greñudos, vagos y marihuanos, mi mesa necesita un cuerpo fresco...» con la gutural voz de Juan Brujo (John Lepe)—. ¡Ahí va una bonita balada!

—¡Para qué digo nada! —dijo riéndose.

Escuchando Brujería, llegamos a la altura de Huétor Tájar donde me vi obligado a frenar. Algo había pasado. El tráfico estaba parado, solo se veía una larga cola de coches en la autovía.

—Baja un poco la música, cariño. —Esto último me desmontó totalmente—. Voy a llamar a la Guardia Civil de Loja.

413

Cuando bajé la música, cogió su teléfono y llamó.

—Buenas. Soy Silvia Martín. Estamos a la altura de Huétor Tájar, en la autovía —comenzó—. ¿En serio? —Al decir esto, el terror cubrió su cara—. ¿Qué hacemos? Perfecto. —Y colgó el teléfono.

Todos la estábamos esperando a que dijera algo.

—La Guardia Civil de Huétor Tajar viene para acá —comentó consternada—. Nos van a escoltar un trecho.

Al terminar, se echó atrás en su asiento y no dijo nada más.

Al momento, sonaron las sirenas. Todos los coches se apartaron hasta que uno de la Guardia Civil se paró a nuestra altura.

—Buenas, ¿venís de parte del comandante? —nos preguntó un guardia de unos cuarenta años, con el pelo bastante corto.

—Sí, somos nosotros —le respondí sin saber qué pasaba, aunque lo suponía.

—Seguidnos. —Volvieron a poner las sirenas y continuaron su marcha.

Seguimos al coche de la Guardia Civil durante algunos kilómetros hasta que llegamos al fin del atasco. La autovía estaba cortada por varios coches patrulla y algunos agentes intentaban que la gente no saliera de los coches ni se saltaran el control. Tarea difícil, pues todo el mundo quería ver qué pasaba.

Nos bajamos del coche y seguimos a los guardias que nos habían escoltado. Cuando llegamos a la escena, cruzamos la cinta hasta el otro carril de la autovía.

Al llegar y pasar por delante de los guardias que rodeaban el lugar, nos quedamos petrificados ante la crueldad de la escena: una vorágine de sangre, tripas y sesos, mezclado con carne y huesos reventados contra el asfalto. ¡Se me revolvió el estómago, estaba a punto de vomitar! Un guardia se nos acercó.

—Gracias por venir tan rápido —dijo algo apresurado—. Pronto vendrán los forenses para proceder al levantamiento del cadáver, a ver si pueden identificarlo.

—No hará falta identificarlo —dijo Juan adelantándose—. Por la ropa, es José García, uno de los asesinos que estábamos persiguiendo.

El guardia no dijo nada más y nosotros tampoco, estábamos intentando digerir lo que pasaba; entonces Juan cogió su teléfono y marcó.

—Julián, estamos en Loja —informó—. Ya vamos —respondió con la cara contrariada y colgando el teléfono apresuradamente.

BELÉN

Habíamos pasado toda la tarde y la noche de encierro en nuestra celda.

La cosa iba para largo, según lo previsto. Así que, después de aprovechar el tiempo al máximo con Estefanía, decidí abrirme a ella y contarle, por primera vez, mi historia.

Todo lo que se me pasó por la cabeza y lo que me cambió para siempre convertirme en una asesina despiadada.

—Esto que te voy a contar... que quede entre nosotras.

»Es la primera vez y la única que lo voy a contar. Es algo que llevo muy adentro. A ver... Por dónde empiezo...

»Vivía muy feliz con mi abuela y mi novio, a pesar de no recordar nada de mi madre.

»Según me contó mi abuela, me la encontré en casa muerta un día cuando llegué del colegio. Sin embargo, mi mente había enterrado ese mal recuerdo.

»Mi abuela me crio como su hija. Me hablaba de ella, pero no de mi padre, ni del motivo del suicidio de mi madre. No obstante, crecí feliz a su lado. A los diecinueve años conocí a un chico bastante guapo y nos hicimos inseparables. Con el tiempo decidimos ser padres y no tardé mucho en quedarme embarazada. Mientras lo estaba, decidí investigar sobre mi pasado. Quería saber quién era mi padre y por qué mi madre se había suicidado. Lo que descubrí fue escabroso pero una gran alegría: tenía una hermana llamada Alba. Al nacer fuimos separadas y a mi madre le dijeron que había nacido muerta. A partir de ahí, mi madre entró en depresión.

—¡Qué fuerte! ¿Entonces tu hermana fue uno de los bebés robados en Granada?

—Exactamente.

»No hacía nada más que darle vueltas al tema. Quería presentarme a mi hermana, pero no sabía cómo después de tanto tiempo. También quería justicia por lo que le pasó a mi madre. Mi novio decidió ayudarme, así que se ensalzó en una batalla legal contra los culpables del caso de los bebés robados; sin embargo, siempre se daba contra un muro. El abogado del arzobispado de Granada e hijo de uno de los implicados era en el pasado una persona influyente que, con sus tejemanejes, consiguió parar todos los intentos de llevar ante la justicia a los culpables.

»Mi novio cada vez se esforzaba más, pero no conseguía nada. Yo, mientras tanto, intentaba llevar tranquila mi embarazo.

»Un día estaba en casa y sentí unos fuertes dolores, estaba ya de ocho meses y empecé a sangrar, así que fuimos corriendo al hospital. Entré por urgencias y me tuvieron que hacer una cesárea para salvar a la pequeña, según decían los médicos, se había enredado en el cordón umbilical.

»Después de algunas horas, desperté. Allí estaban mi novio y mi abuela compungidos y preocupados, me asusté y les pregunté por mi niña. No articulaban palabra y yo cada vez estaba más nerviosa hasta que entró el médico seguido de una enfermera. Tenían la cara muy seria, yo no paraba de preguntar por mi bebé. Se me quedaron mirando.

»—Belén —dijo el médico consternado—, su hija no ha sobrevivido. Cuando conseguimos sacarla estaba muy débil y no hemos podido hacer nada por ella.

»Aquella noticia me cayó como un jarro de agua fría, algo cambió en mi mente en ese momento. No acababa de creer lo que me acababan de decir. Una voz en mi cabeza me decía que mi bebé vivía y que me la habían robado.

»A partir de aquel momento, la relación con mi novio cada vez se hacía más insostenible. Me comía la sed de venganza y él ya no sabía qué hacer, hasta que un día me levanté decidida. Le dije que acabaría con todos los culpables que me habían jodido la vida. Él me observó asustado.

»—¿Qué vas a hacer, cariño? —dijo con miedo en sus ojos.

»—Lo que haga falta, pero esos cabrones no van a quedar impunes.

»Conforme sentencié, la mirada de mi novio se volvió más dura y me dijo:

»—Si vas a infringir la ley, no quiero tener nada que ver.

»Después, cogí la puerta y me fui. No quise saber nada de él y volví con mi abuela.

»Mientras cuidaba de ella, no paraba de maquinar un plan de venganza, hasta el día que murió. Entonces, decidí que era el momento.

—Qué pena —dijo Estefanía consternada, abrazándome—. Lo has pasado muy mal, pero ahora me tienes a mí —me calmó dándome un beso en los labios.

Tenía razón, ahora la tenía a ella y, si mi plan había salido bien, me habría librado de Anna y su clan. Podría empezar una nueva vida.

En ese momento, se abrió la celda. El funcionario se asomó y nos dijo: «Fin del aislamiento».

Ya era mediodía más o menos, según mi estómago. Salimos de la celda y vimos que las demás hacían cola para entrar al comedor. Buscamos a Juani y a las chicas y nos unimos a ellas. Todas estaban muy contentas y risueñas, no había rastro de Anna ni de ninguna de sus chicas; por fin, podríamos vivir tranquilas.

Los siguientes días fueron un sueño hecho realidad, pese a permanecer en prisión. Yo había vuelto a encontrar el sentido a mi vida junto a Estefanía y a las chicas. «Quizá me podría acostumbrar a esta vida, lo mismo algún día saldré de aquí y podré formar una familia con Estefanía y ser feliz.»

Pero aquella tranquilidad no iba a ser para siempre. Una mañana, estaba abrazada a ella en las gradas mientras las demás jugaban al fútbol, cuando, de repente, sentí un fuerte golpe en la espalda; según me giré, otro puño venía directo hacia mi cara, pero conseguí pararlo. Allí estaba Anna. De pie, delante de mí, seguida de sus chicas.

—Tendrás que abrir bien los ojos porque la próxima vez no lo vas a ver venir, esto no va a quedar así —me amenazó con los ojos llenos de rabia.

Al momento, llegaron Juani y las chicas. Se pusieron delante de mí y Anna y las suyas se fueron. Todo era muy bonito para ser verdad, tendría que ejecutar la segunda parte de mi plan.

JUAN

—¡Vamos, rápido, no tenemos tiempo que perder! —dije apresuradamente al colgar el teléfono.

—¿Qué pasa, Juan? —preguntó Silvia intrigada.

—He llamado a Julián para informarle de lo del abogado y me ha dicho que está persiguiendo a la furgoneta.

—No sé. Aquí hay algo que no me gusta —confesó Alba moviendo la cabeza.

—Está todo claro —saltó Javi—. Los tenemos a punto. ¡Vámonos, rápido!

—No nos debemos precipitar. Opino igual que Alba —dijo Silvia tajante.

—Bueno, si queréis quedaros Alba y tú, nos vamos nosotros —respondió Javi—. Ya os vamos informando.

—Perfecto. Ahora le decimos a la Guardia Civil que nos acerque al pueblo. Tened cuidado —dijo Silvia mirando cariñosamente a Javi.

—Claro que sí —respondimos los dos entrando en el coche.

Javi arrancó y empezó a sonar *Change* de Deftones. Desde que se fue a Jaén, echaba mucho de menos estos momentos con él.

La Guardia Civil nos había indicado por dónde teníamos que ir para llegar donde estaba Julián, nos salimos en Loja mientras íbamos atravesando una carretera que se extendía por una especie de polígono. Se empezaba a ver la ciudad, construida en un cerro y coronada por la Alcazaba, monumento que le daba nombre al pueblo. Una vez entramos en la ciudad, cruzamos por la calle principal hasta el primer puente y ahí teníamos que coger dirección Huétor Tájar. Era una carretera nacional con algún bache que otro, pero no estaba mal.

El paisaje lo iban alternando olivas con espárragos y algunas plantaciones más que no supe identificar. Llegamos a Huétor Tájar y fuimos bordeando el pueblo por la circunvalación para coger la carretera de Villanueva de Mesía. Según me había dicho Julián por teléfono, estaba persiguiendo a los sospechosos por esta carretera, a la altura de Tocón. No conocíamos la zona, pero con el GPS no había mucha pérdida.

Atravesamos el pueblo y, cuando salimos la carretera, el camino era más estrecho y tenía más curvas, pero no estaba mal.

—Juan, ¿qué opinas de lo que piensan las chicas? —preguntó Javi intrigado.

—Creo que tienen razón. Aquí hay algo más, pero no sé el qué. Tenemos la forma de actuar, el lugar y la firma de los asesinos; pero, con la muerte del abogado, y dudando de la implicación de Sonia, nos falta lo más importante: la motivación y la identidad del asesino.

—Exacto. Tenemos que andar con ojo.

Mientras íbamos hablando, cruzamos Tocón y Alomartes. No había ni rastro de Julián ni de los sospechosos, así que cogí el teléfono para volver a llamarle.

—Hola, Juan —susurró una voz de mujer—. Pon el altavoz, que me escuche Javi.

¿Cómo sabía que íbamos los dos? ¿Sería Sonia? Todo era muy raro, avisé a Javi y puse el manos libres.

—Te escucho —dijo mi compañero.

—Hola, cariño, ¿me has echado de menos? —preguntó sensualmente.

—¡Hija de puta! Tú estás detrás de todo esto. ¿Qué has hecho con Julián?

—Estoy divirtiéndome con él, espero que no tardéis mucho.

—¡No le toques un pelo! —respondí enfurecido.

—De vosotros depende, os espero en el castillo de Íllora —contestó cortando la llamada, teníamos que darnos prisa.

Estábamos llegando a Íllora. Era un pueblo bastante grande coronado por un castillo que parecía una villa fortificada, ahora teníamos que ver la forma de acceder sin ser vistos.

Llegamos al acceso, a partir de ahí seguimos a pie. Al bajarnos, vimos la furgoneta de los sospechosos. Subimos corriendo por las escaleras de entrada y, de repente, cuando cruzamos la primera puerta, sentí un fuerte golpe en la cabeza, perdí el conocimiento.

BELÉN

Había llegado el momento. Le di mil vueltas, todo debía salir perfecto. No tenía que implicar a nadie más.

Esa noche, a pesar de haber disfrutado de las caricias y los besos de Estefanía antes de acostarnos, no pude dormir. Estuve dándole vueltas al plan.

—¡Buenos días, chochos! —nos saludó la Juani desde la puerta de la celda.

—Buenos días —le respondí invitándola a pasar.

—¡Uf! ¡Qué mala cara tienes!

—Es que no he dormido mucho.

—Ya... Normal, con las cabronas estas sueltas... Por cierto, me tienes que explicar algunas cosas —dijo intrigada.

—Sí, claro. Luego en el patio, después de desayunar. —Fuimos a comer algo.

Estaba todo muy tranquilo, Anna ni sus chicas ni aparecieron. Cuando terminamos nos fuimos al patio, las chicas se fueron a jugar al fútbol, menos Juani y Estefanía que se sentaron conmigo en la grada. Les debía una explicación de lo ocurrido en los últimos días. Una vez acomodadas, esperaron.

—A ver, por dónde empiezo... Después de lo que te hicieron Anna y las demás, yo quería vengarme de ellas —dije mirando tiernamente a Estefanía—. La Yesi me dio una información privilegiada.

»Me dijo dónde escondían su alijo, así que decidí hacerle algunos retoques mezclándolo con lo que teníamos a mano: polvos de lavar. De ahí que todas enfermaran.

»Esto puso alerta a los guardias y, sobre todo, a los que habían perdido el alijo que les dio mi excompañera de celda. Como tú me dijiste, Juani, las ladronas eran Anna y sus chicas.

»A partir de ahí, los guardias implicados ejecutaron el cierre para registrar todas las celdas, encontrando el alijo perdido en la celda de Anna.

—¡Hostia! ¡Por eso han estado en aislamiento! —respondió sorprendida la Juani—. Pero cuando lo sepan, vendrán a por ti.

—Ya lo saben, creo. De ahí, que os cuente esto. Cuando vengan, no quiero que nadie se meta. Esto lo tengo que solucionar yo.

La cara de Estefanía cambió.

—¡¡Tú estás loca!! —gritó—. ¡No vas a poder con ellas!

—Tranquilas, lo tengo todo pensado.

Después de esto, ninguna dijo nada sobre el asunto. Estuvimos toda la mañana sentadas charlando distraídas hasta que se formó un revuelo en el patio. Anna y sus chicas se dirigían hacia donde estábamos nosotras. Estela y las demás pararon el partido y vinieron corriendo. En ese momento, me levanté prepotente.

—¡Vamos a acabar esto aquí y ahora! —dije mirando a Anna—. Solas tú y yo.

—Me parece bien —respondió con una media sonrisa en los labios.

Las chicas no estaban de acuerdo. Pero era nuestra voluntad. Así que hicieron un corro alrededor de nosotras para impedir que nos viesen los guardias o, por lo menos, frenarlos mientras nos peleábamos. Esto tenía que acabar ya. Le asesté un puñetazo en el estómago a Anna, esta no tardó mucho en reaccionar y me dio otro a mí en las costillas; después, vinieron una sucesión de golpes, tirones de pelo y patadas. Caímos al suelo y empezamos a forcejear. Salimos rodando. Era mi momento. Estaba tumbada en el suelo, tenía a Anna encima de mí, golpeándome. Era la única forma de redimirme y librar a todas de ella. Saqué el pincho que me había hecho con mi cepillo de dientes y empecé a clavármelo en el costado hasta que me di una última puñalada en la arteria femoral. Estuve consciente el tiempo justo para deslizar el pincho en el bolsillo de Anna.

«¡Ahí te pudras, hija de puta!», pensé. Cuando Anna se diera cuenta y lo cogiera, dejaría sus huellas en él.

ALBA

Después del levantamiento del cadáver del abogado, el guardia civil nos trajo a Huétor Tájar. Silvia le pidió que si nos podíamos quedar en el cuartel para llamar a Felipe e idear un plan de acción.

Fuimos al patio para tomar una tila y calmar los nervios.

No dejaba de pensar en cómo estarían Juan y Javi. Me arrepentía de haberlos dejado solos, temía que fuese una trampa.

Allí aguardábamos cuando se abrió el portón del cuartel y llego un Seat 127 con la música muy alta, creo que sonaban *Los rokipankis* de Elbicho. Era el tal Felipe. ¡Qué faceta más curiosa la de este comandante de la Guardia Civil! ¡No me la esperaba! Se bajó del coche, dio un abrazo a Silvia y saludó efusivamente a los camaradas. Reunidos en el patio, Silvia empezó a hablar y les comentó todo lo que sabíamos hasta ahora. No había mucho más. En la llamada de Juan a Julián, este le dijo a mi compañero que estaban en la carretera de Tocón persiguiendo a los sospechosos y poco más. De repente, empezó a sonar mi móvil, número oculto.

—¿Sí?

—Hola, Alba. Si valoras las vidas de Juan y Javi te sugiero que vengas a Íllora; eso sí, sola. No quiero Policía ni Guardia Civil. Una vez estés aquí, te volveré a llamar. —Era una voz de mujer que no conocía.

Mis mayores temores se habían hecho realidad: era una trampa y los tenían a los dos. «¿Ahora qué hacíamos? Estaba en *shock*.»

Segundos después, logré reaccionar. Todos me miraban.

—Me acaba de llamar una mujer, dice que tiene a Juan y Javi, que vaya sola a Íllora. Si no, los matará.

—¡Uf! ¿No te ha dicho nada más? —preguntó Silvia.

—No, solo eso. Y que me volverá a llamar cuando llegue.

—¿Y cómo sabe cuándo vas a llegar? —comentó Silvia muy pensativa.

—Tendrá a alguien vigilando, supongo. —Fue lo que me vino a la cabeza, no estaba para pensar mucho.

—No te vamos a dejar ir sola. Pero tampoco nos pueden ver, tenemos que pensar algo.

—Un momento —intervino el guardia que nos había recogido en la autovía—. Teniendo en cuenta lo que nos habéis contado, creo que sé dónde los tienen. En Íllora hay un castillo, bueno, más bien es una villa fortificada.

—Puede ser el sitio perfecto desde donde poder vigilar, además de tenerlos secuestrados; ahora, hay que ver cómo vamos a proceder —dijo Silvia tajante.

Después de idear un plan de ataque, salí dirección a Íllora. Solo esperaba que todo saliera bien y que cuando llegara no fuera tarde.

Ya estaba entrando en el pueblo cuando volvió a sonar mi teléfono, estaba muy nerviosa.

—Veo que has llegado y me has hecho caso. Muy bien, sube al castillo. Aquí tenemos todo preparado para la fiesta. —Ahora no era la mujer que me llamó antes, era un hombre y su voz me resultaba familiar.

Fui buscando el acceso al castillo, dándole vueltas a la voz de la llamada. ¿De qué me sonaba? Aparqué el coche detrás del de Javi y subí corriendo por las escaleras. Atravesé la puerta, se escuchaban gritos. Corrí siguiéndolos y, cuando al fin llegué al lugar de donde procedían, me quedé de piedra: en el patio del castillo había colocados varios postes. Juan estaba atado en uno de ellos, Javi al lado, en otro; estaban inconscientes. Cerca de Javi había una chica rubia atada también, gritándome algo.

—¡Cuidado!

Cuando me giré, lo vi. Ahí estaba, ya sabía de quién era la voz. Levantaba un palo, no tuve tiempo de reaccionar.

BELÉN

Querida Alba:

Te pido perdón por el daño que te causé en el pasado. En ese momento no era yo misma, acababa de pasar un hecho muy trágico en mi vida: perdí a mi hija y algo cambió en mí. Nada me hubiera gustado más que haberte conocido en otra situación y haber forjado un vínculo entre hermanas.

Todo este tiempo en la cárcel me ha hecho recapacitar y arrepentirme de lo que hice en el pasado; pero eso ya no se puede cambiar. Solo espero que con el tiempo puedas perdonarme.

Si lees esta carta será porque he muerto intentando redimirme de mis pecados. Por cierto, si puedes, busca un buen abogado e intenta sacar de la cárcel a Estefanía, estoy segura de que es inocente.

Un beso muy grande.

Tu hermana Belén

Ya había escrito la carta para mi hermana, ahora me faltaban las otras dos.

Después, las dejaría encima de mi cama, mañana yo ya no estaría.

Querida Estefanía:

Sabes todo lo que te quiero. Si estás leyendo esto, ya no estaré contigo. Solo quiero que sigas tu vida, te quedan muchos años por delante para ser feliz. Tú me enseñaste que puedo ser buena y que nunca es tarde para redimirse, así que lo que voy a hacer es por ti y por las chicas: me voy a sacrificar para que tengáis un futuro más tranquilo y para alejar a Anna de vosotras.

Siempre te llevare en el corazón.

Belén

Ahora, me quedaba la carta más difícil de todas. La correspondiente a mi exnovio.

Cuando perdimos a nuestra hija, me alejé de su vida; cuando entré en la cárcel, volví a hacerlo de nuevo. Sin embargo, volvió a intentar apoyarme. Lo hice por una buena razón.

Cariño mío:

Te escribo esta carta para que sepas que siempre te he amado. Lo que pasamos con nuestra hija fue muy doloroso y cambió nuestras vidas. Me convertí en una persona que no quería que vieras, estaba llena de odio y venganza.

En mi paso por la cárcel he conseguido redimirme de mis pecados, solo quiero que sepas que siempre tendrás un lugar en mi corazón. Lo que voy a hacer lo hago por mis compañeras y por mí misma, es la única forma de conseguir la redención. Cuando leas esto, ya no estaré físicamente contigo, pero mi alma siempre te acompañará, mi querido Julián.

Tuya siempre.

Belén

ALBA

Cuando conseguí recobrar la conciencia, estaba atada a una columna; a mi lado estaba Juan, atado también a otra, malherido y sangrando; al otro lado estaba Javi, aún inconsciente y, al fondo, estaba Sonia, atada y gritando.

—¿Qué hago aquí? ¿Qué quieres? —le gritaba a pleno pulmón.

Mientras él se iba acercando a mí, se quedó parado, se metió la mano en el bolsillo y sacó un papel.

—Esta es una de las cartas que tu hermana nos escribió en la cárcel antes de suicidarse.

No sabía cómo digerir esa noticia. Por una parte, era mi hermana, aunque no la conociera, pero no sabía si algún día podría perdonarle todo lo que nos hizo.

—Ella estaba allí por lo que hizo. —Al decir esto, me propinó un fuerte golpe en el estómago.

—Lo único que hizo fue buscar justicia —me contestó propinándome otro golpe, este en las costillas—. Ahora culminaré mi venganza y mataré a los culpables de la muerte de mi querida Belén.

En ese momento, Julián cogió un bate del suelo. Lo agarró con fuerza y me pegó en las piernas con él. ¡Qué dolor! Tenía que aguantar. Mientras tanto, Juan y Javi iban recobrando la conciencia, se dio cuenta y paró de golpearme.

—¡Qué bien! ¡Ya os habéis despertado! Podemos empezar la fiesta —dijo riéndose—. Para los que os acabáis de despertar, os pondré un poco al día: estáis aquí, a punto de morir, porque sois los culpables de la muerte de Belén, el amor de mi vida. Pero, primero, os quiero hacer sufrir como he sufrido yo todo este tiempo. —Así que empezó a caminar silbando, paseándose por delante de todos.

—A ver, ¿por quién empiezo? —se paró al lado de Sonia—. ¡Te tocó!

Ella se le quedó mirando con cara de no comprender nada.

—¿Quién eres?

—Es verdad, lo olvidaba, como te tenía drogada con escopolamina, no te has enterado de nada. Pero, aunque me hayas ayudado con mi venganza, no puedo dejar cabos sueltos; además, me divertiré mucho torturándote.

SONIA

No sabía qué hacía allí. Mi último recuerdo era en el psiquiátrico de Jaén; después, estaba todo muy borroso.

Había varias personas atadas a columnas y malheridas como yo. A la chica no la conocía, al lado estaba... ¡Dios mío, no! El terror me subía por todo el cuerpo: era Javi...

«¿Quién es este tío? ¿Qué quiere de nosotros? ¿Dice que le he ayudado con su venganza?», pensaba aturdida.

En ese momento, sentí un fuerte golpe en el estómago, luego otro más; me dejó sin respiración. Se encaminó hacia Javi, pasó de largo y se paró al lado, donde estaba su compañero. Empezó a golpearlo con un palo que cogió del suelo, se estaba ensañando con él. Decían algo, pero no alcanzaba a oírlos. Después de golpearlo un buen rato, lo dejó y se dirigió a la chica morena, le dijo algo y ella le escupió; él le respondió con rabia y empezó a golpearla con el palo por todo el cuerpo. Este era nuestro fin.

Tras atizarla, la dejó. Soltó el palo y cogió un cuchillo. Se dirigía hacia mí mirándome con lascivia.

Empezó a hablarme mientras me pasaba la lengua por el cuello; luego, con el cuchillo que tenía en la mano, me rajó la camiseta y me lamió las tetas mientras iba bajando el cuchillo por mi brazo rozando mi piel. Mientras, Javi le gritaba algo y él se reía. Seguía bajando con su lengua por mi ombligo y arrastrando el cuchillo por mis piernas. En ese instante, Javi le dijo algo que le hizo parar, girarse e irse a por él. Mientras se le acercaba, yo no paraba de intentar moverme. De repente, mis muñecas se movieron un poco más. Al pasarme el cuchillo, había rasgado la cuerda, tenía que darme prisa. Discutía acaloradamente con Javi y, mientras, pude mover un poco los tobillos. Con gran esfuerzo, me solté y corrí hacia él, tenía que detenerlo. Estaba levantando el cuchillo, pegué un salto y me interpuse en la trayectoria del arma; sentí su frío filo atravesando mi cuerpo.

JAVI

Delante de mí está Sonia, a punto de perder la vida por mi culpa. Si no me hubiera conocido, nada de esto habría pasado. Mientras, Julián pasa por encima de ella y se acerca a mí.

—Después de la interrupción, parece que por fin ha llegado tu momento. Lo voy a disfrutar mucho.

—¡Tú estás loco!... Todas esas personas que has matado por una venganza... —le grito—. ¡Ya está bien de tanto odio!

—Tranquilo. Cuando acabe con vosotros me quedaré en paz. Y, lo mejor es que haré parecer que Sonia lo hizo todo y que tú la mataste antes de morir. Para ser tan listos, me lo habéis puesto demasiado fácil —dice Julián riéndose. Maldito subdelegado, maldito seas, cabrón.

Juan y Alba no paran de intentar moverse gritando de impotencia, viendo semejante escena. Delante de mí, tengo a Julián, cuchillo en mano, a punto de matarme y a su espalda a Sonia en un charco de sangre. Este es nuestro final. Hasta aquí hemos llegado. Julián echa la mano hacia atrás para coger impulso con el cuchillo, cuando un zumbido llega a nuestros oídos: una estruendosa sirena empieza a sonar, me van a reventar los tímpanos.

En un acto reflejo, Julián suelta el arma y se tapa los oídos.

Una niebla empieza a envolverlo todo. El estruendoso ruido sigue, pero él ahora tiene prisa por acabar.

Ahora, busca el cuchillo en el suelo cubierto por la niebla, cada vez es más espesa y con más altura; casi me llega por la cintura. En su afán por buscar el cuchillo, Julián no ve entrar a cuatro figuras que van directas hacia él. Lo han pillado desprevenido y se colocan a su espalda, apuntándole con sus pistolas.

—¡Alto, guardia civil! —dicen los cuatro a la vez.

Julián, al escucharlos, se levanta de golpe con el cuchillo en la mano y se gira justo cuando va a herir a Silvia, quien está más cerca de él.

Se escuchan dos disparos y Julián cae al suelo desplomado.

—¡Llamad a una ambulancia, rápido! —grito preocupado por Sonia.

Silvia se tira al suelo para buscarla entre la niebla, mientras un par de drones bajan y empiezan a disiparla; de ellos procede también el ruido.

Veo a Silvia al lado de Sonia intentando taponar su herida.

—Tiene las pulsaciones muy débiles, ¿cuánto le queda a la ambulancia? ¡Vamos!

En breve, veo llegar a los sanitarios corriendo, pidiendo paso y ocupándose de Sonia. Mientras tanto, Silvia se levanta de un salto y se pone delante de mí. Me abrazó, entre lágrimas, dándome un beso. Qué alivio volver a sentir sus labios.

EPÍLOGO
(Juan)

—Vamos, cariño. Hemos quedado con la abogada en media hora.

Menos mal que ya estaba acostumbrado a tener que esperarla.

—Ya voy, cielo. Me estoy acabando de peinar —me gritó Alba excusándose desde la habitación.

Salimos corriendo de casa, habíamos quedado con la abogada en la cárcel.

—¡Qué nerviosa estoy, Juan! —me dijo desde el asiento.

—Ya... Yo también lo estoy. Pero, por fin, lo hemos conseguido.

Llegamos a la cárcel y entramos a la recepción. Allí nos esperaba la abogada con una sonrisa de felicidad en la cara. El tiempo que trabajé con ella, me pareció encantadora y hacía muy bien su trabajo. Cuando nos la presentó Rafa, el amigo de Javi, yo era incapaz de pronunciar su nombre, Aberash, que en su tierra significa «portadora de luz».

Cuando nos contaron su historia, nos quedamos perplejos, pero eso ya sería para otro momento.

De repente, se abrió la puerta y salió Estefanía con sus pertenencias en una bolsa y una sonrisa tremenda; corrió hacia Alba y le dio un abrazo.

—¡Muchas gracias por todo! —le dijo dándole un beso en la mejilla.

—No las merece. Quiero que me hables de mi hermana. La persona que yo conocí, no era ella.

—Tu hermana, Belén —dijo entre lágrimas—, era la mejor persona que he conocido. A pesar de todo lo malo que hizo, fue capaz de redimirse y dar la vida por nosotras.

—Quiero que me lo cuentes todo —le pidió Alba abrazándola e intentando tranquilizarla.

—Vale —dijo todavía llorando—, pero necesitaré tiempo.

—Claro que sí —le concedió apretándola contra su cuerpo.

—Lo que sí te puedo decir ahora es que nos salvó a todas, culparon de su muerte a Anna Korlov, que nos la tenía jurada. Al final, después del incidente, la trasladaron a una prisión de máxima seguridad y después de eso, sus chicas se fueron, cada una, por su lado. Nadie nos volvió a molestar.

Cuando salimos los cuatro de la cárcel, Javi y Silvia nos estaban esperando, hablando con Rafa, al lado del coche de ella, sonaba *Love me like you do* de Ellie Goulding. Habíamos quedado para ir a comer *pescaíto* a Motril. Por fin, un momento de tranquilidad después de tanta locura.

NOTA FINAL

Queridos lectores,

Os quiero agradecer que os hayáis adentrando en la trilogía *Andalucía negra* junto a mí, que la he escrito con mucho cariño, recorriendo mi tierra, con la pasión que siento por ella.

Cuando empecé a escribir esta saga lo hice sin pensar en la repercusión que tendría o hasta dónde llegaría, así que os agradezco de todo corazón que me acompañéis en este camino.

CUSTODIO

Custodio José Pérez Pérez (Jaén, 1983) es un escritor auto-didacta. Su carrera literaria comenzó en 2022, cuando, tras una jornada de recolección de aceitunas, se le ocurrió la trama de su primera novela, *Granada oscura*, que publicó en febrero de 2024. A partir de ahí, su pasión por la escritura lo llevó a completar nueve libros en menos de dos años.

Su estilo se caracteriza por una narrativa cruda y directa, influenciada por autores como Stephen King y Juan Gómez-Jurado. La trilogía *Andalucía negra*, que incluye *Granada oscura*, *Mitos y leyendas del mar de los olivos* y *El triángulo del sur*, ha sido aclamada por su atmósfera oscura, su realismo social y sus tramas de misterio y crimen. Estas obras autopublicadas han alcanzado el número uno en ventas en Amazon España en sus respectivas categorías.

Su pasión por la literatura ha generado una ola de apoyo en redes sociales y ha disparado las ventas de sus libros. Custodio ha sido así reconocido como un fenómeno editorial y un ejemplo de superación personal.